D1866314

Andreas Jungwirth

Kein einziges Wort

EX LIBRIS
KAUFHOLZ

Andreas Jungwirth

Kein einziges Wort

Ravensburger Buchverlag

Bibliografische Information der Deutschen Nationalbibliothek:

Die Deutsche Nationalbibliothek verzeichnet diese Publikation
in der Deutschen Nationalbibliografie.
Detaillierte bibliografische Daten sind im Internet
auf www.dnb.d-nb.de abrufbar.

MIX
Aus verantwortungsvollen Quellen
FSC® C114500
FSC
www.fsc.org

Das für dieses Buch
verwendete FSC®-zertifizierte Papier liefert
Arctic Paper Mochenwangen GmbH

1 2 3 4 17 16 15 14

© 2014 Ravensburger Buchverlag Otto Maier GmbH
Postfach 18 60, 88188 Ravensburg
Umschlaggestaltung: Kerstin Schürmann, Formlabor

Alle Rechte dieser Ausgabe vorbehalten durch
Ravensburger Buchverlag Otto Maier GmbH

Printed in Germany

ISBN 978-3-473-40114-7

www.ravensburger.de

Für Philipp

Als Nächstes versperrt mir der Größte von ihnen den Weg. Dann ziehen die anderen einen Kreis um mich. Fünfzehn Augenpaare blitzen mich an. Mein Magen verknotet sich. Mir wird heiß. Schweiß schießt aus all meinen Poren. Ich will weg. Logisch. Aber wohin?

Ich drehe meinen Kopf nach rechts und nach links. Unmöglich kann ich alle gleichzeitig im Blick behalten. Also fixiere ich mein Gegenüber. In der Klasse sitzt er zwei Reihen hinter mir. Jetzt steht er einen halben Meter vor mir. Und ich warte auf die erste doofe Meldung. »Wir bringen dich jetzt zum Reden, Mann!« Ja, genau, so was zum Beispiel.

Ich schweige.

»Also sag was!« Die Stimme des Anführers klingt scharf.

SAG WAS! Kommt von den anderen, mehrstimmig.

Statt zu sprechen, schließe ich die Augen. Ich zittere unter der Haut.

»Schau mich an!«, zischt der Anführer.

Ein Raunen folgt.

Von mir aus sollen sie mich doch ausquetschen!

Aber sie haben überhaupt keine Fragen.

Sie wollen auch nichts von mir erfahren.

ICH interessiere sie nicht.
Ich soll einfach nur REDEN.
Und: »Wenn nötig, prügeln wir auch WAS aus dir heraus.«
»Irgendwas!«, schreit jemand hinter mir.
RE-DEN! RE-DEN!, beginnen ein paar zu rufen.
Nicht, dass ich nicht sprechen kann. Das ist es nicht. Ich rede einfach nicht mehr. Kein Wort. Kein einziges Wort, seitdem meine Eltern, meine Schwester Anne und ich in dieses Provinznest gezogen sind. Seit drei Wochen halte ich schon durch. Was ich damit erreichen wolle, haben mein Vater und meine Mutter mich circa tausend Mal gefragt. Welchen Sinn das machen soll. RE-DEN! RE-DEN! RE-DEN!, höre ich den Chor in meinem Kopf dröhnen. Und sie kommen näher. Es wird lauter. Gleich werde ich Finger, Hände und Fäuste spüren. Sie werden mich zu Boden reißen. Auf den Asphalt. Mich schlagen. Treten.
Was immer in den nächsten Sekunden passieren wird, ich werde auch jetzt nichts sagen. Kein Sterbenswort.
RE-DEN! RE-DEN!
Aber plötzlich tut sich ETWAS um mich herum, irgendeine Bewegung, eine Veränderung. Die Stimmen werden leiser. Schritte. Jemand? Und noch bevor ich die Augen öffnen kann: »Lasst ihn in Frieden!« Ein Typ hat sich in die Mitte des Kreises gedrängt. Er ist älter als die anderen und niemand hat ihn aufgehalten. Nur der Anführer lässt sich nicht einschüchtern: WAS SOLL DAS? DAS IST NICHT DEIN DING! WIR MÜSSEN HIER WAS KLÄREN! Ohne Vorwarnung bekommt er von dem Typen einen Schlag gegen die Brust. Und hätten ihn nicht ein paar andere aufgefangen, läge ER jetzt auf dem Asphalt.

»Hi.« Der Typ streckt mir die Hand hin. »Ich bin Chris. Du wohnst doch jetzt auch in der U-Straße.«
Ich starre ihn nur an. Chris? Chris ist mir bisher noch nie aufgefallen. Weder in der Schule noch in der Straße in U-Form, in der meine Eltern ein Haus gemietet haben.
»Wann hast du Unterricht aus?«, redet er weiter, ohne sich darum zu kümmern, dass sich der, dem er gerade einen Schlag verpasst hat, nur deshalb nicht auf ihn stürzen kann, weil ihn die anderen zurückhalten. Aber er stößt Drohungen aus, gegen mich, gegen Chris.
Nun wartet auch Chris darauf, dass ich was sage. Und als von mir nichts kommt, fragt Chris seelenruhig in die Runde: »Wann hat der Schule aus?«
Blitzende Augen. Hass. Keine Antwort.
Erst nachdem Chris seine Frage zweimal wiederholt hat, sage ICH leise: »In zwei Stunden.«
»Okay!« Chris wendet sich wieder mir zu.
SHIT!
Erst jetzt realisiere ich –
ICH HABE GESPROCHEN.
Shit!
Zum ersten Mal seit drei Wochen.
Shit!
»Ich warte hier auf dich.« Chris' Hand steht immer noch zwischen uns. »Und besser, du nimmst sie.«
Ich nehme sie. Er lächelt kurz. Anschließend legt er seinen Arm um meine Schulter.
Dann gehen wir.

Meine Mitschüler glotzen feindselig.

Chris und ich verlassen den Kreis.

Und ich atme durch –

So tief, als hätte ich drei Wochen lang die Luft angehalten.

Ein paar Wochen später bellt ein Hund.
»Schnauze!«, bellt Chris zurück.
KEILER beendet tatsächlich für einen Augenblick das Gekläff und schüttelt sein schwarzes zotteliges Fell.
Hinter einem der Fenster taucht Hubert auf.
Wir legen einen Zahn zu. Vorbei am Nussbaum, wo der Weg eine scharfe Rechtskurve macht, weg vom Meiergut.
Ohne bröckelnden Putz, eingeschlagene Fenster und fehlende Dachschindeln muss das Meiergut früher ein stattlicher Bauernhof gewesen sein.
Lange bevor meine Eltern, Anne und ich in die U-Straße gezogen sind, soll es im Stall Kühe und Schweine gegeben haben. Und Hubert soll im Herbst mit seinem Traktor über die Felder gefahren sein. Zumindest behauptet Chris das.
Das alles war sogar vor seiner und meiner Geburt. Wie das meiste, was bisher auf der Welt passiert ist.
Schließlich bin ich erst zwölf. Chris zwei Jahre älter.
Zwölf Jahre sind ein Furz, wenn man bedenkt, wie viele Millionen Jahre es die Welt schon gibt. Sogar zwei Jahre mehr zählen da null Komma null.

Keilers Bellen verfolgt uns bis zur Schafweide. Die Weide reicht bis zum Wald. Dort landen wir an einem Tor, das mit einem Vorhängeschloss gesichert ist. Egal. Zum Tor wollen wir nämlich gar nicht. Also weiter. Ungefähr hundert Meter durch hohes Gras, an einem Maschendrahtzaun entlang. Ausgerüstet mit zwei Stöcken, Angelschnur und einer Plastikbox, in der sich mittlerweile sieben Regenwürmer ringeln.
Chris entscheidet, welche Würmer für unsere Zwecke geeignet sind. Ich verfrachte sie mit Daumen und Zeigefinger in die Box. Eklig irgendwie. Auch tun mir die Würmer leid, weil sie ganz klar bald tot sein werden.
Chris zwängt sich durch das Loch im Zaun, steht auf und dreht sich nach mir um: »Simon! Jetzt du!«
Aber ich kann nicht aufhören, das verbeulte Blechschild anzustarren –

FISCHEN
STRENGSTENS
VERBOTEN!!!

»Aber das war doch klar«, behauptet Chris.
»Aber es STEHT da!«
»Ist doch egal, ob es da steht oder nicht da steht.«
Nein, ist es nicht.
»Wenn es da nicht STEHEN würde …« Ich halte die Luft an.
»Was dann?«
Ich tu weder eklige noch verbotene Sachen besonders gern. Okay, das ist nicht gerade cool, ist aber so.

Dass das bei Chris anders ist, habe ich mittlerweile kapiert. Verbotene Dinge machen ihm Spaß und eklige Dinge lässt er mich machen –

»Was denn jetzt, Mann?«

»Wenn es da nicht STEHEN würde …«, fange ich nochmals an.

»Was?«

»… wäre es sicher kein Problem.«

»Sicher?«

Ich nicke heftig, um zu zeigen, WIE sicher das ist, nämlich GANZ sicher.

Chris verdreht genervt die Augen, trotzdem schlüpft er wieder zurück auf meine Seite, bleibt dabei mit dem Ärmel seines FC-Chelsea-T-Shirts an einem abstehenden Draht hängen und ungefähr genau eine Zehntelsekunde später reißt er ein Loch hinein.

»Mist!« Er presst die Hand auf den Ärmel, als würde er an der Stelle bluten. »So ein Scheiß, Simon!«

MIR schießt das Blut in den Kopf.

War das jetzt meine Schuld?

Irgendwie JA.

Dann passiert eine Weile nichts.

Ganz klar macht Chris gerade einen Plan. Genauso klar hat es überhaupt keinen Sinn, ihn danach zu fragen.

»Schluss für heute«, sagt er schließlich. »Gehen wir zurück!«

OKAY.

Und ich drehe die Box um.

Die Würmer fallen auf die feuchte Erde zurück.

Glück gehabt, Kumpels!

Ihr Glück dauert circa genau zweieinhalb Sekunden.

Chris marschiert los.
Und er tritt auf die Würmer.
Absichtlich.

Am nächsten Morgen biegen Chris und ich an der offenen Seite der U-Straße nach links ab, nicht zum Meiergut, sondern in die entgegengesetzte Richtung. Wir marschieren ein paar hundert Meter auf dem schnurgeraden Weg zwischen Maisfeldern. Schließlich bricht die Hochebene steil ab. Der Weg schlängelt sich zur Stadt hinunter und endet am Fußgängertunnel. Durch den Tunnel kommt man auf die andere Seite der Bahntrasse. Ein Zug rattert über uns hinweg. Ich schiele zu Chris. Schon die ganze Zeit hat er so ein dämliches Grinsen im Gesicht. Was ist eigentlich los? Aber Chris grinst nur.
Bevor wir uns in der Schule trennen, verkündet Chris aber dann doch noch was: »Ich war gestern nochmals draußen.«
»Und?«, frage ich neugierig.
»Ich habe nachgeschaut. Da ist kein Schild mehr. Es ist weg. Verschwunden.«
Ich weiß sofort, dass er Recht hat.
Ich weiß auch, dass er NICHT am Teich hinten im Wald gewesen ist, um NACHZUSCHAUEN, ob das Schild noch da ist. Sondern um das Schild IRGENDWIE wegzumachen. Außerdem weiß ich ein Rückzieher ist unmöglich. Schließlich habe ich gestern gesagt, dann mache ich es.
JA!
SICHER!
GANZ SICHER!

Die Schulklingel reißt mich aus meinen Gedanken.
Erste Stunde BIOLOGIE bei Norbert Jobst. Und dann auch noch schriftlicher Test. Vollkommen vergessen. SHIT. Und zu PAARHUFERN fällt mir echt absolut nichts ein.
Ohne den Kopf zu bewegen, schiele ich zu meiner Sitznachbarin. Sie schreibt, ohne den Stift EINMAL abzusetzen. Obwohl Jobst wie ein Luchs aufpasst, muss ich es riskieren. Aber bevor ich auch nur die erste Zeile entziffern kann, gibt es einen Knall. Jobsts Schlüsselbund ist auf meinem Tisch gelandet. Jeder in der Klasse weiß, was jetzt kommt –
»Keine Ahnung, warum mein Schlüssel auf deinem Tisch liegt. Aber wenn du Zeit hast, zu deiner Nachbarin zu glotzen, kannst du ihn mir auch bringen. Und nimm deine Arbeit gleich mit!«
Immer derselbe dämliche Spruch.
Zurück auf meinem Stuhl starre ich aus dem Fenster. Irgendwann fängt es zu regnen an.
Als ich nach Biologie, Deutsch, Geografie, Englisch und Musik endlich aus der Schule raus bin, regnet es immer noch. Aber auf dem Weg nach Hause fliegen die dunklen Wolken nur so davon. Bald wird es aufhören zu regnen. Und NACH dem Regen beißen die Fische am besten an. Das weiß jeder!

»Scheiße!« Ich reiße den Kopf hoch. Auf dem Display meines CD-Players ist es fast fünf! Ich muss eingeschlafen sein.
Um vier bei mir, hat Chris gesagt.
Ich springe vom Bett und raus in den Flur. Mama hat den Telefonhörer mit der Schulter ans Ohr geklemmt. Ich deute was mit meinen Händen. Soll heißen, ich verschwinde –

»Augenblick!«, sagt sie zu irgendwem in den Hörer, »Simon will mir was sagen.«
»Ich geh noch weg.«
Zu Chris. Zu wem sonst? Ich habe HIER keinen anderen Freund. Das weiß Mama.
»Sag deiner Oma was Nettes!« Sie hält mir den Hörer hin.
»Ich ruf sie später an«, sage ich ungeduldig. »Also dann …«
Aber –
»Ich bin dann auch weg«, sagt Mama. »Nimm deinen Schlüssel mit.«
Auch das noch! Ich flitze zurück in mein Zimmer und krame in meiner Schultasche.
Nix.
Ich durchsuche die Hose, die ich gestern anhatte.
Nix.
Ich leere meine Sporttasche auf dem Bett aus.
»Dein Schlüssel ist dort, wo er hingehört«, sagt Mama, als ich wieder im Flur stehe.
Mann, das hätte sie mir auch gleich sagen können!
Ich greife meinen Schlüssel aus dem Holzkästchen neben der Haustür und lasse ihn in meine Hosentasche gleiten. Dann schlüpfe ich in meine Sneakers.
»Zubinden!«, befiehlt Mama.
Diskutieren würde bloß Zeit kosten. Also knie ich mich hin und binde sie zu.
Und dann Abmarsch.
Tür zu.
Draußen.

Immer noch Sprühregen.
Ich ziehe die Kapuze meines dunkelblauen Pullis über den Kopf, laufe um die Kurve der U-Straße, stoße das Gartentor von Haus Nummer 14 auf und flüchte unter das Vordach. Über der Klingel hängt ein goldenes Metallschild –

C. u. E. STOPPER

C für Chris. E für Elke, Chris' Mutter.
»Chris, verdammt, was soll denn dieses Sturmgeläute?« Hinter der matten Glasscheibe taucht eine verschwommene Gestalt auf. Chris' Mutter öffnet in einem weißen Bademantel die Tür. Ihre Haare sind nass und kleben strähnig am Kopf. Nicht nur deswegen sieht sie irgendwie KOMISCH aus –
Bis ich kapiere, ich habe Chris' Mutter noch NIE ohne Brille gesehen.
»Ach, du bist es!«
»Ist er da?«, frage ich, obwohl das eigentlich nicht sein kann.
»Chris wollte sich mit dir treffen. Ist er nicht bei euch?«, fragt sie erstaunt.
Ich starre sie nur an.
»Es regnet und ist kalt, Simon, komm herein und …«
»Ich glaube, ich weiß, wo er ist«, unterbreche ich sie.
»Gut. Dann gehst du jetzt zu ihm und sagst ihm, er soll schleunigst nach Hause kommen.« Chris' Mutter verschränkt die Arme. »ICH HABE HEUTE NOCH ETWAS VOR.«
»Okay!« Ich drehe mich um, springe die drei Stufen hinunter und unter dem Vordach hervor.

Scheißregen!
Ich schiebe meine Hände in die Hosentaschen.
»Du bringst ihn mir, ja?«, ruft Chris' Mutter hinter mir her.
Als ich am Meiergut vorbeimarschiere, steht Keiler kläffend auf einem Schutthaufen, der mit Brennnesseln überwuchert ist.
»Schnauze!«, belle ich zurück, zerre mir die Kapuze tiefer ins Gesicht. Wenig später biege ich am Nussbaum Richtung Teich ab.
Und was, wenn Chris gar nicht zum Teich hinten im Wald ist? Wenn er sich irgendwas anderes überlegt hat, weil ich nicht, wie verabredet, gekommen bin?
Was sag ich dann seiner Mutter?
Antwort: MÄÄÄÄÄÄH.
Dicht zusammengedrängt stehen die Schafe hinter dem Elektrozaun und glotzen mich an wie einen Außerirdischen. Ich glotze zurück. Dann sehe ich das Schild am Zaun –

FISCHEN
STRENGSTENS
VERBOTEN!!!

Und weit und breit kein Wasser.

Chris sitzt nah am Ufer. Wie eine Statue auf ihrem Sockel im Museum hockt er vollkommen reglos auf einem Baumstumpf. Er hat sein Chelsea-Shirt und eine kurze Uniformhose an. Das Loch im Ärmel ist geflickt. Seine braunen Locken kleben im Nacken. Auf seinen kräftigen Beinen und Armen glänzen Regentropfen.
»Mann, sorry …«

»Sei still, du vertreibst sie«, sagt Chris, als hätte er schon längst gewusst, dass ich hinter ihm stehe.

Die Blätter rauschen. Vom Wind und vom Regen. Ein Specht klopft. Aus der Ferne hört man ein Auto. Chris hebt die Angelschnur aus dem Wasser und betrachtet das schlaff herabhängende Ding. »Der ist hinüber. Wahrscheinlich ersoffen.«

Soll ein Witz sein. Es lacht aber keiner.

Er zieht den Wurm vom Haken und wirft ihn zurück ins Wasser. Kaum schlägt der Wurm dort auf, schnappt ihn sich ein gieriges Fischmaul.

»Hast du das gesehen? Das sind vielleicht Idioten! Ich halte ihn eine Stunde lang rein. Nix. Aber kaum … Ich meine, das gibt's doch nicht!«, empört sich Chris.

Wenn ich ein Fisch wäre, würde ich es genauso machen.

Sag ich aber nicht, um Chris nicht noch mehr zu reizen.

Chris klappt die Plastikbox auf und spießt einen neuen Regenwurm auf. Eine Weile lässt er den zappelnden Köder über dem Wasser tanzen. Dicht unter der Oberfläche stehen ein paar schimmernde Forellen. Dann versenkt Chris den Wurm. Keine der Forellen kümmert sich darum.

»WO WARST DU EIGENTLICH?«

»Bist du sauer?«

»Wo du warst?«, fragt Chris nochmals.

»Ich hab noch was machen müssen«, lüge ich. Ich habe keine Lust zu erzählen, dass ich mich nach der Schule aufs Bett gelegt hatte und eingeschlafen war. Das könnte sich so anhören, als wäre das hier nicht wichtig. Ich greife mir die Plastikbox.

»He, was soll das?«
»Ein Experiment«, erkläre ich, nehme einen Wurm heraus, schleudere ihn ins Wasser, und es passiert genau das, was ich erwartet habe. Drei Fische stürzen sich drauf, einer schnappt ihn und taucht ab. Die anderen flitzen aufgeregt unter der Wasseroberfläche hin und her. Mehrmals streifen sie den Wurm an Chris' Angel. Aber der interessiert die Forellen einen Dreck.
»Das gibt's doch nicht!«
Doch. Das gibt's. Sieht man ja.

Plötzlich zieht ein tiefes Brummen unsere Blicke von der Wasseroberfläche zum Himmel hinauf –
Ein einmotoriges Flugzeug, weiß mit blauen Streifen, überquert gerade die Maisfelder rund um das Meiergut.
Ein paar Sekunden später knattert es über uns hinweg.
Eins, zwei, drei, vier, zähle ich still im Sekundentakt, fünf, sechs, sieben. Nach dreiundzwanzig Sekunden verstummt das Brummen. Die Maschine ist auf dem zwanzig Kilometer entfernten Sportflugplatz gelandet.
»Siebenundzwanzig«, sagt Chris.
Offenbar hat er schneller gezählt als ich.
Noch mehr Zeit vergeht. Und irgendwann ist mein Kapuzenpulli vollkommen durchnässt. Ich stehe auf, verschränke die Arme fest vor der Brust und mache ein paar Schritte auf der Stelle. Die losen Ärmel schlackern leblos vor und zurück. Auch das Herumgezappel hilft nichts. Es wird Zeit, dass wir hier wegkommen!
»Deine Mutter hat vorhin gesagt, SIE HAT NOCH IRGENDWAS VOR.«

»Weiß sie, wo wir sind?«, will Chris wissen.

»Nein.«

Er macht keine Anstalten aufzustehen.

Ich starre auf den Punkt, wo die Schnur ins Wasser hängt. Zweiter Versuch –

»Da beißt nichts mehr an«, sage ich.

»Abwarten.«

Dritter Versuch –

»Ist dir nicht auch saukalt?«

»Dann geh heim!«

»Und du nicht?«

»Je länger ich hierbleibe, umso besser!« Und Chris will mindestens bis Mitternacht durchhalten.

»Aber es dämmert doch gerade erst.«

Schweigen.

Okay.

Chris wird schon seine Gründe haben. Und ich werde hier bleiben, solange ER will. Auch wenn ich nicht weiß, was das Ganze soll. Aber hat er sich auch Gedanken darüber gemacht, wie wir das bei der Kälte überleben sollen? Und ich habe zuerst auch keine Idee, und dann habe ich doch eine. Chris ist einverstanden, überlässt allerdings mir die Arbeit.

Von einem Holzstapel, der nahe am Ufer zum Trocknen aufgeschichtet ist, zerre ich die Abdeckplane herunter, ramme vier passende Stöcke um den Baumstumpf herum, auf dem Chris hockt, im Quadrat in die Erde, dann ziehe ich die Plane darüber. Links und recht hängt sie bis zum Boden. Dort beschwere ich sie mit Erde.

Chris' Blick geht nach oben. Ein notdürftiger Unterstand. Der Regen trommelt auf die Plastikplane. Seine Hände umklammern den Angelstock. Vor Kälte kann er ihn kaum noch halten. Diesmal bespreche ich meine Idee nicht mit ihm, sondern schleppe einfach ein paar größere Steine heran, schichte sie übereinander, nehme Chris die Angel ab, was er ohne Weiteres zulässt, und schiebe sie in einen Spalt im Steinhaufen. Die Angel kippt um. Chris schiebt seine Eishände in die Taschen seiner Uniformhose und schaut zu mir herüber. Er glaubt nicht daran, dass das SO funktioniert. Aber nach drei Versuchen steckt die Angel fest.

An dem Tag, an dem Chris mich auf dem Pausenhof gerettet hatte, gingen wir zum ersten Mal gemeinsam den Weg von der Schule zur U-Straße hoch. Oben angekommen fragte Chris, ob ich noch mit zu ihm komme.
Klar. Warum nicht?
In seinem Zimmer quollen aus dem Mülleimer jede Menge Kartons und eingetrocknete Pizzaränder. Auf dem Schreibtisch hatte der Inhalt einer umgekippten Coladose Zeitschriften und Bücher verklebt. Auf dem Fußboden herrschte ein ähnliches Chaos. Ständig musste man über irgendwas Undefinierbares steigen.
»Den Schrank besser nicht aufmachen!«, sagte Chris, als ich wissen wollte, was da drinnen ist. »Die Lawine würden wir vermutlich nicht überleben.«
Wir lachten.
»Räumt deine Mutter hier nie auf?«
»Wie denn?«, lautete die Gegenfrage. »OHNE SCHLÜSSEL?«
Egal in welche Richtung er durch die Tür geht, Chris sperrt jedes

Mal zu. Zum letzten Mal sei seine Mutter vor zwei Jahren in seinem Zimmer gewesen, behauptete er stolz.

Wir quatschten Zeug –

Dass meine Mutter anfangs auch nicht hierherziehen wollte –

Dass meine ältere Schwester Anne längst zurück in der Stadt ist, um zu studieren.

Dass mein Vater diesen Job im Krankenhaus wollte.

Dass allein DAS zählte.

Dass Chris mit seiner Mutter allein lebt.

Dass Chris' Vater tot ist.

Ein Bergunglück.

Scheiße, oder?

Chris zuckte mit den Schultern und meinte, er sei damals vier gewesen, könne sich kaum noch an ihn erinnern.

Dann wollte Chris unsere Handys vergleichen. Mein SONY mit seinem SAMSUNG GALAXY –

Keine Frage, welches die bessere Auflösung hatte.

Was ich für einen Computer habe.

Keinen. Ich darf maximal eine halbe Stunde pro Tag an den Laptop meines Vaters.

Dann zeigte Chris mir Computerspiele, von denen ich noch nie was gehört hatte.

Anschließend jagte Chris zwei Stunden lang Monstern in einer Höhlenwelt hinterher und ich sah ihm dabei zu.

Bevor ich an diesem Tag schließlich nach Hause ging, wollte ich von Chris noch wissen, warum er mir geholfen hatte.

Kein besonderer Grund, murmelte er.

Aber in den nächsten Tagen fiel mir auf, Chris und ich hingen

immer nur zu zweit auf dem Pausenhof herum. Er hat offenbar keine anderen Freunde.
»Ist eben so! Außerdem bist DU mein Freund, oder?«
JA.
Obwohl ich bisher noch nicht darüber nachgedacht hatte.

Ich konzentriere mich auf die Stelle, wo die Angelschnur ins Wasser eintaucht. Für ein paar Sekunden lasse ich den Teich vor meinen Augen verschwimmen. Wenn ich wieder scharf stelle, hat sicher einer angebissen.
Ich stelle scharf.
Nichts.
Ich folge der Schnur bis zum Stock.
Der Wind bauscht die Schnur und weht sie in unterschiedliche Richtungen.
Ich stelle scharf.
Unscharf.
Scharf.
Unscharf.
Bis AUF EINMAL –
MIT EINEM RUCK –
Die Angelrute wird aus dem Steinhaufen gerissen, segelt durch die Luft, macht einen halben Looping, schlägt auf dem Wasser auf –
ES GEHT SO SCHNELL –
DASS ICH ES EIGENTLICH ERST KAPIERE, als Chris mit einem Schrei aufspringt. »Ein Fisch! Es hat einer angebissen! Es hat funktioniert!« Chris führt einen Affentanz auf. »Ich habe einen Fisch gefangen!«

Ein Blick und ich weiß, was Chris vorhat –
Aber bevor er einen Schritt Richtung Wasser machen kann, hab ich seinen Brustkorb umklammert.
»Aber da hängt einer dran!«
»Na und?«
»Ich warte seit Stunden und jetzt hängt einer dran. Den will ich haben.« Chris will sich mit aller Kraft losmachen, meine Arme wegdrücken, in meine Hand beißen –
»Du bist völlig durchgeknallt!«, schreie ich.
»DU hattest diese blöde Idee, den Stock zwischen Steinen einzuklemmen!«
»Weil du ihn nicht mehr halten konntest!«
»Natürlich hätte ich noch!«
»Hättest du nicht!«
Dann verlieren wir das Gleichgewicht.
Und landen im Dreck.
Ziemlich nah am Wasser.
Chris will jetzt erst recht dem Fisch hinterher –
Was ich verhindern muss.
Mit der Linken erwische ich Chris' Hosenbund.
Aber so kann ich Chris nicht halten.
Er reißt sich los, springt auf und steigt über meinen Kopf.
Ich hänge mich an sein rechtes Bein.
Chris stürzt abermals. Voll mit dem Gesicht in den Schlamm.
Steht aber sofort wieder auf.
»Das ist völlig bescheuert!«, schreie ich.
Wenig später steht er bis zur Hüfte im Wasser.
Der Fisch zieht die Angel immer weiter zur Teichmitte hinaus.

Plötzlich verliert Chris den Boden unter den Füßen. Für einen Augenblick ist er vollkommen weg.

»Chris!«

Dann taucht er wieder auf und spuckt braunes Wasser.

»Was soll der Scheiß?«

Klar, dass ich von Chris keine Antwort kriege.

Dann stehe ich auch bis zu den Knien im Wasser, streck ihm die Hand hin –

Sinnlos. Er schaut in eine völlig andere Richtung. Hat immer noch die Angel im Visier. Er setzt zum Sprung an –

Aber plötzlich ist alles um uns herum HELL.

Es ist so hell und still, als hätte jemand den Tag angeknipst und gleichzeitig den Ton abgedreht. Ich schau nach hinten. Scheinwerfer blenden mich. Fast gleichzeitig höre ich, wie Autotüren aufgehen. Und eine Männer- und eine Frauenstimme. Papa und Chris' Mutter. Papa ruft irgendwas. Aber Chris' Mutter kreischt so hysterisch, dass nicht zu verstehen ist, was sie eigentlich von sich gibt.

»Scheiße! Scheiße! Scheiße!«, flucht Chris. »Jetzt haben sie uns!«

Nicht Scheiße.

Gerade rechtzeitig.

DIESER IDIOT!

DIESER VERDAMMTE IDIOT!

Auf dem Weg zurück zur U-Straße fährt Papa mit seinem Land Rover absichtlich durch Pfützen. Das Wasser spritzt nach beiden Seiten bis weit übers Dach. Chris' Mutter schüttelt den Kopf. Chris und ich klappern vor Kälte mit den Zähnen.

»Und? Was gefangen?« Papa sucht im Rückspiegel meinen Blick.
»Darum ging es ihnen doch gar nicht«, faucht Chris' Mutter, bevor einer von uns überhaupt antworten kann. »Zumindest Chris ging es nicht darum.«
Papa fragt nicht, was sie damit meint. »Können Sie mal?« Er öffnet das Handschuhfach und drückt ihr einen Lappen in die Hand. Chris' Mutter lockert ihren Sicherheitsgurt und beginnt, die angelaufene Windschutzscheibe abzuwischen.
»Soll ich euch sagen, worum es ging?«, fragt sie nach einer Weile.
»Achtung!« Papa nimmt die Kurve beim Meiergut so rasant, dass wir auf dem Rücksitz hin und her fliegen.
Chris' Mutter schreit auf.
»Alles unter Kontrolle!« Papa kurbelt das Lenkrad nach rechts, um gegen die ausbrechenden Hinterräder zu steuern. Kaum reagiert der Wagen, kurbelt er zurück.
Chris ist bei dem Manöver auf mir gelandet. Seine Lippen sind total blau.
»Lebst du noch?«
Chris nickt, setzt sich wieder auf und hält sich von jetzt an sicherheitshalber am Vordersitz fest.
Kaum hat der Land Rover den festen Boden der U-Straße unter den Rädern, dreht sich Chris' Mutter zu uns um. »Das eine hast du zumindest erreicht. ICH HABE IHN HEUTE ABEND NICHT GETROFFEN.«
Kein Name. Aber ich weiß, wen sie meint: NORBERT JOBST, meinen Biologielehrer.
Vor ein paar Wochen hat er den parkenden RENAULT CLIO von Chris' Mutter angefahren, der im Übrigen auch vorher

schon ziemlich Schrott war. Aber seitdem gehen sie ab und zu miteinander aus.

Alle finden Norbert Jobst doof.

Chris hasst ihn.

Papa bremst.

Bevor Chris' Mutter aussteigen kann, fasst mein Vater sie am Arm. »Es sind Jungs. Die bauen Scheiße. Ist aber nicht schlimm, okay?«

»Nicht schlimm?« Chris' Mutter reißt ihren Arm los, springt aus dem Wagen und knallt die Tür hinter sich zu.

Chris sitzt regungslos auf der Rückbank.

»Kannst du deiner Mutter bitte beibringen, dass man Autotüren nicht so zuschlagen soll?« Papa zwinkert Chris aufmunternd zu.

Seine Mutter klopft von außen an die Scheibe. »Willst du da drinnen anwachsen?«

»Okay.« Chris atmet tief durch und steigt aus.

Niemand verabschiedet sich oder wünscht eine Gute Nacht.

»Danke, dass du sie nicht ausreden hast lassen.«

»Das hast du mitgekriegt?« Papa grinst.

»Hältst du mich für dämlich oder was?«

Chris' Mutter hat Papa vollkommen verzweifelt im Krankenhaus angerufen. Er hat seinen Dienst vorzeitig beendet. Was EIGENTLICH nicht geht.

»Chris kann nicht jedes Mal durchdrehen, wenn sie sich mit jemandem treffen will«, sagt Papa. »Sie ist allein mit ihm. Sie hat niemanden zum Reden, wie deine Mutter und ich einander haben.«

Wir halten vor unserem Haus.
»Verstehst wenigstens DU das?«, fragt Papa.
Ich friere, bin todmüde, und alles, was mir dazu einfällt, ist: »Kann ich bitte reingehen? Mir ist saukalt!«

»Wo kommt ihr denn her?« Mama ist zwar überrascht, dass Papa und ich zusammen kommen, klingt aber nicht so, als hätte sie sich irgendwelche besonderen Sorgen gemacht.
»Ich hab ihn zufällig aufgegabelt!«, ruft Papa. Mir flüstert er zu: »Zieh dir die Sachen aus.« Wenn Mama schon nichts mitgekriegt hat, will Papa auch nicht, dass sie sich unnötig aufregt.
Aber als ich mich gerade von den völlig durchweichten Sneakers befreie, kommt Mama mit ihrem Handy in den Flur. »Chris' Mutter hat mich siebenmal angerufen. Aber es war auf lautlos. Auf der Mailbox klingt sie total durcheinander. Weißt DU, was da los war?«
SHIT! Ich zucke mit den Achseln und verschwinde schnell im Badezimmer.
TASTENTÖNE –
Völlig klar, wen Mama anruft.
Ich stopfe meine nassen Jeans, das Kapuzenshirt und so weiter in den Wäschekorb.
Als ich meinen Namen höre –
»Simon! Komm sofort da raus!«
– gebe ich keinen Mucks von mir.
Sie rüttelt an der Tür. Der Türgriff springt auf und nieder. Gott sei Dank habe ich zugesperrt.
»Und warum lügst du mich an?« Das ging an Papa.

»Ich wollte einfach nicht …«
»Was wolltest du einfach nicht?«
Um mir das Weitere zu ersparen, drehe ich die Dusche auf, lasse langsam den harten Wasserstrahl über meine Haut wandern. Gesicht, Hals, Brust, Bauch, Nabel und auf meinen Pimmel. Aua! Ich zucke zurück und lenke den Strahl knapp über den Pimmel. Plötzlich zieht irgendwas in mich hinein, als würde das Wasser durch die Haut in mich eindringen und dort sprudeln wie Kohlensäure im Mund. Ich lehne mich an die Fliesen, strecke den Bauch vor und halte den Duschkopf näher an den Körper. Das Wasser hämmert gegen die Haut. Mama und Papa schreien sich mittlerweile an. Chris kann froh sein, dass er nur EINES von diesen Exemplaren hat.

Als ich eine halbe Stunde später vom Bad in mein Zimmer schleiche, höre ich meine Eltern durch die Schlafzimmertür wie Teenager kichern. DAS also. Erst streiten sie, als würden sie sich total hassen, und jetzt werden sie gleich Sex haben. Weil ich DAS noch weniger mitkriegen will wie den Streit von vorhin, schmeiße ich mich aufs Bett, setze mir Kopfhörer auf und suche auf der Playlist meines Handys den Song, den mir Chris neulich draufgeladen hat. Momentan sein absoluter Lieblingssong.
SPEICHERN.
Volle Lautstärke.
PLAY.
Kreischender Elektrosound.
Und dann schreit mir irgendein Typ völlig unverständliches Zeug ins Ohr. Ich verstehe kein Wort. Auch nicht, welche

Sprache das sein soll. Was hat Chris gesagt? Wie heißt die Band? Egal. Genauso egal wie das, worum es in dem Song geht. Ich will einfach nichts von meiner Umwelt mitkriegen. Dafür ist er ideal –

REPEAT.

Keine Ahnung, wie oft.

Dreißigmal? Vierzigmal?

Starr liege ich da und lasse mich zudröhnen. Bis ich irgendwann die Kopfhörer herunterziehe und lausche –

Nach dem ganzen Lärm ist es stiller als still. Auch im Schlafzimmer meiner Eltern scheint alles vorbei zu sein. Was immer gewesen ist.

Erleichtert schließe ich die Augen. Und öffne sie erst wieder, als mitten in der Nacht das Telefon klingelt.

»Er braucht dringend PSYCHOLOGISCHE HILFE«, höre ich Mama sagen, als ich am nächsten Morgen in die Küche komme. Papa gibt ihr Recht. »Allerdings muss seine Mutter da erst einmal zustimmen.«

»Und du denkst, das tut sie nicht?«

»Ich kenne sie ja kaum«, meint Papa. »Aber ich habe nicht den Eindruck, dass sie sich darüber schon einmal Gedanken …«

Plötzlich entdeckt Mama mich an der Tür –

»Wie lange stehst du schon da?«

Ich zucke mit den Schultern. Mama schaut zu Papa. Wieder zu mir.

DA WURDE EBEN ETWAS GESAGT, DAS SIMON FALSCH VERSTEHEN KÖNNTE, lese ich auf ihrem Gesicht.

Ich setze mich an den Frühstückstisch –
Der nächtliche Anruf kam ausnahmsweise einmal nicht aus dem Krankenhaus, um Papa zu einem Notfall zu holen. Ein Schrei hatte Chris' Mutter aufgeweckt. Chris' Körper glühte und er fantasierte wirres Zeug von Fischen, die vom Teich aus die Welt erobern.
Papa stellte eine LUNGENENTZÜNDUNG fest.
ANSTECKUNGSGEFAHR.
ZWEI WOCHEN BETTRUHE.
KEINE BESUCHE.
Außerdem hat Chris' Mutter Computer- und Handyverbot verhängt.
Keine E-Mails, keine SMS, kein Chat.
Chris ist echt am Arsch.
Mama hat die ganze Zeit geschwiegen. Aber plötzlich will sie nochmals über VORHIN reden. Was sie über Chris gesagt hat. Ob ich verstanden habe –
»Ich muss los.« Ich schiebe mir den letzten Löffel Cornflakes in den Mund und springe vom Tisch auf.
»Warte doch mal«, sagt sie. »Du hast da vielleicht was missverstanden.«
Aber ich habe keine Lust, mich mit Mama jetzt über ein HEIKLES THEMA zu unterhalten. »Kmpfempf«, sage ich mit vollem Mund.

Wenig später gehe ich ALLEIN die U-Straße entlang. Anders als sonst klingle ich heute nicht bei Chris, um ihn abzuholen. Ich biege ALLEIN am offenen Ende nach links ab. Marschiere

ALLEIN auf dem Weg durchs Maisfeld. ALLEIN die Schlangenlinie hinunter in die Stadt. ALLEIN im Fußgängertunnel unter den Gleisen durch. Und die ganze Zeit hämmert Mamas Satz in meinem Kopf: ER BRAUCHT DRINGEND PSYCHOLOGISCHE HILFE.

Heißt das, meine Mutter hält Chris für VERRÜCKT?

IRRE?

DURCHGEKNALLT?

Fünf Tage später kreisen ein paar Krähen über dem Maisfeld. Seit circa einer Minute schaue ich zu der Flugschau hoch. Was machen die HIER? Kapier ich nicht. Über dem stillgelegten Steinbruch unten in der Stadt, der immer mehr mit Müll angefüllt wird, ja, aber was wollen die HIER?
Ich schiebe meine Umhängetasche auf den Rücken, hock mich hin und schau in den Blätterwald. Der Boden zwischen den Maispflanzen färbt sich vom Durcheinander aus Gefieder, Köpfchen, Schnäbeln, Beinchen. Ein grauschwarz gescheckter Teppichläufer, der sich in alle Richtungen ausrollt. Und obwohl, oder gerade WEIL, ich ein EIGENARTIGES GEFÜHL habe, will ich wissen, WAS DA LOS IST.
Die Pflanzen reichen bis knapp über meinen Kopf. Die Maiskolben sind gerade mal fingerdick. Zwischen den Pflanzen klingt das Krächzen der Vögel dumpfer. Ich gehe immer weiter ins Feld hinein. Die Erde ist feucht, vom Regen der letzten Tage, und sie dampft, weil heute zum ersten Mal wieder die Sonne scheint.
Außer den Krähen ist da nichts Auffälliges.
Aber als ich mich umdrehe, um zu sehen, wie weit ich schon vom Weg entfernt bin –
Plötzlich stolpere ich fast über WAS.

Über was Weiches, wie was Lebendiges, stolpere ich fast.
Aber das Weiche, das wie was Lebendiges ist, springt nicht auf.
Es läuft nicht weg.
Ich stolpere fast über –
WAS MIT FELL.
Ein Tier ist das.
Aber das Tier in der Größe eines jungen Schafes ist kein Schaf.
Das Tier, über das ich fast gestolpert wäre, ist ein Hund.
Aber nicht IRGENDEIN Hund ist das.
Das ist KEILER.
Huberts Hund.
Und der schläft nicht.
Scheiße!
Scheiße!
Scheiße!
EIN TOTER HUND IST DAS!!!
Keilers Schnauze ist aufgerissen, der Unterkiefer nach unten geklappt. Die dick geschwollene Zunge steckt im Hals. Auf dem rosa Zahnfleisch krabbeln Fliegen. Der Kopf ist weit nach hinten gebogen, am Hals klafft eine blutige Wunde. Und überall sind Krähen. Immer mehr segeln heran. Die mit ihren harten Schnäbeln seinen Bauch aufreißen und die Gedärme heraushacken KÖNNTEN. Wenn ich nur daran denke, macht mein Magen einen Looping. Ein säuerlicher Geschmack breitet sich in meinem Mund aus, ich presse die Augen zusammen und schlucke mehrmals kurz hintereinander.
Dann sehe ich das MESSER neben dem toten Hund in der Erde stecken. Das Messer fixiert einen Fetzen Papier mit Buchsta-

ben drauf. Aber die Buchstaben sind irgendwie komisch. Ich hocke mich hin, kann aber immer noch nichts erkennen. Also stütze ich mich mit den Händen am Boden ab. Ein paar Vögel flattern auf. Der Zettel liegt verkehrt herum. Deshalb irgendwie komisch.

Buchstabe für Buchstabe setze ich die zwei Worte zusammen –

LETZTE WARNUNG

Und ich strecke meine Hand aus –

– um den Knauf

– um das Messer

– um den Fetzen Papier.

Um was eigentlich?

Langsam richte ich mich wieder auf. Was Chris jetzt wohl tun würde? Aber er hat Handyverbot und seine FESTNETZNUMMER habe ich nicht eingespeichert. Also wähle ich Mamas Nummer. Mamas Mailbox springt an. Papa ist im Dienst auf dem Handy nicht erreichbar und die Krankenhausnummer habe ich genauso wenig wie Chris' Festnetz. Mein Blick geht nochmals zu dem Hund, dem Messer, dem Zettel –

Wer macht so was?

Wer schlitzt einem Hund die Kehle auf?

Wer schreibt LETZTE WARNUNG?

Und ohne weiter darüber nachzudenken, tippe ich 1 – 1 – 0. Nachdem es zweimal geklingelt hat, meldet sich eine Polizistin.

»EIN TOTER HUND?« Sie klingt erstaunt.

Ja. Und IRGENDWAS ist komisch, sage ich.
»Komisch?«
JA.
»Bist du noch dran?«
JA.
»Also gut. Da ist ein toter Hund.«
JA.
»Und?«
Sie will wissen, wo ich mich befinde.
Da ein Feld keine Adresse hat, rede ich ziemlich konfuses Zeug. Trotzdem kapiert sie, wo ich bin, und verspricht einen Streifenwagen vorbeizuschicken.
Nachdem ich aufgelegt habe, drehe ich mich wieder zu dem Hund um, gehe abermals in die Hocke. Erst hüpfen die Krähen nur ein wenig nervös herum. Aber plötzlich schlagen die Vögel wild um sich. Im Wegfliegen treffen sie meine Arme und Schultern mit ihren Flügeln. Ich ducke mich. Gleichzeitig fällt ein Schatten über mich.
»Was ist das hier?«, sagt jemand hinter mir.
Ich stoße mich vom Boden ab, fahre herum, aber der Mann steht so dicht bei mir, dass ich gegen ihn pralle. Meine Umhängetasche zieht mich nach unten, ich knalle mit dem Rücken auf den Boden und lande mit der Schulter auf einem spitzen Feldstein.
Ich presse die Augen zusammen –
Um gegen den Schmerz –
Um gegen die Tränen –

Der Mann über mir ist zwei Meter groß und mindestens eine Tonne schwer. Über seinem Bauch spannt ein verschwitztes beigefarbenes Hemd, das in einer grauen fleckigen Stoffhose steckt. Die Ärmel sind bis über die Ellenbogen hochgekrempelt, die kräftigen Unterarme braun gebrannt. Die obersten Knöpfe seines Hemdes sind offen. Dort wachsen graue Brusthaare, dicht wie Grasbüschel –

»He, ich wollte dich nicht zu Tode erschrecken!« Er streckt mir seine Rechte hin.

Ohne sie zu nehmen, rapple ich mich auf.

»Aber was suchst DU hier, verdammt noch mal?«

Ich schiele zu Keiler. Dort sind mittlerweile eine Million Fliegen angekommen. Mein Magen fährt den nächsten Looping.

»Es ist Keiler. Vom Hubert. Vom Meiergut«, würge ich hervor.

Er nickt. »Das sehe ich. Aber das ist keine Antwort auf meine Frage.«

Stimmt.

»Ich kann hier nicht weg. Die Krähen …«

»Das mit den Krähen haben wir gleich!«

Der Mann holt ein Gewehr hinter seinem breiten Rücken hervor. Der schmale Ledergurt, quer über sein Hemd, war mir nicht aufgefallen. »Merk dir aber jetzt schon mal das eine: Du hast auf meinem Acker genauso wenig verloren wie diese Scheißviecher!« Er hebt den Lauf des Gewehrs gegen den wolkenlosen Himmel und entsichert es. Gerade noch rechtzeitig stopfe ich mir die Zeigefinger in die Ohren.

Ein Schuss.

Der Knall verwandelt den grauschwarzen Teppich zwischen den

Maispflanzen in eine schimmernde Wolke. Sie wirbelt nach oben, zieht über die Hochebene, hinunter in die Stadt, Richtung Steinbruch. Der Mann hält den Gewehrlauf noch eine Weile wie gehabt. Dann senkt er das Gewehr. Mit dem Gewehr senkt er den Blick.

In meinem Bauch summt noch immer der Schuss. Der Mann mustert mich, als wäre ich auch einer dieser dämlichen Vögel. Plötzlich füllt sich mein Mund abermals mit saurer Flüssigkeit. »Mir ist … Ich … Ich muss …« Der Mann zieht die Augenbrauen hoch. Krampfhaft schlucke ich das Saure hinunter, aber anstatt unten zu bleiben, kommt es sofort wieder hoch. Ich würge. Mein Magen pumpt. Als der Mann kapiert, was los ist, tritt er einen Schritt zurück.

Im selben Augenblick schießt ein gelbbrauner Brei zwischen meinen Zähnen heraus. Und dann tropfen klebrige, halb verdaute Cornflakes von den Maispflanzen.

Der Mann hockt neben dem Messer. Er runzelt die Stirn. Er denkt nach. Vermutlich darüber, was mit LETZTE WARNUNG gemeint ist. Würde mich auch interessieren –

Er bemerkt mich neben sich und lächelt zum ersten Mal. »Du hast ganz schön an Farbe verloren. Alles okay?«

»Denk schon«, sage ich und wische mir mit dem Ärmel über den Mund.

»Ist auch eine eklige Sache, so ein totes Vieh.« Er richtet sich auf und klopft mir auf die Schulter. »Tut mir leid, wenn ich vorhin etwas unfreundlich war. Ich mag es nur nicht, wenn sich hier jemand herumtreibt.«

Und was jetzt weiter?

»Ich habe ein Gewehr«, sagt der Mann nach einer Pause. »Ich pass auf, dass die Luftratten hier nicht wieder ansegeln.« Tatsächlich krächzen weit oben schon wieder ein paar Krähen. »Und du hast schnellere Beine und gehst zum Meiergut und holst diesen Hubert her.«

Okay. Aufgabenteilung –

»Warte!« Ich dreh mich nochmals zu dem Mann mit dem Gewehr um. »Was hättest du eigentlich getan, wenn ich nicht gekommen wäre?«

Ich weiß nicht, was er meint. Und zucke mit den Schultern.

»Du wolltest nicht, dass die Ratten ihm die Augen aushacken, richtig?«

»Genau.«

»Sehr gut«, sagt der Mann. »Aber irgendwann wärst du ihnen egal gewesen und sie hätten sich über den Hund hergemacht. Du hättest nichts tun können. Daran hast du nicht gedacht, oder?«

»Doch. Hab ich.«

»Ah, hast du!« Er ist überrascht. »Und was hast du dir da überlegt?«

»Aber deshalb habe ich doch die Polizei gerufen.«

»Du hast die Polizei gerufen?«

»Bevor Sie kamen«, sage ich verwirrt. »Ja. War das falsch?«

»Nein, nein«, antwortet der Mann schnell, atmet tief durch und wischt sich mit der Hand über sein schweißnasses Gesicht. »Aber du bist ein Kind. Du kannst nicht alles im Blick haben. Und folglich kannst du manche Zusammenhänge nicht so durchschauen, okay?«

Nein, ich verstehe zwar nicht ganz genau, was er meint –
»Deshalb«, fährt er langsam fort, »wenn dich die Polizei irgendwas fragt, und du bist dir nicht sicher, lässt du einfach mich reden, kapiert?«

Keiler ist tot.
Keiler ist tot.
Keiler ist tot.
WIE SOLL MAN WEM SAGEN, DASS JEMAND TOT IST?
Keiler ist zwar nur ein Hund, aber für manche Menschen ist ihr Hund ihr bester Freund, weiß ich von Papa. Besonders für Menschen, die alt sind und allein leben.
Hubert ist alt. Er lebt auch allein.
Diese Menschen sprechen mit ihrem Hund. Sie lassen ihn manchmal sogar im Bett schlafen. Und wenn ihr Hund stirbt, ist es für sie so, als würde ein Mensch sterben.
»Keiler ist tot«, sage ich halblaut zur Probe.
»Hallo, Simon!«
Erschrocken fliegt mein Kopf herum. Am offenen Ende der U-Straße hat Chris' Mutter gerade ihren roten Renault Clio gewendet. Durch das heruntergefahrene Seitenfenster schaut sie zu mir herüber. »Du bist spät dran, oder?«
Ich nicke nur.
»Ist was nicht in Ordnung, Simon?«
WIESO?
»Du bist blass.«
»Ich musste heute Früh kotzen«, sage ich nach einer weiteren Schrecksekunde wahrheitsgemäß.

»Aber warum gehst du dann überhaupt zur Schule, wenn du krank bist?«

»Ich bin nicht krank. Meine Mutter hat gesagt …«

Mist. Wenn sie jetzt mit Mama darüber redet?

»Aber es geht wieder«, füge ich schnell hinzu. »Und Mama hat es, glaub ich, gar nicht mitgekriegt.«

Chris' Mutter schaut mich kurz ungläubig an, dann fragt sie, ob sie mich in die Stadt mitnehmen soll.

»Ich gehe lieber zu Fuß.«

So doof kann sie gar nicht sein, dass sie nicht spätestens jetzt merkt, dass ich ETWAS nicht sagen will. »Außerdem haben wir heute eine Stunde später …«

Noch eine Lüge! Aber ich kann Chris' Mutter unmöglich sagen, dass Keiler tot ist. Keine Ahnung, warum. ICH KANN ES EINFACH NICHT. UNMÖGLICH.

»Und die frische Luft tut mir sicher gut.«

»So einen Satz würde ich gern einmal von Chris hören.« Sie lächelt und fährt das Fenster halb hoch. »Drei, vier Tage noch, dann kannst du ihn wieder besuchen.«

»Ich rufe ihn nachher an«, verspreche ich.

Sie nickt mir zu. »Aber du erreichst ihn nur auf dem Festnetz. Sein Handy ist nach wie vor …«

Ein ZWEITER SCHUSS unterbricht sie.

Der Clio macht einen Sprung nach vorn und der Motor stirbt ab. Ich schaue zum Maisfeld. Der Mann scheint die Krähen endgültig verjagt zu haben. Chris' Mutter schaut mich fragend an. Ich zucke mit den Schultern, als hätte ich VON NICHTS EINE AHNUNG.

Hubert steht in der offenen Tür. So klein und dünn habe ich ihn nicht in Erinnerung. Fast nur Haut und Knochen. Aber ein dichter weißer Stoppelbart sprießt in seinem schmalen Gesicht. Aus seinen Nasenlöchern stehen Haare wie Stacheln. Über seinen dunklen Augen wachsen lange harte Wimpern. Hubert bin ich zum ersten Mal begegnet, als Chris und ich eines Tages gemeinsam am Meiergut vorbeimarschierten. Er hinkte gerade zu seinem Auto. Dort schnallte er seine Prothese ab. Keiler schnappte sich das künstliche Bein, verfrachtete es im Kofferraum und sprang hinterher. Das sah total verrückt aus.
Warum ihm das rechte Bein fehle, wollte ich wissen.
»Er ist halt ein Krüppel«, sagte Chris achselzuckend, machte SEIN Bein steif und hinkte ein paar Schritte hinter dem alten orangefarbenen Opel Corsa her. Das war total komisch.

KEILER IST TOT.
Aber bevor ich irgendwas sagen kann, kommt Hubert auf mich zu. »Los! Gehen wir! Gehen wir!«, herrscht er mich an.
Er sagt nicht, WOHIN.
Ich zögere.
»Was ist?«, will er wissen.
»Keiler. Ihr Hund …«, stottere ich.
Aber er lässt mich nicht aussprechen: ABMARSCH!
Wortlos mache ich eine 180-Grad-Drehung und marschiere los. Als ich mich nach einer Weile nochmals verwirrt nach ihm umdrehe, keucht er ungeduldig: »Weiter! Weiter!«
Ich drehe ihm den Rücken zu.
»Kannst du nicht schneller?«, kommt von hinten.

JA –
Ich lege einen Zahn zu. Trotzdem hinkt Hubert immer zwei, drei Schritte hinter mir. Aber er atmet jetzt schwerer.

Im Maisfeld warten der Mann mit dem Gewehr und zwei Polizisten auf uns. Ein älterer Mann und eine junge Frau. Beide in Uniform. Mit aufgenähten Namensschildern.
Stefan FEYRER.
Conny FRITSCH.
Feyrer steht neben Keiler, hat seine Mütze abgenommen und wischt sich mit einem Taschentuch über die Glatze. Keiler liegt noch genau so da, wie ich ihn zuletzt gesehen habe. Das Messer und der Zettel mit LETZTE WARNUNG sind verschwunden.
Hubert streift seinen toten Hund nur mit einem kurzen Blick. Dann fixiert er den Mann mit dem Gewehr. »Warum bist DU hier?«
Der Mann zuckt mit den Schultern. »Das ist mein Grund und Boden.«
Hubert schnauft.
»Das ist eine ziemliche Scheiße, Hubert«, sagt der Mann auch noch.
»Tu nicht so, als würde dir daran irgendwas leidtun«, faucht Hubert ihn an.
»Mir ist selber vor einem Monat ein Hund verreckt«, entgegnet der Mann. »Ich weiß, wie weh das tut.«
Hubert stößt ein kurzes, ungläubiges Lachen aus. Ziemlich eindeutig mögen sich die beiden nicht besonders.

»Ist Ihr Hund auch SO umgekommen?«, will die Polizistin mit Blick auf Keilers Wunde am Hals wissen.
»Er war alt. Hatte Krebs. Ich musste ihn einschläfern lassen.«
»Schlimm genug.« Die Polizistin nickt betroffen, dann zieht sie einen Notizblock aus ihrer Brusttasche und mustert Hubert einen Augenblick lang, als wisse sie nicht genau, wie sie anfangen soll.
»Ist Hubert ihr Familienname? Oder Hubert, wie noch?«
»Geben Sie sich keine Mühe«, brummt Hubert. »Mit Ihren Fragen machen Sie ihn nicht mehr lebendig.«
»Moos«, ergänzt Feyrer.
Dafür erntet er einen Blick voller Hass. Hubert scheint nicht nur den Mann mit dem Gewehr nicht zu mögen, sondern überhaupt niemanden. Fritsch macht eine Notiz. Dann schaut sie MICH an.
»Und du …?«
»Simon.«
»Wie noch?«
»Spahn.«
»Sehr gut«, lobt sie mich. »Du hast also den Hund gefunden?«
»Und das Messer«, platze ich heraus. »Und …«
»Ein Messer?« Die Polizistin zieht die Augenbrauen hoch. »UND WO IST DAS JETZT?«
Aber der Mann muss das denen doch gesagt haben …
Die Polizistin hat meinen Blick verfolgt und wendet sich, ohne den Mann aus den Augen zu lassen, mir zu: »Und …? Wie geht der Satz weiter?«
Sie wiederholt ihre Frage und sieht mir jetzt direkt in die Augen.
Ich will wegschauen.
»Und …?«

»EIN ZETTEL«, sage ich so leise, dass nur sie es hören kann.
»Was für ein Zettel?«, fragt Conny Fritsch in die Runde.
Plötzlich mischt sich Feyrer ein: »Nein, nein, das …«
Im nächsten Augenblick bückt sich Hubert zu Keiler und der Polizist verstummt. Hubert legt jeweils Vorder- und Hinterläufe übereinander, packt sie an den Pfoten und hebt den toten Hund mit einem Schwung in den Nacken. Aus der Wunde am Hals und dem offenen Maul spritzt eine rotbraune Flüssigkeit.
»Das können Sie nicht, Herr Moos! Sie können das Tier nicht mitnehmen! Wir müssen das fotografieren. Wir müssen …« Die Polizistin versucht, ihren Ekel zu verbergen. Aber Hubert ist schon unterwegs. Und er geht einfach weiter.
»Stefan, das …«, wendet sich die Polizistin an ihren Kollegen.
»Ihm ist sein Hund gestorben«, sagt der Polizist. »Wenn du so lange mit einem Tier gelebt hast, das TUT WEH. Hast du doch eben gehört. Lass ihn …«
»GESTORBEN? Wie das hier aussieht. Und was der Junge eben gesagt hat. Ich würde sagen …« Die Stimme der Polizistin klingt jetzt anders, schriller. »Ich versteh das nicht, Stefan.« Sie klopft ein paarmal mit dem Stift auf ihren Notizblock.
»Lass doch, Conny …«
»Okay. Wir waren gerade dabei …«
»Nein, wir …«
»Aber …«
Und so weiter.
Keiner lässt den anderen aussprechen, bis Feyrer mit lauter, bestimmter Stimme sagt: »ICH leite ab jetzt die Untersuchungen!«

Conny Fritsch läuft rot an. »Stefan, was …?«
»Und du geh auch heim«, sagt der Polizist zu mir. »Wenn wir noch irgendwelche Fragen haben, melden wir uns bei deinen Eltern.«
»Nein, das tut er NICHT! Erst will ich eine Antwort«, protestiert die Polizistin und fixiert wieder mich. »Als du losgegangen bist, um Herrn Moos zu holen, da war das Messer und der Zettel noch da?«
Wenn ich JA sage, kann das nur bedeuten, der Mann mit dem Gewehr hat die Sachen verschwinden lassen.
»Simon, WAS STAND auf dem Zettel?«
»Conny, du darfst den Jungen ohne seine Eltern nicht verhören«, sagt der Polizist.
»Stefan, merkst du nicht, dass hier irgendwas total danebenläuft?«
»Du kriegst Schwierigkeiten, Conny, wenn du ihn nicht gehen lässt«, redet Feyrer auf seine Kollegin ein.
»Ich möchte nur, dass er mir antwortet. Ich halte ihn ja nicht fest.«
Sie hält mich ja nicht fest!
Stimmt –
Sie hält mich nicht fest –
Stimmt genau –
Tickert es in meinem Hirn.
Und ich mache einen Satz zurück, dreh mich um, spurte los.
»He!«, ruft die Polizistin.
Ich laufe querfeldein.
Zwischen den Maispflanzen.

So schnell ich kann.
Schneller, als ich kann.
Als ich das offene Ende der U-Straße erreiche, bin ich völlig außer Atem. Gegen das Seitenstechen drücke ich meine Faust in den Bauch und atme gleichmäßig. Blick zurück. Der Mann mit dem Gewehr, der Polizist und die Polizistin stehen immer noch auf demselben Fleck. Niemand schaut zu mir her. Niemand verfolgt mich. Conny Fritsch gestikuliert wild. Ich kann immer noch ihre Stimme hören, verstehe aber nicht, was sie sagt. In der Luft tanzen ein paar Krähen. Fünf. Vielleicht auch acht. Nah beisammen wirbeln sie durcheinander. Unmöglich, sie genau zu zählen. Gemeinsam mit Hubert und seinem toten Hund ziehen sie Richtung Meiergut.

Hunger.
Kein Wunder, nachdem ich das Frühstück ausgekotzt habe.
In der Küche schneide ich fünf Brotscheiben ab, beschmiere sie mit Butter, lege Käse drauf, verziere den Belag mit Kringeln aus der Ketchupflasche und verfrachte sie auf einen Teller. Dann reiße ich den Kühlschrank nochmals auf, klemme mir eine Fanta unter den linken Arm und balanciere Teller plus fünf Milchschnitten. Auf dem Weg in mein Zimmer nehme ich das Schnurlostelefon aus der Ladestation.

Ich liege auf dem Bett und wähle Chris' FESTNETZNUMMER.
Aber er geht nicht ran.
Ich esse die Brote auf.
Ich trinke die Fanta aus.

Ich stopfe die Milchschnitten in mich hinein.
Dann FESTNETZTELEFONAT, zweiter Versuch –
»He!« Chris' Stimme klingt komisch.
»Hast du geschlafen?«
»Nö.«
»Ich hab vorhin schon mal angerufen.«
»Bin nicht ran.«
»Was machst du immer so?«
»Spiele am PC.«
»Hast du nicht Verbot?«
»Zweites Kabel?«, fragt Chris, als hätte ich eine der saudoofsten Fragen überhaupt gestellt. »Aber ins Netz komm ich nicht.«
»Cool.«
»Sonst was?«
»Chris, hör mir mal zu, ich …«
»Shit.«
»Was?«
»Ich war fast dran. Und jetzt …«
»Spielst du gerade?«
»Meine Mutter ist weg.«
»Dann ist sie noch nicht zu Hause?«
Eine Weile höre ich nur TASTATURGEKLAPPER.
»Chris!«
Keine Antwort.
»Bist du noch da?«
»Hab ich doch gesagt, dass sie noch nicht da ist«, brummt er ins Telefon. »Willst du was von ihr?«
»Chris, ich …«

»Ich war knapp vorm letzten Level. Jetzt bin ich zurück auf vier!«

»Sorry. Tut mir leid«, sage ich, obwohl es mir eigentlich vollkommen egal ist. Aus dem Hörer kommen Schüsse und Explosionen.

»KEILER IST TOT«, sage ich.

»WAS?«

»Ich wollte es dir schon die ganze Zeit sagen.« Und ich erzähle, wie ich mich über die Krähen gewundert habe und zwischen die Pflanzen gegangen und schließlich fast über den toten Hund gestolpert bin.

»Aber der war doch ohnehin schon irrsinnig alt«, unterbricht mich Chris.

»Aber er ist GEWALTSAM GETÖTET worden.«

»Gewaltsam?«

»Jemand hat ihm die Kehle durchgeschnitten«, sage ich leise. »Und da war …«

»DU hast Keiler mit durchgeschnittener Kehle gefunden?« Chris klingt jetzt genauso fassungslos, wie ich es gewesen bin, als ich im Maisfeld kapiert habe, was da los ist –

»Ja. Das war voll krass. Aber das ist noch nicht alles«, rede ich weiter. Und berichte von dem Zettel. Dem Mann mit dem Gewehr. Dem Schuss. Der Polizei. Dass das Messer und der Zettel verschwunden waren, als Hubert und ich zurückkamen. »LETZTE WARNUNG.«

»Stand auf dem Zettel?«

JA. Und wie Hubert mit dem toten Hund abgehauen war, ohne sich um das alles zu kümmern.

»Er hat den Zettel nicht gesehen?«

NEIN. Und wie ich davon erzählen wollte. Aber nicht durfte.
»Da ist irgendwas total falsch. Und das alles hat was mit diesem Mann mit dem Gewehr zu tun!«
»VOGT«, sagt Chris.
WAS?
»Der Mann mit dem Gewehr heißt Vogt. Ihm gehören die meisten Felder hier in der Umgebung. Auf seinem Grund wurde auch die U-Straße gebaut. Er hat sogar ein eigenes Flugzeug, eine einmotorige CESSNA Skylane.«
Aha.
Dann herrscht eine Weile Schweigen in der Leitung. Schließlich höre ich Chris fragen: »Hast du einen Beweis?«
WOFÜR?
»Dass Vogt das Messer und das Papier entfernt hat.«
Nein. Beweis habe ich keinen. »Aber wer soll es sonst gewesen sein? Ich habe es schließlich gesehen.«
»Wie er das Messer und den Zettel entfernt hat …?«, fragt Chris erstaunt.
NEIN, verdammt. »Nur, dass sie vorher da waren und dann weg.«
»Das nützt gar nichts«, ist sich Chris sicher.
Wieso nützt das nichts? Manchmal kann man auch, ohne etwas gesehen zu haben, wissen, was jemand getan hat. Einfach weil ALLES dafür spricht. »Ich weiß ja auch, dass du das FISCHEN-STRENGSTENS-VERBOTEN-Schild abmontiert und bei den Schafen aufgehängt hast.«
»Wer sagt, dass ICH das gewesen bin?«, fragt Chris.
»Du bist doch am Nachmittag nochmals hin«, sage ich.

»Aber dass ICH es weggemacht habe, habe ich nicht gesagt, oder?«
»Wer soll es denn sonst …?«
»Du hast dafür genauso wenig einen Beweis wie dafür, dass Vogt das Messer und das Papier entfernt hat«, behauptet Chris.
»Ja«, muss ich zugeben. »Aber das ändert nichts an der Tatsache, dass DU es gewesen bist.«
»Doch«, sagt Chris. »Das ändert alles. Niemand muss dir glauben. Außerdem …« Aber plötzlich hält er den Atem an. »Shit!«
»Was?«, frage ich erschrocken.
»Mamas Auto.«
Keine Ahnung, WAS ich gedacht habe, wer das sein könnte?
»Ich muss das Kabel verstecken!«
»Was außerdem?«
Chris sagt nichts. Aber er ist noch dran.
»Was AUSSERDEM?«
»Weißt du, wie man ihn hier nennt?«, fragt Chris.
WEN?
»Vogt.«
»Keine Ahnung.«
»Den SCHAKAL.«
»Den Schakal?«
»Er heißt so, weil man sich besser nicht mit ihm anlegt«, sagt Chris langsam, als würde ich nicht richtig Deutsch verstehen. »Also am besten, du vergisst die ganze Sache, Simon!«
»Dann denkst du auch, dass der Schakal …«
»Sicher«, sagt Chris. »Wer sonst? Aber ohne Beweise …«
»Aber WARUM hat der Schakal das getan?«

»Simon, ich …«
Und –
SCHLUSS.
Hallo!?
AUFGELEGT.
Ich atme durch.
Shit.

Eine Weile stehe ich wie erstarrt da. Mir ist klar, es hat keinen Sinn, nochmals anzurufen. Dann setze ich mich in Bewegung, knalle im Flur das Telefon zurück in die Ladestation. Von da gehe ich in die Küche, verschnüre den Plastikmüllsack und schleppe ihn zusammen mit dem normalen Müll, dem Biomüll, den leeren Flaschen und dem Altpapier hinaus in den Garten. Das tue ich sonst NIE. Maximal nach einer Endlosdiskussion mit Mama. Ich ziehe das Garagentor auf und gebe ihm einen Stoß. Es rastet donnernd an der Decke in der Halterung ein. Ohne hinzusehen, schlage ich mit der Faust auf den Kippschalter. Die Neonröhren an der Decke flackern auf. An der Rückwand stehen Kisten zur Mülltrennung, die Papa einmal im Monat zu Containern bringt. Automatisch verteile ich die unterschiedlichen Materialien in die entsprechenden Behältnisse. Ich habe KEINE AHNUNG, warum ich das tue –
Bis mich ein Gedanke trifft.
Und ich muss gar nicht erst in den Hosentaschen suchen.
Ich muss auch nicht den Weg zwischen Garage und Haus abgehen.
ICH WEISS ES EINFACH.

Ich weiß, ich habe die Tür zugezogen und den Schlüssel in der Wohnung vergessen.
Shit!
Es kann Stunden dauern, bis Mama kommt.
Shit!
Und wenn ich etwas HASSE, ist es WARTEN.
Und Wut kocht in mir hoch –
Die man von außen nicht sieht.
Die nur unter der Haut brennt.
Weil es ohnehin keinen Sinn macht, sie zu zeigen.
Weil es nichts ändert.
Weil trotzdem alles so bleibt, wie es ist.
Diese ohnmächtige Wut –
Wie damals, als es fix war, dass wir dort wegziehen, wo wir früher wohnten.
Das war eine richtige Stadt.
Mit vielen Straßen.
Es gab ein Fußballstadion.
Einen Zoo.
Einen Bahnhof mit zwölf Gleisen.
Wenn man dort einen toten Hund findet, ist er von einem Auto überfahren worden.
Wir haben in einem Hochhaus gewohnt.
Zwölf Stockwerke.
Aber jetzt wohnen wir in einem von vierzehn gleichen Häusern, in dem immer nur eine Familie wohnt.
Und rundherum ist NICHTS.
Okay, nicht nichts.

Felder und Bäume.
Interessiert das wen?
Papa hat mir zwar versprochen, dass wir so bald als möglich ein Wochenende in der Stadt verbringen.
Da wir jetzt in der Natur leben, wollte Papa auch eine Nachtwanderung machen –
Einen Rundflug mit einem Sportflugzeug vom nahen Flugplatz –
Mittlerweile kenne ich diese Art von Versprechen –
Da kann man ewig drauf warten.
Und wie gesagt, ich HASSE Warten.

»Miau.«
Es ist die Katze, die seit ein paar Tagen vor unserer Haustür auftaucht.
»He.«
Wie lang hockst du schon da?
Sie hat die Vorderbeine abgestützt, den Schwanz drum herumgelegt und glotzt mich an.
»Sorry, ich hab nichts für dich.«
Die Katze macht einen Satz und landet auf meinem Schoß.
»Hallo. Ich hab nichts. Ich Idiot hab mich ausgesperrt.«
Sie ringelt sich ein und legt den Kopf auf meinem Knie ab. Im Haus klingelt das Telefon. Ich springe auf. Die Katze landet auf dem Boden. Ich rüttle an der Tür. Keine Chance. Nach einer Weile schaltet sich der Anrufbeantworter ein. Mamas Ansage. Ich presse mein Ohr an die Haustür. Vielleicht ruft ja Chris nochmals an? Ich verstehe aber nix. Hock mich wieder hin. Okay, wenn ich nicht mit Chris reden kann, rede ich eben mit einer Katze –

Wie heißt du eigentlich?
Langsam fahre ich mit meiner Rechten durch ihr weiches Fell. Gegen den Strich. Stört sie aber überhaupt nicht.
Soll ich dir was sagen, KATZE OHNE NAMEN?
Ich glaube, Chris hat Recht. Am besten vergesse ich die ganze Sache einfach. Sollen Hubert und der Schakal und die Polizistin und dieser Feyrer das unter sich ausmachen.
Und noch was: Wäre ich bloß nicht in das Maisfeld hineingegangen. Sondern schnurstracks in die Schule.
Und weißt du was?
Ich wäre jetzt nirgendwo lieber als in der Schule.
Zum ersten Mal, seit wir hier wohnen.
Sogar Biologie bei Norbert Jobst wäre mir jetzt lieber, als hier sinnlos herumzusitzen.

IRGENDWANN später hebt die KATZE OHNE NAMEN plötzlich ihren Kopf und verschwindet kurz darauf mit einem Satz im nächsten Gebüsch. Im selben Augenblick taucht Mama auf. Ich sehe sie, bevor sie mich sieht. Mama bleibt überrascht an der Hausecke stehen und presst mit beiden Händen Briefe und Werbeprospekte an die Brust. Fast wären sie zu Boden gesegelt.
»Was machst DU denn hier?«
»Sitzen und warten«, sage ich.
»Um diese Zeit?«
»Unterricht ist ausgefallen«, sage ich knapp.
Sie schluckt es, obwohl ich keine Schulsachen bei mir habe.
»Und dein Schlüssel?«
»Vergessen.«

»Weil du deinen Kopf immer irgendwo anders hast«, sagt Mama vorwurfsvoll. »Hier, nimm.« Sie hält mir die Post hin und schließt die Tür auf.

Das rote Lämpchen des Anrufbeantworters blinkt. Mama drückt auf die Abhörtaste.
»Hallo? Ist da jemand?« Eindeutig Annes Stimme.
Mama steht mit hochgezogenen Augenbrauen neben dem Anrufbeantworter und lauscht.
»Okay. Dann nicht. Also.« Anne erklärt, dass sie heute noch nach Hause kommt und dass JEMAND sie vom Bahnhof abholen soll.
»Keine Sorge. Kein Weltuntergang«, sagt Anne, bevor das Band abschaltet.
»Deine Schwester kommt doch sonst nicht mitten in der Woche nach Hause«, wundert sich Mama und drückt abermals auf den blinkenden Knopf. »Weißt DU, was sie hat?«
»Woher sollte ich?«
Mama verschwindet Richtung Küche. Ich hinterher.
»Haben wir Milch für die Katze?«
»Kommt die immer noch?«
»Jep.«
»Wem gehört die eigentlich?«
»Keine Ahnung.«
Sie ist eine KATZE OHNE NAMEN UND BESITZER.
»Ich möchte sie nicht in der Wohnung haben. Ist das klar?«
Mama geht zum Kühlschrank. Mein Blick fällt auf die Anrichte. Scheiße. Zu spät.
»Sag mal«, Mama stutzt, »wieso steht denn die Butter draußen?«

Ich weiß genau, was jetzt kommt.
Es fängt damit an, dass ich nicht die komplette Wahrheit sage –
– weil es einfacher ist.
– weil es ohnehin egal ist.
– weil ich nicht mit ihr über ETWAS reden will.
– weil dann weniger nervige Fragen kommen.
ES GIBT TAUSEND GRÜNDE für eine klitzekleine Unwahrheit, wie die, dass ich früher Schule aus hatte und den Schlüssel morgens vergessen habe, nicht erst später, nachdem ich Käsebrote gegessen habe, und so weiter. Mama findet dann ETWAS heraus, das nicht stimmt. »Sorry, aber das weiß ich jetzt ganz genau, dass ich die Butter heute Morgen zurück in den Kühlschrank gestellt habe.«
Ich sage ihr, dass sie sich irren MÜSSE, weil es ja anders gar nicht möglich sei.
»Wenn du mir jetzt auch noch einreden willst, du weißt nicht, wohin der ganze Käse ist, dreh ich durch.«
Und jedes Mal muss ich dann irgendwann zugeben, dass doch alles anders ist, als ich in den letzten zehn Minuten behauptet habe, und so weiter. Und Mama sagt, wie enttäuscht sie von mir sei, weil ich sie von hinten und vorn belüge und so fort.
HEUTE rettet mich das Telefon.

Ich verschwinde in mein Zimmer.
»Für dich!«, schallt es zwei Sekunden später aus dem Flur.
»Wer?«
Mama reißt die Tür auf. »Kommst du? Oder muss ich es dir auch noch hinterhertragen?«

»Hallo?«
Mama steht immer noch in der Tür. Ich hasse es, wenn mir jemand beim Telefonieren zusieht, und drehe mich weg.
»Chris?« Ich habe keine Ahnung, wer mich sonst anrufen könnte.
»KEIN CHRIS«, sagt jemand, den ich nicht kenne.
»Sondern?«
»Ich rede. Du hörst mir zu. Verstanden?« Die Stimme ist rau, trotzdem jung. Und ich habe sie ganz sicher noch nie gehört.
»Ob du mich verstanden hast?«, fragt der Typ.
»Ja«, sage ich leise und halte die Luft an.
»Dann hör mir genau zu. Ich sag es nämlich nur EINMAL.«
»Was …?« frage ich.
»Was hab ich gesagt?«
Ich schweige.
»Was ich gesagt habe?«
»Jetzt weiß ich nicht, ob ich was sagen darf«, sage ich nach einer Pause.
Gelächter vom anderen Ende der Leitung. Ein zerhacktes Lachen, das mir kalt in die Knochen fährt. »Sehr gut. Du lernst schnell. Und jetzt pass auf, KLEINER! Ich weiß, du warst heute im Maisfeld und hast diesen toten Köter gefunden. Ich weiß auch, dass da ein Messer und ein Zettel waren. Dieser Zettel war nicht für deine Augen bestimmt. Er geht dich nichts an. Verstanden?«
Mein Herz rast wie verrückt und mein Magen verknotet sich. Ich nicke.
»Ich gehe jetzt mal davon aus, dass du kein vollkommener Idiot bist und brav genickt hast.«
Hört mich der Typ nicht nur, sondern sieht er mich auch? Mein

Blick rast im Zimmer herum. Hat jemand heimlich in meinem Zimmer Cams installiert?

»Noch da? Oder bist du zu Tode erschrocken, weil ich so ziemlich alles über dich weiß?«

Keinen Schimmer, ob er eine Antwort will oder nicht.

»Erstens, dieser Zettel geht dich nichts an«, redet er weiter, »und zweitens, du sprichst am besten mit niemandem darüber. Hast du verstanden? KEIN WORT! ZU NIEMANDEM! Vor allem wirst du dich nicht bei dieser Polizistin ausheulen, kapiert? Und drittens, wenn sie zu dir kommt und nicht lockerlässt, dann sagst du ihr, da war kein Zettel. Und auch kein Messer. Du hast dich getäuscht. Kapiert? Du hast dir das nur eingebildet. Dieser Hund war einfach tot. Du kannst doch lügen.«

»Woher weißt du, dass …?« Er lässt mich nicht ausreden.

»Woher ich das weiß, dass du lügen kannst?«, fragt er. »Alle Menschen können lügen. Und besonders Kinder.«

Ich will fragen, woher er das alles weiß. Aber anstatt die Frage zu wiederholen, nicke ich erneut.

»Pass auf! Wenn ich zu hören kriege, dass du was getan hast, was du und ich nicht vereinbart haben …« Pause. »Und ich kriege ALLES mit.«

Mir ist vollkommen klar, was gleich kommt.

»Dann liegst DU demnächst auch in diesem Feld, und zwar genauso tot wie dieser Köter.«

GENAU DAS.

»Ich meine das ernst. Wir beobachten dich nämlich. Kapiert?«

WIR?

Ich schweige.

»Du darfst jetzt JA sagen.«
»Ja«, sage ich zögernd.
Ja.
Ja.
Ja.

»Wer war das?« Mama ruft aus der Küche. Sie muss ihren Posten in der Tür irgendwann verlassen haben.
»Niemand.« Mehr als EIN Wort schaffe ich nicht.
Ich will zum Bett.
Werde ich aber auch nicht schaffen. Meine Knie zittern zu sehr. Also lasse ich mich einfach da, wo ich gerade stehe, auf den Teppich sinken. Im Schneidersitz.
»Kann ich das Telefon haben?« Mama steht hinter mir.
Ich strecke den Hörer in die Luft.
Sie packt mich am Handgelenk, damit ich den Arm nicht im letzten Augenblick wieder einfahre. Ich bin aber ohnehin nicht zu Scherzen aufgelegt. Mama nimmt das Telefon. Mein Arm fällt schlaff nach unten. Ein tiefer Seufzer entweicht meiner Luftröhre.
»Simon, was …?«
Ich schnappe nach Luft und schüttle gleichzeitig den Kopf.
KEIN WORT.
ZU NIEMANDEM.
»Was ist los, Simon?«
»Es tut mir so leid«, sage ich leise. »Es tut mir so leid.«
»Was denn?« Mama kniet bei mir.
»Ich habe dich angelogen. Ich hab die Butter draußen stehen

lassen. Ich hab auch den Käse gegessen. Ich war vorher schon hier und habe …«

Das glaubt sie mir nie, dass ich deshalb so fertig bin. Aber Mama legt ihre Arme um mich. »He, ist gut, Großer.«

Ich lege den Kopf an ihre Schulter. Sie streicht mir über das Haar. Voll peinlich, wenn Chris das sehen würde. Aber ihr warmer Körper und ihr Geruch fühlen sich gut an.

»Ich verstehe nur immer nicht, warum du das nicht einfach sagst.« Mamas Atem streichelt meine Wange.

»Ich dachte, dann fällt kein Verdacht wegen dem Käse auf mich«, lüge ich.

»Meine Güte!«, lacht sie. »Der Käse … das ist doch Käse. Man kann neuen kaufen.« Sie drückt mich fest an sich.

»Ich weiß auch nicht«, rede ich weiter. »Es passiert mir. Ich weiß nicht, warum. Es passiert einfach. Obwohl ich weiß, dass es falsch ist. Ich will dich nicht anlügen. Es tut mir echt leid.«

Alle Kinder können lügen, hat der Typ gesagt.

Keine Ahnung, ob das stimmt.

Ich zumindest kann es hervorragend.

»Ist schon okay.« Mama streicht mit beiden Händen über mein Haar. An der Tür bleibt Mama nochmals stehen. »Ist das wirklich alles, was dich bedrückt?«

Ich nicke.

Auch wenn ich NEIN sagen will.

NEIN.

NEIN.

Ich drehe mich zu Mama um –

Aber da ist sie schon weg.

Annes Zug hat circa zwanzig Minuten Verspätung.
»Wieso DAS denn?«, fragt Mama genervt.
Aber in unserem Provinzbahnhof gibt es weder einen Schalter für Karten noch für Auskünfte. Auch keinen Kiosk. Tickets löst man an einem Automaten. Daneben steht ein zweiter für Getränke. Seit ein paar Wochen sind auch die Toilettentüren versperrt. Wenn jemand MUSS, muss er das DIXI-Klo am Bahnhofsvorplatz benutzen. Immerhin hängt über der Tür zu den beiden einzigen Gleisen ein Flachbildmonitor für Zuginformationen.
Mama lässt sich auf die einzige Wartebank fallen, schlägt die Beine übereinander und zupft an ihren Haaren herum. Das tut sie ständig, seit sie ihren Zopf abschneiden ließ, bevor wir umgezogen sind. Papa geht, mit beiden Händen in den Hosentaschen, Richtung Fahrpläne. Ich lehne mich gegen die Wand neben dem Ausgang zu den Gleisen.
»Du reibst den ganzen Dreck herunter«, schickt Mama in meine Richtung.
JA. OKAY. Ich stoße mich mit den Ellenbogen von der Wand ab.
KLACK. Der Zeiger der großen Uhr über den Fahrplänen springt um eine Minute weiter. Es sind noch fünfzehn Minuten bis zur verspäteten Ankunft.

Ich habe keine Lust, hier zu warten, mache eine 180-Grad-Drehung und marschiere Richtung Ausgang.
»WO WILLST DU DENN HIN?«, fragt Mama.
Ich gehe ohne Reaktion weiter.
»Wenn du willst, können wir uns über IRGENDWAS unterhalten«, schlägt Papa vor.
Ich weiß genau, worauf IRGENDWAS hinausläuft: Ob ich mich in der neuen Umgebung mittlerweile eingelebt habe, mich wohlfühle, Freunde habe und so weiter. Und das Gespräch endet wie immer mit irgendwelchen Versprechungen, die dann ohnehin nicht eingehalten werden.
»Ich will mich aber über nichts unterhalten!«
Meine Eltern sagen noch irgendwelche Sätze, aber ich klappe die Ohren zu und versetze der Schwingtür mit dem rechten Fuß einen Tritt.

Von hier aus hat man einen Überblick über den Parkplatz und ein ehemaliges Fabrikgelände dahinter mit einem stillgelegten Lagerhaus.
An der Dönerbude lehnen zwei Penner mit roten Gesichtern und Bierflaschen. »Die können mich alle kreuzkümmelweise«, sagt der eine. Der andere: »Mich auch.« Sie prosten dem Budenbesitzer zu, der mit einem großen Messer Dönerfleisch vom Drehspieß schabt. »He, Türke, wir haben mit dir gesprochen!« Der Budenbesitzer blickt kurz auf. Die beiden Besoffenen grunzen.
Neben Papas Land Rover steht jetzt ein gelber Sportwagen. Unklar, welche Marke. Interessiert mich im Augenblick auch null. Ein ziemlich großer Typ in schwarzer Lederjacke lehnt an

dem Wagen. Im Mundwinkel hängt eine Zigarette und er knetet IRGENDWAS mit seiner rechten Hand, und ganz eindeutig –
DAS INTERESSIERT MICH.
Weil der Typ GANZ EINDEUTIG zu mir herüberschaut.
Ich schau weg und wieder hin.
Mein Herz schlägt schneller.
Ich schau nochmals weg und wieder hin.
Er macht die Augen kleiner, um mich besser zu fixieren oder einfach nur, um mir zu zeigen, wie sehr er mich im Blick hat.
Nach einer Weile schmeißt der Typ mit der Rechten einen kleinen Ball in die Luft, fängt ihn mit links wieder auf und ballt die Hand zu einer Faust. Dabei lässt er mich nicht aus den Augen.
Und ich bin ABSOLUT SICHER –
DAS ist der –
Der mich angerufen hat.
Der mir gedroht hat.
Der ALLES von mir weiß.
Mit dem Ballspiel will er mir zeigen, wie lässig er mich zerquetschen wird, WENN ICH MIT IRGENDWEM über den Zettel REDE –
Scheiße!
Während ich immer weiter hinstarre, zieht er kurz an der Zigarette, lässt sie fallen, schaut einen Moment zu Boden, um sie auszutreten, und schon hat er mich wieder im Visier –
Scheiße! Scheiße! Scheiße!
Aber plötzlich dreht er sich weg.
Er beugt sich in den Wagen.
Er scheint, irgendwas zu suchen.

Auf jeden Fall steht er mit dem Rücken zu mir.
Das ist MEINE CHANCE.
Vielleicht meine einzige und letzte.
Nutze sie, Simon!
Aber ich –
Ich stehe, wo ich seit circa vier Minuten wie angewurzelt bin.
Er immer noch mit dem Rücken zu mir –
MACH SCHON, SIMON!
Du musst weg!
Rette dich!
Hau ab!
Flieh!
Los!
Und zwar jetzt –
JETZT!
Bevor sich der Typ wieder umdreht –
Ich flitze zurück in die Bahnhofshalle.
Mein Herz ist kurz vorm Explodieren.

Mama hat sich eine Cola aus dem Automaten gezogen und blättert in einer Zeitung, die vorhin am Boden lag. Papa geht langsam herum, wobei er bei jedem Schritt darauf achtet, über eine Bodenfliese hinwegzusteigen. Keine Ahnung, wozu das gut sein soll. Als er mich bemerkt, bleibt er stehen. »Also, was ist?«
»Was soll sein?«, frage ich so ruhig es geht.
Mama faltet die Zeitung zusammen. »Jetzt sei doch nicht so, Simon!«
»Lasst BITTE gut sein!«

Ich setze mich neben Mama –
– weil ich nicht stehen mag.
– weil es in diesem Minibahnhof keine andere Bank gibt.
Aber vor allem –
– weil ich von hier aus die Schwingtür zum Bahnhofsvorplatz am besten im Blick habe.
Mama wirft die Zeitung in den Papierkorb und will ihren Arm um meine Schulter legen. Ich rücke ein Stück zur Seite. Hat sie kapiert, dass ich gerade keinen Körperkontakt vertrage? Jedenfalls macht sie keinen weiteren Versuch, mich anzutatschen.
IM Glas der Schwingtüren spiegelt sich die Uhr. Der Minutenzeiger rückt gerade von 20 Uhr 37 auf 20 Uhr 38 vor. DURCH das Glas sehe ich auf dem Bahnhofsvorplatz den Typen in Lederjacke. Er lehnt wieder genauso am Wagen wie vorhin. Wo er hinschaut, kann ich von hier aus nicht erkennen. Ist auch egal. Allein seine Anwesenheit macht mir Angst. Das weiß ER auch.
Trotzdem –
»Sollten wir nicht langsam raus auf den Bahnsteig?« Meine Stimme ist mehr ein Keuchen.
Mama dreht sich nach der Uhr um.
»Es bleibt noch immer mehr als eine Viertelstunde«, sagt sie, ohne sich aus der Ruhe –
»Aber …«
Papa zeigt zum Monitor. »Als du draußen warst, haben sie nochmals umgestellt.«
Ich schaue hoch. Jetzt sind es schon circa fünfunddreißig Minuten Verspätung. »Aber wir können doch genauso gut auf dem Bahnsteig warten.«

Papa setzt sich zu uns.
»Außerdem gibt es keine Bänke auf den Bahnsteigen«, sagt Mama, streckt die Beine aus und betrachtet ihre Schuhe. »Ich brauch mal wieder neue«, sagt sie.
»Wir können doch auch rumlaufen«, schlage ich vor.
»Du kannst ja rausgehen, wenn du unbedingt willst. Wir warten hier auf dich und Anne.«
NEIN! »Nur wenn ihr mitkommt!«
Papa sieht Mama fragend an. »Er ist doch sonst nicht so, dass er immer nur mit uns zusammen sein will. Oder hab ich was nicht mitgekriegt?«
Der Mann am Bahnhofsvorplatz hat sich mittlerweile eine neue Zigarette angezündet.
Ihr kriegt ÜBERHAUPT NICHTS mit!!!

Der Zug kommt mit vierzig Minuten Verspätung an. Anne steigt aus dem letzten Waggon und stapft in kniehohen Stiefeln auf uns zu. Blick zu Boden. Kann eigentlich nicht sein, dass sie uns überhaupt noch nicht gesehen hat. Mama wundert sich, dass Anne bei diesem Wetter Stiefel trägt.
»Sieht doch schick aus«, sagt Papa.
Mama verdreht die Augen. Über Annes hautengen Jeans flattert ein T-Shirt, darauf ein Kopf mit Rastalocken und E-Gitarre. Als sie näher kommt, kann ich den Schriftzug unter dem Bild lesen –

KRILL

Erst als sie einen Meter vor uns stehen bleibt, sieht Anne hoch. »Warum denn ALLE? JEMAND sollte mich abholen. Nicht ALLE, habe ich gesagt, oder?« Klingt nicht so, als hätte sie gute Laune.

»Weil wir ALLE noch nichts gegessen haben und ALLE zusammen ins SAN REMO gehen«, erklärt Papa.

Anne zuckt mit den Schultern. »Okay.«

Widerwillig lässt sie sich von Mama und Papa auf die Wangen küssen. Mir legt sie eine Hand auf die Schulter. »Hi, Kleiner! Ich hab dich vermisst.«

Ernsthaft?

»Alles klar?« Dabei schiebt sie ihre Hand in meinen Nacken.

»Alles klar«, lüge ich. »Aber kannst du bitte deine Pfoten wieder wegnehmen?«

Anne zuckt zurück, als hätte ich ihr mit meinem Satz einen Stromschlag verpasst.

»Hast du kein Gepäck?«, will Mama wissen.

»Ich fahre morgen Früh wieder.« Anne klopft mit der Hand auf ihre Umhängetasche mit KRILL-Buttons.

Mama schnauft. »Was hast du uns eigentlich so Wichtiges zu sagen, dass du mitten in der Woche extra kommst?«

»Ich bin NICHT schwanger.« Anne gibt der Schwingtür einen Stoß und schlüpft ins Freie. Auf der rechten Gesäßtasche ist ein rot leuchtender Totenkopf aufgebügelt.

Papa ist als Nächster draußen. Dann ich. Hinter mir höre ich Mama fluchen. Offenbar habe ich ihr die Tür fast ins Gesicht geknallt. »Sorry.« Aber ich bin auf was anderes konzentriert. DEN MANN IN DER SCHWARZEN LEDERJACKE, neben

dem jetzt eine Frau steht, die auch mit Annes Zug angekommen ist und am Bahnsteig an uns vorbeimarschiert ist. Der Mann hat nur noch Augen für SIE –
»Ich bin vielleicht ein VOLLIDIOT«, sage ich.
»Erzähl mir was Neues«, lacht Anne.
Idiotin!
Aber –
Dass ich an die MÖGLICHKEIT nicht gedacht habe, darf einfach nicht wahr sein.
Der Lederjackentyp hat auf diese Frau gewartet.
Er war NICHT da, um mich zu beobachten –
Er hat wahrscheinlich nur geschaut, weil ICH geschaut habe –
Ich starre ja auch zurück, wenn mich wer doof anglotzt –
Er hat einfach bloß auf JEMANDEN gewartet.
Er hat einfach bloß GEWARTET.

Die Frau des Lederjackentyps verstaut ihr Gepäck im Kofferraum. Der Deckel knallt zu. Das Auto stößt rückwärts aus der Parklücke. Bremst. Stoppt. Spätestens jetzt gaffen auch meine Eltern. Anne. Ein Taxifahrer. Der Türke. Sogar die beiden Penner fixieren den gelben Sportwagen, einen MAZDA MX5. Sein Motor heult kurz auf, dann machte er einen rasanten U-Turn und rast mit quietschenden Reifen davon.
Als Papa den Wagen startet und zurückstößt, ist mir klar, was als Nächstes kommt. Er macht eine Vollbremsung. Der Wagen stoppt.
Papa lässt den Motor aufheulen. Und dann zieht er mit seinem Rover einen fast genauso rasanten U-Turn wie die Lederjacke

mit ihrem MAZDA. Ich muss lachen. Papa wirft mir über den Rückspiegel einen verschwörerischen Blick zu. Mama schüttelt den Kopf.
»So was Bescheuertes«, kommentiert Anne, die sich gerade noch rechtzeitig am Haltegriff über dem Fenster festgehalten hat.
Papa sagt, sie sei eine Spielverderberin.
»Was soll das für ein Spiel sein?«
»Sei doch ein wenig lockerer!«
Anne macht schon wieder den Mund auf –
ICH KENNE DAS. Innerhalb einer halben Minute wird der Dialog in einem Schreiduell enden. Aber ich bin schneller. »Haltet doch ALLE einfach die Klappe!« Mein Satz zuckt wie ein Blitz durchs Innere des Rovers. Ich halte die Luft an –
Papa biegt gerade vom Bahnhofsplatz auf die Straße Richtung Stadt. Motorengeräusche. Anne lässt das Seitenfenster herunterfahren. Der Fahrtwind pfeift herein. Noch immer sagt niemand was. Aber allen ist klar, die Atmosphäre im Wagen kann jederzeit explodieren. Und dann passiert ein kleines Wunder. Etwas, was für unsere Familie eigentlich total untypisch ist –
ALLE halten tatsächlich einfach die Klappe.

»Hast du einen Tisch frei?«
»Für dich immer, Dottore.« Fabio vom SAN REMO begrüßt Papa mit Handschlag. Vor Mama macht er eine Verbeugung. Anne und mich sieht er nur an. »Ciao.«
»Für einen Mittwoch ist aber viel los«, stellt Papa fest.
»Seit der Asiate zugemacht hat, rennen uns die Leute die Bude ein.« Fabio führt uns an einen der letzten beiden freien Tische,

zieht mit Schwung die Speisekarten unter dem rechten Arm hervor und breitet sie vor uns aus. »Keine Ahnung, warum die Leute zu den Schlitzaugen rennen, solange sie da sind, und erst, wenn sie endlich abgezogen sind, kommen sie zu uns. Das ist kein Essen, das es dort gibt. Das ist Fast Food.«

»Die Leute lieben Fast Food.«

Mama schlägt die Speisekarte zu. Sie hat sich entschieden.

»Tu nicht so, als würdest du das bedauern, Dottore«, sagt Fabio und lacht. »Von diesem Essen werden die Leute krank und du machst deine Geschäfte!«

»So ist es, Fabio.«

»Natürlich ist es so.«

Mit Leuten kann Papa super reden. Er stellt eine Frage und dann noch eine, manchmal reicht sogar nur ein neugieriges Gesicht und wildfremde Menschen erzählen ihm ALLES.

»Und jetzt verdoppeln wir uns«, fährt Fabio fort. »Wir werden im Einkaufszentrum ein zweites Geschäft aufmachen.«

»Wenn es denn wirklich gebaut wird«, wendet Papa ein.

»Nicht so pessimistisch«, sagt Fabio und macht Anstalten, sich zu uns zu setzen. Da fährt Mama dazwischen: »Können wir endlich bestellen?«

Wenig später bringt Fabio die Getränke. Alle trinken. Außer Mama.

»Ich will jetzt endlich erfahren, warum du gekommen bist, Anne.«

Anne trinkt in aller Ruhe weiter. Papa zeigt auf, als säße er in einer Schulklasse. Mama sieht ihn irritiert an.

»Ich habe auch was zu berichten«, sagt er.
»Aber Anne ist extra gekommen, um …«, sagt sie ungeduldig.
Völlig unbeteiligt geht Annes Blick von Papa zu Mama und wieder zurück.
»Also.« Mama fixiert Anne. »Was gibt's?«
Anne macht keine Anstalten anzufangen.
»Wir losen, wer beginnen darf«, schlägt Papa vor.
»Was soll denn das?« Mama ist genervt.
Aber Papa hat schon eine Münze in der Hand. »Kopf oder Zahl?«
»Muss das sein?« Anne stellt jetzt doch ihr Glas ab.
»Ja.«
Anne verdreht die Augen. »Egal.«
»Dann nehme ich ZAHL.« Papa wirft die Münze in die Luft, fängt sie mit der rechten Hand auf, legt sie auf den Handrücken der Linken und hält sie zugedeckt.
»Geht's ein bisschen weniger spannend?«, fragt Mama.
Papa nimmt die Hand weg. KOPF.
Mama nickt zufrieden.
Anne schaut niemanden an, während sie spricht. »Und genau deshalb werde ich mein Studium aufgeben. Die Sache ist beschlossen«, fährt Anne fort, bevor Mama oder Papa ein Wort herausbringen, und sie will auch nicht darüber diskutieren. Genauso wenig erwartet sie Verständnis von Mama und Papa noch sonst was. Vor allem kein Geld. Sie wird in Zukunft für sich selbst sorgen.
IHRE MELDUNG SCHLÄGT EIN WIE EINE BOMBE.
Keine Ahnung, womit meine Eltern gerechnet haben, aber ganz sicher nicht DAMIT. Und hätte Anne tatsächlich gesagt, dass sie

ein Kind bekommt, sie hätten wahrscheinlich weniger schockiert geschaut.

»Wer hat dir diesen Schwachsinn eingeredet?«, platzt Mama in die Stille.

»Traust du mir keine eigenen Gedanken zu?«, fragt Anne.

»Natürlich. Sicher.« Wenn Mama aufgeregt ist, redet sie immer ein wenig höher und lauter als sonst. »Und gerade, weil ich dich für intelligent halte, versteh ich überhaupt nicht …«

Anne schnaubt verächtlich.

»Aber was willst du denn stattdessen …?«

»Lass sie doch erst einmal ausreden«, unterbricht Papa.

»Schon gut.« Mama presst demonstrativ die Lippen aufeinander.

»Wir werden uns längere Zeit nicht sehen.« Anne zieht ihr T-Shirt glatt, sodass man die Abbildung und KRILL darauf deutlich erkennen kann. »Eric hat mich gefragt, ob ich in seiner Band mitmache.«

»Eric?« Mama starrt den Mann mit den Rastalocken und der E-Gitarre an, der sich eng an Annes Körper schmiegt. »Das kommt überhaupt nicht infrage!«

Papa streckt seine Hände über den Tisch, als würde er Mama an den Schultern packen wollen, um zu verhindern, dass sie wegläuft. Aber seine Arme sind mindestens einen Meter zu kurz. »Bitte, Irene!«

»Wir werden mehrere Monate unterwegs sein.« Anne lehnt sich zurück, verschränkt die Arme und verdeckt Erics Gesicht. »Ich wollte das alles nicht am Telefon verkünden. Dass ich noch mal extra vorbeigekommen bin, um Ciao zu sagen, finde ich übrigens ziemlich nett von mir.«

»Fertig?«, fragt Papa nach einer Pause.
»Jep!«
»Okay. Das sind die Fakten.«
»An denen nichts mehr zu ändern ist«, sagt Anne knapp. »In drei Tagen geht es los.«
»Du bist fast zwanzig und wir können dir nichts mehr vorschreiben.«
»Aber natürlich können wir …«
Papas Blick bringt Mama zum Schweigen. »Trotzdem bist du uns eine Erklärung schuldig, warum du alles hinschmeißen willst.«
Mama nickt.
»Ich schmeiße nicht alles hin«, behauptet Anne. »Ich mache nicht mehr mit. Das ist ein Unterschied.«
»Wobei machst du nicht mehr mit?«, will Papa wissen.
Anne lacht auf, als wäre es VOLLKOMMEN überflüssig, darüber zu sprechen, weil ohnehin jeder weiß, was sie meint.
»Okay …«, sagt Papa.
»Dann ist es ja gut«, schneidet Anne ihn ab und nimmt wieder ihr Glas.
»Hör mir zu!« Papas Ton wird schärfer. »Als ich vor fünfundzwanzig Jahren studiert habe, wollte ich auch oft abhauen.«
»Ich hau nicht ab.«
»Sondern?«
»Pizza?« Fabio steht hinter mir.
»Ich.«
»Tortellini?«
»Ich«, sagt Papa.
»Und für die Signora Salat.«

Mama nickt.
Ich spieße ein Ananasstückchen auf, schiebe es in den Mund und lasse meinen Blick von einem zum anderen wandern. Mama stochert im Salat herum. Papa verschiebt seine Teigtaschen auf dem Teller. Weil Anne nichts bestellt hat, hat sie auch nichts, womit sie sich beschäftigen kann.
»KOPF.«
»Wie bitte?«, fragt Papa.
»Ich habe NACHGEDACHT. Mit meinem KOPF. Und ich will nicht so werden wie ihr«, sagt Anne bestimmt.
»Was ist so falsch an uns?«, fragt Papa.
»Ihr merkt es nicht einmal! Und es nützt dir auch nichts, so cool zu tun. Und überhaupt.«
»Was überhaupt?«
»Nur EIN Beispiel. Vorhin am Parkplatz.«
»Was war da?«
»Die Nummer mit dem Auto. Wen wolltest du denn damit beeindrucken?«
»Herrgott. Es war ein Scherz.«
»Es war KEIN Scherz. Es ging dir darum, dass du es besser kannst als der andere«, kontert Anne.
»Aber das ist doch lächerlich!«
»Schon allein, dass du so ein Angeber-Auto hast.«
»Aber …«
»Warum leben wir in diesem Provinznest?«, schneidet Anne Papas Einwand ab.
»Weil dein Vater hier einen sehr guten Job bekommen hat.«, antwortet Mama.

»Aber auch das ist nur ein Beispiel.«
»Ein Beispiel wofür?« Papa schiebt seinen Teller mit den Tortellini von sich weg.
»Wie verlogen das alles ist.«
»Ich verstehe nicht, was du uns sagen willst, Anne.« Papa hebt hilflos die Arme. »Und ich weiß nicht, was das damit zu tun haben soll, dass du dein Studium aufgeben willst.«
»Als wir umgezogen sind, ging es dir doch nur um deine Karriere. Um mehr Geld. KOPF oder ZAHL? Du würdest dich immer für ZAHL entscheiden«, sagt Anne. »Alles andere ist dir scheißegal! Du bist zwar Arzt, trotzdem sind dir Menschen scheißegal.«
»Jetzt ist aber Schluss!« Papa ist selten wirklich wütend. Aber JETZT ist er es.
»Und Simon?«
»Was ist mit Simon?«
Und plötzlich geht es um mich.
Ich will aber nicht, dass es um mich geht.
Sage ich nicht.
Denke ich nur.
»Er hat wochenlang nichts geredet, weil ihr ihn einfach von einer Stadt in ein Dorf verpflanzt habt. Schon vergessen?«
»Ja, sicher, so eine Situation ist nicht einfach«, sagt Mama. »Aber Simon findet sich mittlerweile sehr gut damit zurecht. Er hat Freunde. Er fühlt sich wohl. Er hat sich eingelebt.«
»Stimmt das?« Anne sieht mich an.
FREUNDE stimmt NICHT.
Ich habe genau EINEN.
Und auch sonst –

Aber egal.
HÖRT EINFACH AUF, ÜBER MICH ZU REDEN!
Und ich schiebe meinen Stuhl zurück und stehe ganz langsam auf.
Alle drei schauen zu mir her. Volle Aufmerksamkeit. Okay.
Und jetzt? Keine Ahnung.
»Komm, Simon, setz dich«, sagt Papa nach einer Weile. »Du siehst doch, dass wir hier eine Diskussion haben.«
Ich setz mich nicht.
»Setz dich!«, sagt Mama streng. »Was soll das?«
Anne grinst, als hätte sie gerade einen Punkt gelandet.
»Ich muss mal. Ziemlich dringend«, sage ich und verzieh mich Richtung Toilette.

Natürlich MUSS ich eigentlich gar nicht wirklich. Also hocke ich mich in der einzigen Kabine auf den geschlossenen Klodeckel, stütze meine Ellenbogen auf die Knie und lege meinen Kopf in die Hände. In Augenhöhe hat irgendein Idiot sechs identische Aufkleber auf die Kabinentür geklebt.

Schlüsseldienst
24-Stunden-Service
0173 966996

Ich lese die Info ein zweites Mal.
Ein drittes Mal.
Ein viertes Mal.
Und dann Buchstabe für Buchstabe.

S-C-H-L-Ü-S-S-E-L-D-I-E-N-S-T-S-T-U-N-D-E-N-S-E-R-V-I-C-E

Falls hinter den Buchstaben eine geheime Botschaft steckt, überlege ich, finde ich sie vielleicht heraus, indem ich die vorhandenen Buchstaben zu Worten zusammensetze und daraus Sätze bilde – Beispielsweise –

DER SESSEL TUT DER TÜRE LEID.

Oder –

NIE DIENT DER RÜSSEL DER SCHIENE.

Oder –

LESE DAS LIED LEISE.

Aber nichts von dem, was ich ausprobiere, ergibt irgendeinen SINN.

Vielleicht muss ich mich ja statt auf die Buchstaben auf die Ziffern konzentrieren –

2-4-0-1-7-3-9-6-6-9-9-6

Und die Ziffern in Buchstaben übersetzen.

Vielleicht ist es auch ganz einfach völlig VERRÜCKT zu glauben, dass auf diesen dämlichen Aufklebern IRGENDETWAS anderes steht, als man auf den ersten Blick lesen kann. Trotzdem. ES LENKT MICH AB VON DEM, was sonst noch gerade so auf der Welt passiert und mich durcheinanderbringt –

Als jemand die Toilettentür öffnet, schrecke ich aus meinen Gedanken auf.

Schritte.

Sekunden später wird die Kabinentür aufgerissen.

Verdammt! Ich hab –

»Kannst du nicht zusperren?«, fragt der Typ.

Vergessen.

»He, wir kennen uns doch.«

Langsam wandert mein Blick, von seiner Gürtelschnalle aus, einen Hemdknopf nach dem anderen weiter nach oben.

Shit.

Der Lederjackentyp aus dem MAZDA grinst mich an.

»Kannst du dich bitte beeilen?« Gleichzeitig schließt er die Tür wieder.

Mein Magen verknotet sich zu einem festen Knäuel.

Okay –

Es –

Es –

Es –

»Es dauert noch lange?«

»Moment!«

Aber was – ?

Was – ?

Zusperren und dann einfach nichts tun und nichts sagen und nicht atmen? Andererseits habe ich ja mit niemandem über die Sache im Maisfeld geredet –

NEIN!!!

Stimmt nicht.

Stimmt überhaupt nicht.

ICH HABE MIT CHRIS DARÜBER GEREDET.

Warum fällt mir das erst jetzt ein?

Warum fiel mir das nicht ein, als mich der Typ angerufen hat?

Shit!

Nur, weil das vor dem Anruf war, ändert es nichts daran, dass Chris es weiß und es anderen erzählen kann –
»Was denn jetzt?«
»Ja.« Mehr fällt mir dazu nicht ein.
Wie ferngesteuert stehe ich auf und drücke die Klinke herunter.
»Hi«, sagt mein Mund und jede Zelle meines Körpers hofft, dass ich hier rauskomme, ohne was mit ihm bequatschen zu müssen.
Aber der Typ packt mich an der Schulter –
Augenblicklich setzt mein Herz aus. Das Bild vor meinen Augen wird unscharf.
»Du hast was vergessen.«
Und ich bin ziemlich sicher, was er meint. »Ich hab doch gar nicht …«, stottere ich.
»Du hast nicht hinuntergespült.«
»Äh«, sage ich verwirrt. »Vergessen.«
»Sag ich ja.«
Ich gehe zurück in die Kabine, drücke den Spülknopf und würde mich am liebsten verflüssigen und mit dem Wasser in der Kanalisation verschwinden.
»Passt«, sagt der Typ, als ich mich nicht vom Wasser-Hinterherstarren losreißen kann. Ich bewege mich trotzdem nicht. »Was denn noch?«, will er wissen.
Ich drehe mich um. »Ich … ich …«, stottere ich, »ich habe mit niemandem über DAS ALLES geredet.«
Der Typ sieht mich an, als wisse er ganz genau, dass das noch nicht alles ist, was ich zu sagen habe.
»Du weißt schon«, taste ich mich mit rasend klopfendem Herzen weiter vor.

»Nein, ich weiß nicht.«
Ich starre ihn nur an.
»Ich habe keine Ahnung, worüber du quatschst, Mann«, sagt er ungeduldig. »Und jetzt lass mich da rein!«
Und wenn er es doch weiß? Wenn das gerade eine Prüfung ist? Und wenn ich die Prüfung gerade total vermasselt habe?
NICHT GENÜGEND, wie den Biotest vor einer Woche –
Aber jetzt geht es nicht um irgendeine bescheuerte SCHULNOTE. Sondern darum, ob ich demnächst genauso wie Keiler mit durchgeschnittener Kehle im Maisfeld liege –
»Willst du mir beim Scheißen zusehen?«
NEIN!
»Wenn nicht, lass bitte die Tür los!«

Niemand fragt was.
Keiner am Tisch scheint überhaupt zu bemerken, dass ich wieder da bin. Also kriegt auch keiner was davon mit, WAS ich in den letzten zweieinhalb Minuten durchgemacht habe.
Papa ruft Fabio zu, dass er bezahlen möchte.
»Noch einen Grappa?«, ruft Fabio quer durch das Lokal.
Papa winkt ab. Mama will einen. Fabio bringt zwei und Mama kippt beide, während Papa die Rechnung liest und einen Hunderteuroschein auf den Tisch legt. »Stimmt so!«

Auf dem Weg nach draußen entdecke ich den Lederjackentyp an einem Tisch in der hintersten Ecke. Er wickelt gerade Spaghetti mit der Gabel auf und schiebt sie der Frau, die er vom Bahnhof abgeholt hat, lachend in den Mund.

Und wenn doch alles nur ein doofer Zufall war?
Nachdem ich den Typen am Bahnhof gesehen habe, ist er auch ZUFÄLLIG hier aufgetaucht. Kein Wunder, nachdem der Asiate zugemacht hat. Wo soll man in diesem Provinznest auch hin? Dann musste er auch noch ZUFÄLLIG aufs Klo, als ich gerade dort war. Genauso ZUFÄLLIG, wie JEMAND im selben Augenblick die Tür von außen öffnet, als meine Eltern, Anne und ich das Lokal verlassen wollen. Und meine Schwester auch noch kennt. »He, Anne!«
Anne kümmert sich null darum.
»Warte doch mal!«
Jetzt bleibt sie doch stehen. »Was?«, fragt meine Schwester gereizt.
Ich laufe weiter hinter Mama und Papa her. Als ich im Rover sitze, schaue ich durch das Rückfenster zu Anne hinüber. Papa steckt den Schlüssel ins Zündschloss.
»Worauf wartest du denn?«, fragt Mama nach einer Weile.
Will sie WIRKLICH ohne Anne fahren?
»Sie hat offenbar noch wen getroffen«, sage ich.
Mama will was sagen, dann doch nicht. Dann doch: »Hast du den Totenkopf auf ihrer Hose gesehen? Was soll das denn?«
Papa gibt keine Antwort.
Kurz darauf reißt Anne die Tür neben mir auf. Ich rücke auf die andere Seite der Rückbank.
»Kennst du den?«, will Papa wissen.
»Ein Idiot«, murmelt Anne und legt den Kopf zurück.
Papa schlägt ein paarmal mit der rechten Hand gegen das Lenkrad. Keine Ahnung, warum er nicht losfährt.

»Worauf warten wir JETZT noch?«, will ich wissen. Schließlich muss ich dringend mit Chris telefonieren.

Daheim angekommen sitzt die KATZE OHNE NAMEN UND BESITZER auf der Treppe vor unserer Tür.
»Hau ab!« Mama klatscht in die Hände.
Für einen Einspruch habe ich gerade KEINE Nerven. Obwohl OHNE NAMEN UND BESITZER jetzt echt nix für irgendwas kann. Die Katze macht einen Satz und verschwindet in der Dunkelheit.
Anne verzieht sich sofort auf ihr Zimmer. Mama sagt, sie sei total erschöpft und wolle sich gleich hinlegen. Papa folgt Mama ins Schlafzimmer. Um mich kümmert sich zum Glück niemand. Also schnappe ich mir das Schnurlostelefon, lege mich aufs Bett und wähle die FESTNETZNUMMER von Chris –
»Irene?« Ich hatte keine Ahnung, dass Chris' und meine Mutter sich mittlerweile duzen.
»Ich bin's«, sage ich. »Kann ich Chris haben?«
»Weißt du, wie spät es ist?«
»Ja.« Das Display meiner Anlage zeigt 22 Uhr 57.
»Warum schläfst du noch nicht?«
»Wir waren essen und sind gerade erst heimgekommen«, erkläre ich.
»Was ist los?«, fragt plötzlich Chris' Stimme. Seine Mutter muss ihm den Hörer weitergegeben haben. Er klingt genauso erstaunt wie sie.
»HALLO?«, höre ich Chris nach einer Weile, als von mir nichts kommt.

»Da war kein Zettel!«, sage ich leise. DA WAR KEIN ZETTEL ist genau DAS, was ich der Polizistin sagen soll, hat der Anrufer verlangt. »Da war kein Zettel mit einer Botschaft.«
Ich höre Chris atmen. »Warum hast du das mit dem Zettel dann überhaupt erzählt?«
Hätte ich auch gefragt –
»Weil …« Mehr kriege ich nicht heraus.
»Was?«
»Ich glaube …«
»Was?«
Einen Telefonhörer in der Hand zu halten, wenn niemand was sagt, ist ziemlich sinnlos. Trotzdem legt keiner von uns auf.
»Bist du noch da?«, kommt vom anderen Ende der Leitung.
»Ja.«
»Ist das alles, was du mir sagen wolltest?«
»Ja«, sage ich. Obwohl ich es hasse, meinem einzigen Freund Lügen zu erzählen. Aber was soll ich tun? Was habe ich für eine andere Möglichkeit, wenn ich nicht wie Keiler enden will? Und bevor noch einer von uns etwas sagt, drücke ich schnell auf die Taste mit dem roten Hörer und unterbreche die Verbindung.

Nachdem ich das Telefon zurück in die Ladestation gestellt habe, fülle ich in der Küche eine Schüssel mit Milch. Kaum habe ich sie auf der untersten Stufe der Treppe vor der Haustür abgestellt, schleicht sich die Katze aus der Dunkelheit wieder heran. Während ich ihr dabei zusehe, wie sie sich auf die Milch stürzt, atme ich die Nachtluft tief ein. Die kühle Luft verteilt sich in meiner Lunge.

Und im nächsten Augenblick würde ich am liebsten die ganze eingeatmete Luft aus mir herausschreien. GANZ LAUT, wie früher, als wir noch in dem Hochhaus gewohnt haben. Ich musste nur mit dem Lift in das oberste Stockwerk fahren. Die Tür zum Dach war immer offen. Selbst im Sommer wehte dort ein kühler Wind. Der Lärm der Stadt war weit weg und klang wie Meeresrauschen. Man konnte weit über den Stadtrand hinaussehen. Am Tag bis zu den Bergen, und nachts waren die Sterne zum Greifen nah. Und wenn ich dort oben stand und schrie –

Vor Glück.

Vor Wut.

Aus Spaß.

Oder einfach so.

Niemand konnte mich hören.

Aber nachdem ich geschrien hatte, war ETWAS in mir –

LEICHTER.

LUSTIGER.

EINFACHER.

ANDERS.

Und ich mache den Mund auf und will schreien.

Damit ETWAS in mir LEICHTER wird –

LUSTIGER.

EINFACHER.

ANDERS.

Aber ich steh nicht auf dem Dach des Hochhauses. Ich stehe auf der obersten Stufe der Treppe vor unserem Haus in der U-Straße. Vor mir sitzt OHNE NAMEN UND BESITZER, die die Schüssel bis auf den letzten Tropfen ausgeschleckt hat und sich die Pfoten leckt. Wenn ich JETZT schreie, wird sie erschrecken und davonlaufen und vielleicht nie wiederkommen. Die halbe U-Siedlung wird aus den Betten fallen. Papa und Mama werden wissen wollen, WAS LOS IST.

Sie werden mich AUSQUETSCHEN.

VERHÖREN.

LÖCHERN.

Sie werden mich so lange BEARBEITEN –

DRANGSALIEREN –

KEINE RUHE GEBEN –

– bis ich ihnen ALLES, was im Maisfeld und danach passiert ist, erzähle. Und genau DAS wäre mein Todesurteil.

–

–

–

Ich schreie nicht.

Seit Annes Besuch wird in unserem Haus nur noch das Nötigste gesprochen. Auch zwischen Chris und mir herrscht FUNKSTILLE. Ich habe ihn seit unserem nächtlichen Gespräch nicht mehr angerufen. Er mich aber auch nicht. Außerdem versuche ich, so wenig wie möglich an Hubert, den Schakal, Keiler, die Polizistin, den anonymen Anrufer und das alles zu denken. Und mit jedem Tag, an dem nichts in der Zeitung stand, war meine insgeheime Hoffnung gestiegen, dass ich mit der ganzen Sache im Maisfeld nie wieder was zu tun haben würde.

Mit größtmöglicher Ruhe lasse ich Cornflakes in eine Schüssel rieseln. CHOCO KRISPIES. Bis die Schüssel randvoll ist. Mamas grüner Tee dampft. Schweigend starrt sie in ihre Tasse und wartet ab, bis er abgekühlt ist. Papa blättert in der RUNDSCHAU, die er immer vor dem Frühstück aus dem Briefkasten holt.
»EINKAUFSZENTRUM STEHT VOR DEM ENDGÜLTIGEN AUS«, liest Papa vor. »Da wird Fabio auf seine Verdoppelung verzichten müssen.« Er schaut von Mama zu mir. »Will das jemand genauer wissen?« Manchmal liest uns Papa beim Frühstück Artikel vor. Heute rechnet er mit null Interesse und blättert weiter, ehe Mama oder ich antworten können.

Mama stellt ihre Tasse ab. »Kannst du stattdessen nochmals den Toaster anwerfen?«
»Machst DU das bitte, Simon?« Papa schaut nicht einmal auf.
»DU warst gemeint!«, sage ich und strecke die Hand nach der Zeitung aus: »Darf ich?«
»Was denn?«, fragt Papa. »Machst du dir Sorgen, weil das Einkaufszentrum nicht gebaut wird?«
»Ich will die Zeitung einfach lesen«, sage ich achselzuckend. »Dafür ist sie doch da, oder?«
Auch fünf Tage nachdem ich Keiler im Maisfeld gefunden habe, steht in der RUNDSCHAU nichts darüber, dass ein Hund ermordet wurde. Nicht EINE Zeile.
Als Nächstes schnappt Mama sich die RUNDSCHAU, und mit einem beleidigten Blick Richtung Papa bittet sie mich, ihr den Toast einzuwerfen. Da kein Toast mehr in der Brotdose liegt, hole ich eine neue Packung aus der Speisekammer. Als ich von dort zurückkomme, höre ich, wie Mama erstaunt sagt: »Das Einkaufszentrum soll ja ganz in unserer Nähe gebaut werden.«
Papa nickt bloß. Also frage ich: »Wo?« Im Grunde nur, um das Gespräch zwischen meinen Eltern in Gang zu bringen.
»Dort, wo das Meiergut steht«, sagt Mama. »Aber im Meiergut wohnt doch jemand, oder?«
WAS?
Ich verschlucke mich fast an meinen CHOCO KRISPIES, und mein Herz beginnt schneller zu schlagen, weil angesichts dieser Information eine Bilderflut in Gang gesetzt wird, die fast forward vor meinem inneren Auge abläuft.
DIE KRÄHEN

DER TOTE HUND
DAS MESSER
LETZTE WARNUNG
DER SCHAKAL
Das alles MUSS etwas DAMIT zu tun haben, dass –
»HUBERT«, kommt unwillkürlich aus meinem Mund.
»Wie bitte?«, fragt Papa verwirrt.
»Der Mann, der im Meiergut wohnt, heißt Hubert«, erkläre ich so gelassen wie möglich.
»Dieser Hubert soll da nur mal schön bleiben«, meint Papa.
»Das wäre ja furchtbar, wenn sie uns da so ein Ding hinbauen«, fügt Mama hinzu.
Papa lächelt. Aber eindeutig nicht wegen Hubert. Er lächelt, weil Mama und er zum ersten Mal seit vier Tagen einer Meinung sind.
»Was ist eigentlich mit dem Toastbrot?«
»Was …?« Ich habe tatsächlich vergessen, was ich in der Küche machen wollte. Und das Brot ist noch immer in seiner Verpackung statt im Toaster –
»Du siehst WIEDER EINMAL aus, als wärst du ganz woanders.«
JA.
Bin ich.
Ich bin in einem komplett falschen Film.
Aber plötzlich habe ich eine Idee –
»Wann wurde eigentlich zum letzten Mal das Altpapier weggebracht?«, frage ich mit rasendem Herzen.
Papa sieht mich überrascht an. »Gott, seit Ewigkeiten nicht. Wieso?«

»Nur so«, sage ich erleichtert.
Papa wirft einen Blick auf seine Uhr. »Warum vergeht morgens die Zeit immer so schnell?« Dieser Satz aus seinem Mund ist ein gutes Zeichen. In den letzten Tagen konnte er nicht schnell genug aufbrechen. »Ich muss. Soll ich dich auf dem Weg zum Krankenhaus vor der Schule absetzen?«
Mich sofort in der Garage verkriechen, um im Altpapier zu stöbern und alle Artikel über das Einkaufszentrum zu lesen, ist ohnehin eine Illusion. »Ja. Ich fahre mit.« Besser als zu Fuß.
»Dann komm!«
Ich reiße die Brotverpackung auf, schiebe zwei Scheiben in den Toaster. »Aufpassen, dass sie nicht verbrennen, musst du selber!« Mama rümpft die Nase. Ich hole meine Umhängetasche aus meinem Zimmer. Papa gibt Mama zum Abschied einen Kuss. Zum ersten Mal seit Annes Besuch. Es ist sogar ein ziemlich langer Kuss.

Vor der Tür sitzt OHNE NAMEN UND BESITZER. Papa verfolgt meinen Blick. »Dafür reicht die Zeit nicht mehr«, sagt er ungeduldig. »Entweder du fütterst die Katze oder du kommst mit!«
Ich entscheide mich fürs Mitkommen. »Sorry«, sage ich zu der Katze im Vorbeigehen. »NACH der Schule!«
Aber sie läuft hinter mir her, bis ich in den ROVER klettere.
»Pass auf, dass du OHNE NAMEN UND BESITZER nicht überfährst«, bitte ich Papa.
»Warum gibst du ihr nicht einen richtigen Namen?«
»Wieso? Das ist ein richtiger Name.«

Papa schüttelt lachend den Kopf und fährt mir mit der Rechten durch die Haare. Dann drückt er kurz auf die Hupe. OHNE NAMEN UND BESITZER jagt über den Rasen davon.

Als wir an Chris' Haus vorbeifahren, beginnt Papa, mich mit Fragen zu löchern. Ob ich was von meinem Freund gehört habe. Ob ich ihn schon besucht habe. Dass er nicht mehr ansteckend ist. Ob irgendwas nicht stimmt zwischen uns.
Was soll nicht stimmen?
»Weiß nicht«, sagt Papa. »Vielleicht bist du sauer wegen der Sache am Fischteich.«
»Bin ich nicht«, sage ich knapp.
Papa sieht mich kurz von der Seite an. Er glaubt mir nicht.

Vor uns tuckert ein Traktor. Papa gibt Gas und überholt ihn.
»Und sonst? Alles okay?«
»Was soll sein?«
»Ich frag nur«, sagt Papa. »Du bist in letzter Zeit manchmal so abwesend.«
Langsam bereue ich es, mich FÜR die bequemere Variante und GEGEN den Fußweg entschieden zu haben.
»Simon, es ist …«
WAS?
Aber anstatt zu sagen, was los ist, bremst Papa plötzlich. Ohne Grund. Zumindest ohne erkennbaren. Ich hänge kurz im Sicherheitsgurt, er murmelt eine Entschuldigung und hält am Seitenstreifen. Mit zwei Rädern steht er auf der Fahrbahn. Der Traktor von vorhin muss ausweichen. Papa stellt den Motor ab und

drückt den Knopf mit dem roten Dreieck. Der Warnblinker tickt.

»Was ist los?«, frage ich. »Ich dachte, du hast es eilig.«

»Okay. Du hast Recht.«

Womit jetzt?

Papa hat die Hände am Lenkrad, dreht es langsam hin und her, stülpt die Unterlippe über die Oberlippe und presst sie da fest. Sein Mund ist nur noch ein Querstrich unter der Nase. »Glaubst du auch, was Anne behauptet hat?«

ANNE? Was behauptet Anne? Aber statt zu fragen, zucke ich nur mit den Schultern.

»Dass ich nur an meine Karriere denke?« Papa spricht viel zu laut. »Dass mich Menschen nicht interessieren? Dass mich nicht interessiert, was mit dir los ist?«

Einerseits denke ich NICHT, dass ich ihm egal bin. Andererseits wollte ich auf keinen Fall aus der Stadt und dem Hochhaus weg, und wir sind trotzdem umgezogen.

»Es stimmt nämlich einfach nicht, Simon!«

Was soll ich dazu sagen?

»Ich möchte nämlich nicht, dass du …« Papa sackt ein wenig in sich zusammen. »Ich möchte, dass du das WEISST«, sagt er leise.

Ich nicke langsam. Gleichzeitig laufe ich rot an, als wäre ich gerade bei einer Lüge ertappt worden. Meine Hände verknoten sich im Schoß.

FAHR BITTE WEITER!

»Weißt du was?« Papa legt mir seine Hand aufs Knie und sieht mich an. »Am kommenden Wochenende machen wir endlich unsere Nachtwanderung.«

»Sie haben schlechtes Wetter gemeldet.«
»Dann eben das Wochenende drauf.«
»Fahr einfach weiter!«, sage ich. »BITTE!«

Aber als wir vor der Schule halten, kann ich irgendwie nicht aussteigen.
Irgendwas fehlt noch.
Irgendjemand muss noch was sagen.
Papa sitzt auch einfach nur da.
Von der Schule tönt die Glocke herüber.
»Ich muss langsam …«
»Warte!« Mein Vater zögert. »Können wir nicht mehr reden? So wie früher?«
Seine Stimme klingt ERNST.
BESORGT.
TRAURIG.
»He, Papa, ich bin dreizehn. Da ist das ganz normal«, sage ich aufmunternd.
»Red keinen Unsinn! Noch bist du zwölf.«
»In dreiundneunzig Tagen bin ich dreizehn.«
Ein Lächeln fliegt über sein Gesicht. »Hau schon ab!« Gleichzeitig hält er mich am Handgelenk fest.
Was denn noch?
»Ich bin für dich da, wenn irgendwas ist. Wann immer du mich brauchst. Du bist mir nämlich nicht egal. Anne und du, ihr seid das Wichtigste, was ich habe.«
Okay, Papa!
Okay!

Okay.
Und raus.
Und weg.

Ich stehe SECHS STUNDEN Unterricht durch. Von dem, was um mich herum geschieht, kriege ich quasi nichts mit. Das Gequatsche der Lehrer lasse ich einfach über mich ergehen. Aber kaum ertönt das letzte Pausenzeichen, jage ich die Hauptstraße entlang, biege Richtung Fußgängerunterführung ab, sprinte den Schlangenweg hinauf, am Maisfeld vorbei, Richtung U-Siedlung.
Vierzehn Minuten, siebzehn Sekunden.
Neuer persönlicher Streckenrekord.
Trotz meiner Ungeduld löse ich erst noch mein Versprechen ein und bringe OHNE NAMEN UND BESITZER Futter. Anschließend hole ich aus der Garage sämtliche auffindbaren Exemplare der RUNDSCHAU. Als ich mit dem Stapel Zeitungen ins Haus komme, will Mama natürlich wissen, was das soll.
»Für die Schule. Für ein Referat.«
Ehe sie NOCH WAS fragen kann, verschwinde ich in meinem Zimmer. Sorgfältig blättere ich eine alte RUNDSCHAU nach der anderen durch. Bis ich alle Artikel über das Einkaufszentrum gefunden und gelesen habe, vergehen fast zwei Stunden –

Die AHBAU GmbH baut und betreibt in vielen Ländern Europas Einkaufszentren mit Ladenstraßen, Restaurants, einem Parkhaus, Kinocenter, Bowling, Indoorskaterbahn –
GEIL.
WAHNSINN.

GROSSSTADT.

Sollte Hubert aber tatsächlich nicht ausziehen, baut die AHBAU den geplanten Komplex irgendwo anders, in der Nähe einer anderen Stadt. Es geht um über hundert neue Arbeitsplätze, und für den Bürgermeister wäre das eine absolute Katastrophe. Aber nicht nur für ihn. Ich finde mehrere ziemlich wütende Leserbriefe. Alle, die hier schreiben, sind eindeutig FÜR das Einkaufszentrum und GEGEN Hubert.

Aber Hubert kann nicht gezwungen werden. Weder mit Geld noch mit gutem Zureden und auch nicht von Anwälten. Zwar hat er vor zehn Jahren seine Felder und das Meiergut verkauft. Eine Antwort auf die Frage, warum er das getan hat, finde ich allerdings nicht. Aber ich erfahre, an wen er verkauft hat. An den SCHAKAL. Seit zehn Jahren gehören die Felder und das Meiergut dem Schakal. Und der Schakal will die Felder und das Meiergut an die AHBAU verkaufen. Und als ich lese, dass der ehemalige Besitzer dort auf Lebenszeit wohnen darf, dämmert mir ein schrecklicher Gedanke: Hubert darf dort wohnen, BIS ER STIRBT.

SO WIE KEILER?

Klar, die von der Zeitung meinen, wenn er alt ist und krank und dann irgendwann stirbt.

Aber es wäre ja auch möglich, Hubert stirbt –

GEWALTSAM.

MIT AUFGESCHLITZTER KEHLE.

Genau DAS muss mit LETZTER WARNUNG gemeint gewesen sein.

Und wieder habe ich ein Flashback –

Ich und der Schakal im Maisfeld.
Wie er sich über den Zettel beugt.
Wie er erschrickt, als er erfährt, dass ich die Polizei gerufen habe.
Wie er sagt, dass ich als Kind die Zusammenhänge nicht durchschauen könne.
Klar, weil der Schakal nicht will –
Aber warum hat der Schakal das Messer und den Zettel überhaupt verschwinden lassen, wenn er will, dass Hubert auszieht? Steckt doch nicht der Schakal dahinter? Aber wenn er nicht dahinterstecken würde, hätte er sich doch ganz normal verhalten können. Warum hat er dann geschwitzt und Angst gehabt, dass ich was Falsches sage? Je länger ich darüber nachdenke, macht das irgendwie hinten und vorn keinen Sinn. Aber in der nächsten Sekunde beschäftigt mich auch schon ein neuer Gedanke –
Hubert hat den Zettel nicht zu Gesicht bekommen.
Er weiß also auch nicht, in welch schrecklicher Gefahr er schwebt.
ABER ICH WEISS ES –
ICH WEISS ES –
– hämmert es in meinem Kopf.
Schritte schrecken mich auf. Mama schlurft den Flur entlang. Sie hält vor meinem Zimmer. Ich setze ein möglichst unbesorgtes Gesicht auf. Aber nach drei Sekunden geht sie weiter, ohne die Tür zu öffnen. Ich entspanne mich. Dann ist es wieder still. Stiller als sonst, so kommt es mir vor. Ich starre auf die Zeitanzeige auf dem Display meines CD-Players. Auch die Zeit scheint langsamer zu vergehen. Langsamer als sonst. Und obwohl alles anders ALS SONST ist, fasse ich einen ziemlich klaren Gedanken:

ICH KANN NICHT –
DIE GANZE SACHE EINFACH VERGESSEN.
ICH MUSS –
ETWAS TUN.

Am nächsten Tag mache ich nach der Schule einen Umweg zum Bahnhof, zur einzigen Dönerbude in diesem Kaff. Ich mache diesen Umweg für mein ABSOLUTES LIEBLINGSESSEN mindestens dreimal pro Woche. Meine Eltern dürfen DAS nicht wissen. Sie halten Döner für absolutes Gift. Heute bestelle ich ZWEIMAL Döner plus Fanta. Döner plus Fanta ist nämlich auch Chris' Lieblingsessen. Döner plus Fanta soll ein Geschenk werden, wenn ich auf dem Heimweg überraschend in seinem Zimmer aufschlage, um ihm zu sagen –
Dass ich ihn angelogen habe.
Dass es mir leidtut.
Dass es dafür gute Gründe gab.
Dass ich bereit bin, ihm diese zu erklären.
Dass er aber ohnehin schon das meiste weiß.
Dass ich tot bin, wenn er nicht dichthält.
Dass ich immer weniger verstehe, warum der Schakal das Messer und die LETZTE WARNUNG entfernt hat.
Dass Hubert tot ist, wenn er nicht aus dem Meiergut auszieht.
Dass er irgendwie erfahren muss, was auf dem Zettel stand.
Dass ich es nicht sein kann, der ihn informiert.
Es gibt tausend Sachen zu besprechen.

Nachdem ich den Bahnhofsvorplatz überquert habe, biege ich nach rechts ab, zurück zur Hauptstraße. Im Gehen reiße ich die Alufolie auf und beiße in das leckere Gemisch aus Weißbrot, Salat und abgeschabtem Fleisch. Die Kräutersoße rinnt mir aus dem Mund und tropft auf meine Jacke –

Shit.

Egal.

»Simon!«

Im ersten Augenblick halte ich die Stimme für die von Chris' Mutter. Aber als ich sie ein zweites Mal höre: »Simon! Hallooo! Hier!«, verschlucke ich mich fast an einem Zwiebelring.

Ich hätte gar nicht hinschauen müssen, um zu wissen, dass das die junge POLIZISTIN, Conny Fritsch, in Zivil ist.

In einem giftgrünen VW Polo fährt sie im Schritttempo auf der anderen Straßenseite. »He, Simon! Ich will nur mit dir reden!«, ruft sie durch das offene Fenster über die Straße. Sie stoppt und steigt aus. »Warte doch!«

Ich hab Glück. Bevor sie herüberkommen kann, nähert sich von links ein Rettungswagen mit Blaulicht. Zwei Pkws folgen. Zusätzlich donnert von rechts ein Lastwagen heran. Die Polizistin verschwindet hinter dem Truck. Am liebsten würde ich mich auf eins der Autos schwingen und mit dem Fahrtwind in den Haaren davonbrausen. Stattdessen laufe ich Richtung Schule weiter. Keine Ahnung, ob das Sinn macht –

Die Straße ist wieder frei und Conny Fritsch macht mit quietschenden Reifen einen U-Turn. An einer Baustelle muss sie zunächst den Gegenverkehr abwarten.

Aber wenig später rollt der Polo wieder neben mir, und jetzt fährt

das Beifahrerfenster herunter. »Bleib stehen! Ich will dir doch nur helfen, Simon!« Ich schau weg. VOR ALLEM WIRST DU DICH NICHT BEI DIESER POLIZISTIN AUSHEULEN, dröhnt die Stimme des Anrufers in meinem Schädel.
Am Zebrastreifen vor der Schule bremst die Polizistin. Mehrere Schüler gehen extralangsam über die Straße und winken lachend in die wartenden Autos. Zwei Mädchen tanzen vor ihrem Wagen herum. Danke, dass es das AUTOS-AM-ZEBRASTREIFEN-WARTEN-LASSEN-SPIEL gibt!
Weiter!
Aber wohin?
Die Schule wäre eine Sackgasse, so viel ist klar.
Erneut wechsle ich Straßenseite und Laufrichtung.
Conny Fritsch hupt und macht erneut einen U-Turn.
Shit.
Shit.
Wenn ich den Weg Richtung Fußgängerunterführung erreiche – Dort dürfen nämlich nur Traktoren fahren und ein Polo ist eindeutig kein Traktor. Gut.
Dreihundert Meter später biege ich ab.
Der Polo steht auf der Straßenmitte, blinkt –
Hallo!? Ist Polizistin und schert sich nicht um das Fahrverbot?
Schweiß tropft mir von der Stirn. Hinter mir Motorengeräusch und Hupen.
Der Weg wird immer matschiger. Ich springe über Pfützen. Mein nächstes Ziel ist die Unterführung.
Die Polizistin kann ja mit ihrer Karre nicht einfach die Treppe hinunter. Aber vielleicht bleibt sie ohnehin vorher im Morast

stecken. Tatsächlich verstummt wenig später das Motorengeräusch hinter mir. »Simon! So warte doch, verdammt noch mal!« Blick zurück. Die Polizistin steht neben ihrem Wagen. Und ich erinnere mich, WAS ihr Kollege im Maisfeld zu ihr gesagt hat: Sie darf nicht mit mir reden, wenn meine Eltern nicht dabei sind!
»Aber wenn du mir etwas sagen willst, dann kann mir niemand verbieten, dir zuzuhören.« Die Polizistin bleibt, wo sie ist.
»Ich will Ihnen nichts sagen!«, rufe ich und sprinte auf den Eingang der Unterführung zu.
Die Tüte mit Chris' Döner fällt mir aus der Hand. Die Reste meines eigenen Essens werfe ich hinterher. Auch schon egal –
»Außerdem bin ich nicht im Dienst, Simon! Ich will nur so mit dir reden!«
NUR SO?
Dass ich nicht lache!
Nachdem ich die ersten Stufen der Unterführung hinunter bin, schaue ich nochmals nach oben. Die Polizistin steht am Eingang und breitet hilflos die Arme aus. Ich laufe die Treppe weiter hinunter, unter den Gleisen durch, an den Graffitis und Schmierereien vorbei, wieder nach oben und so weit den Berg hinauf, bis ich wieder Blick auf den Feldweg jenseits der Bahngleise habe. Die Polizistin hat aufgegeben. Sie geht zu ihrem Wagen zurück, steigt ein, wendet, fährt zurück zur Hauptstraße und biegt RECHTS ab. Gut. Um zur U-Siedlung zu kommen, hätte die Polizistin nach LINKS fahren müssen.

Atemlos erreiche ich die Anhöhe, auf der das Meiergut und die U-Straße liegen. Vermutlich schon wieder ein neuer persönlicher

Streckenrekord. Ich lasse mich auf die Bank zwischen ein paar Birken fallen, ziehe den Riemen meiner Umhängetasche über den Kopf und stelle sie neben mir ab. Dann trinke ich meine Fanta in einem Zug aus. Ich lausche auf das Rauschen der Autos, Glockengeläute, Presslufthammer von der Baustelle an der Hauptstraße. Fast wie auf dem Hochhausdach. Allerdings stammen dort die Geräusche von circa einer Million Menschen, HIER von nur etwa zwanzigtausend. Ein Güterzug rattert durch den Bahnhof und stößt ein dröhnendes Signal aus. Ich verfolge ihn mit meinem Blick quer durch die Stadt, bis irgendwann der letzte Waggon hinter dem ehemaligen Steinbruch verschwindet. Darüber sausen Vögel hin und her. Krähen, die aus der Ferne wie fliegende schwarze Kreuze aussehen.

»Lauf nicht weg, du bist schon genug gelaufen!«
Überrascht drehe ich mich um. Hinter mir steht HUBERT. Er grinst über mein verdutztes Gesicht. Aber bevor ich auch nur ansatzweise von der Bank aufspringen kann –
»Außerdem könnte ich dich ohnehin nicht einholen. Du bist ein viel besserer Läufer als ich.« Er hinkt ein paar Schritte näher, vorsichtig, als hätte er Angst, mich zu vertreiben wie ein scheues Tier. »Warum läufst du weg?«
»Ich laufe ja nicht weg«, sage ich leise.
»Das meine ich nicht«, brummt er. »Warum BIST du weggelaufen?«
»Bin ich nicht«, sage ich. »Ich bin ja noch da.«
»Wenn du dich weiterhin dümmer stellst, als du bist, werde ich sauer!« Hubert zeigt auf das Fernglas, das um seinen Hals hängt.

»Ich beobachte dich schon eine ganze Weile. Also lüg mich nicht an!« Hinkend kommt er nahe an mich heran. »Darf ich?« Er will sich setzen.
Ich zögere.
»Nimm deine Tasche weg!«
Ich hebe sie auf die andere Seite.
Nachdem Hubert sich gesetzt hat, schwebt der Schuh an seinem steifen Bein ein paar Zentimeter über dem Boden. Ich muss mich zwingen, woanders hinzusehen.
»Jedenfalls habe ich durch das Fernglas beobachtet, wie du vor dieser Polizistin weggelaufen bist.« Er blickt kurz zur Straße hinunter, wo sich die Verfolgungsjagd abgespielt hat. »Lass mich raten! Sie wollte mit dir über das Messer und diese Botschaft auf dem Zettel reden. Hab ich Recht?«
»Ich glaub schon.« Vorsichtig schaue ich zu ihm auf.
Hubert mustert mich. Ich halte seinem Blick stand.
»Das wolltest DU im Maisfeld ja auch. Und jetzt bist du davongelaufen, obwohl sie allein war …«, überlegt Hubert, als wäre er noch nicht ganz sicher, was das zu bedeuten hat. Aber er hat die Sache natürlich längst weitergedacht. »Also hat in der Zwischenzeit jemand zu dir gesagt, dass du mit niemandem darüber reden darfst.«
Mein Mund klappt auf. Woher weiß er –
WAS PASSIERT IST?
Hubert schaut mich von der Seite an. »Du kannst Tag und Nacht an nichts anderes mehr denken. Nicht wahr? Und du hast Angst.«
Er weiß auch –
WAS ICH FÜHLE?

»Simon«, sagt er. »Simon. So haben sie doch im Maisfeld zu dir gesagt?«

Ich nicke.

»Jemand hat dir gedroht.«

WOHER – ?

Mein Herz schlägt immer schneller und mein Mund wird staubtrocken.

»Hat er es dir persönlich gesagt?«

Unwillkürlich schüttle ich den Kopf.

»Ein Brief?«

Wieder Kopfschütteln.

»Ein anonymer Anruf also?«

Und wenn das doch eine Falle ist?

»Und jetzt bist du dir nicht sicher, ob ich nicht irgendwas mit der ganzen Sache zu tun habe und das hier nicht bloß eine Falle ist, stimmt's?«

Er weiß auch –

WAS ICH DENKE.

»Weißt du, woher ich das alles weiß?«

Kaum merklich schüttle ich abermals den Kopf. Aber mir wird dieses Gespräch immer unangenehmer –

Ich könnte abhauen, wie damals im Maisfeld. Aber IRGENDWAS hält mich hier fest.

»Es war nicht besonders schwer zu erraten. Nach dem, was vor ein paar Tagen im Maisfeld passiert ist, und nach dem, was ich soeben gesehen habe.«

Leuchtet ein.

»Das Einzige, was ich nicht mit Sicherheit weiß ...«, sagt Hubert.

»Was auf dem Zettel stand?«

Hubert nickt. »Aber vermutlich hat dir der Anrufer verboten, darüber zu sprechen, richtig?«

Ich nicke.

»Dann behalte es für dich!«

ABER will er es nicht wissen?

»Ich kann es mir ohnehin ungefähr denken«, brummt er. »Dieser Zettel war nämlich nicht der erste.«

»Sie haben mehrere bekommen?«, frage ich erstaunt.

»Ja. Seit ein paar Wochen kommen diese Drohbriefe. Aber sie wandern immer gleich ins Feuer.«

»Waren Sie deshalb nicht überrascht, als ich Sie abgeholt habe, um sie zu Keiler zu bringen?«

Hubert nickt düster. »Ich war vorgewarnt, dass sie meinem Hund was antun würden. Ich konnte es nicht verhindern. Als es geschehen war, wollte ich nicht die ganze Gegend absuchen. Irgendwann würde jemand kommen, um mich zu holen. Und so war es ja auch.«

Jetzt nicke ich.

»Simon, hör zu! Jemand will uns Angst machen. Mir, weil sie mich in die Knie zwingen wollen, weil sie mich aus dem Meiergut raushaben wollen. Dir, weil du zufällig in die Sache verwickelt wurdest. Wenn wir Angst haben, dann haben sie alle Macht. Verstehst du?«

Ich weiß nicht genau –

»Wenn du Angst hast, weißt du nicht mehr, was richtig und was falsch ist«, fährt Hubert fort. »Du misst Dingen eine Bedeutung bei, die sie gar nicht haben –«

Meint er den MAZDA-Fahrer?
WEISS ER AUCH DAVON?
»Wenn du Angst hast, kontrollieren sie dich. Du tust, was sie wollen, nur um nicht noch mehr Angst haben zu müssen. Verstehst du das?«
»Ich glaub schon. Aber …«
»Aber du musst keine Angst haben«, unterbricht er mich. »Sie bringen einen Hund um. Ja, dazu sind sie fähig. Das haben sie bewiesen. Aber sie gehen nicht weiter. Sie wollen nur, dass wir das denken. Dass wir uns davor fürchten. Aber sie tun es nicht. Und wenn wir keine Angst haben, geben sie irgendwann auf.«
Hubert starrt in die Stadt hinunter. Ich bin nicht sicher, ob er wirklich glaubt, was er gerade erklärt hat –
»WER will uns Angst machen? Der Schakal?«
Hubert sieht mich überrascht an. »Du weißt, dass man ihn so nennt?«
Ich nicke.
»Ja«, bestätigt Hubert nach einer Weile. »Er.«
»Haben Sie einen Beweis dafür?«
Aber Hubert schüttelt den Kopf. »Dazu ist er zu gerissen.«
Hubert hat sogar eine Erklärung dafür, warum der Schakal das Messer und den Zettel verschwinden ließ, ehe die Polizei kam. »Er hatte Angst, jemand könnte denken, er hätte etwas damit zu tun.«
»Hat er ja auch.«
»Aber es wird ihm niemand nachweisen können.«
»Hat ER den Hund umgebracht?«, will ich wissen.
»Irgendjemand tut diese Dinge für ihn«, ist Hubert überzeugt.

»Aber warum tut das jemand für ihn?«

Hubert reibt eine Weile seine Handflächen aneinander, dann will er wissen: »Warum bist du damals mit deinem Freund bei dem Scheißwetter angeln gewesen?«

DAS – WEISS – ER – AUCH?

»Beim ersten Mal warst du zu feig, wegen dem FISCHEN-STRENGSTENS-VERBOTEN-Schild«, fährt er langsam fort. »Und dann kam dein Freund nochmals allein und hat das Schild abmontiert und es bei den Schafen aufgehängt.«

»Sie haben es gesehen?«

Demonstrativ setzt er das Fernglas vor seine Augen.

»Warum hast du in dieser Nacht durchgehalten, Simon? Obwohl du schrecklich gefroren hast? Warum hast du ihn diese schwachsinnige Aktion nicht allein durchziehen lassen?«

Keine Ahnung –

»Natürlich. Überleg mal«, fordert mich Hubert auf.

Ich muss eine Weile nachdenken –

Weil Chris mein Freund ist? Ist es das, was Hubert hören will? Und ich ahne, worauf Hubert hinauswill. »Weil er für mich auch einmal etwas getan hat. Auf dem Pausenhof unserer Schule hat er mich vor ein paar Leuten gerettet.«

Hubert nickt. »Siehst du. Es gibt immer gute Gründe, dumme Sachen zu machen.«

Ja. Ich verstehe. »Jemand tut das für den Schakal, weil er Gründe hat.«

»Und die Gründe sind vermutlich so gut, dass der Schakal sicher sein kann, dass die, die die Drecksarbeit für ihn erledigen, ihn nie verraten werden.«

Eine Weile schweigen wir.
Dann aber sagt Hubert plötzlich: »Er war bei mir.«
WER? DER SCHAKAL?
»Chris. Dein Freund. An dem Tag, an dem du Keiler im Maisfeld gefunden hast. Das erste Mal, dass er an meine Tür geklopft hat, obwohl er so oft vorbeiging.«
Aber das –
»Er ist krank«, sage ich. »Er hat sich bei der Aktion am Teich eine Lungenentzündung geholt.«
»Ist er deshalb eingesperrt?«
»Nein.«
»Oder an sein Bett festgebunden?«
Auch nicht. »Wann war er bei Ihnen?«
»So gegen Mittag.«
Also nach unserem Telefonat. »Das kann nicht sein«, entfährt es mir. Weil Chris' Mutter am Ende unseres Telefonats nach Hause kam. Chris musste den Computer herunterfahren und das zweite Kabel verschwinden lassen. Hat er zumindest gesagt. Hat er mich angelogen? Ist er die U-Straße entlang, am offenen Ende nach links, Richtung Meiergut, abgebogen?
»Was wollte Chris von Ihnen?«
»Ich habe nicht aufgemacht«, sagt Hubert. »Ich wollte an diesem Tag mit niemandem reden. Ich rede überhaupt nicht gern mit Leuten.«
Stimmt nicht. »Sie reden mit mir.«
Hubert sieht mich an. »Das ist was anderes.« Er atmet durch und lächelt kurz. »Du …«, er zögert. »Du erinnerst mich an jemanden.«

»An wen?«

–

–

–

Aber Hubert schaut mich NUR an.

–

–

–

Es ist ein langer, trauriger, schweigsamer Blick.

–

–

–

Dann steht er plötzlich auf, dreht sich weg und geht.
Ohne ein weiteres Wort.
Ohne Abschied.
Einfach los –

–

–

–

Den steilen Schlangenweg hinunter, den ich vorhin rekordtempoverdächtig heraufgekeucht war.
Er geht langsam.
Ein wenig gebückt.
Vorsichtig setzt er einen Fuß vor den anderen.
Und er dreht sich kein einziges Mal nach mir um.

Vierundzwanzig Stunden lang brennt mir EINE Frage unter den Nägeln. Aber mir fällt absolut NICHTS ein, was Chris als Erklärung geben könnte, warum er trotz Krankheit und Hausarrest bei Hubert aufgetaucht ist. Und irgendwann wird mir klar, es bleibt mir nichts, als ihn zu fragen. Und einen Tag nach meiner Begegnung mit Hubert starte ich einen zweiten Anlauf, Chris zu besuchen. Diesmal kaufe ich keinen Döner. Eigentlich weiß ich auf dem Heimweg von der Schule auch noch gar nicht, dass ich ihn besuchen werde. Erst als ich in die U-Straße einbiege, entscheide ich mich zu klingeln. Seine Mutter öffnet mir die Tür. Sie sieht müde aus. Und als sie fragt, ob ich was zu trinken haben will, lehne ich ab.

Chris hockt vor seinem Computer. Er lädt sich gerade ein neues Spiel herunter. In einem kleinen Fenster läuft lautlos irgendein Horrormovie. Aus den Boxen hämmert ein dumpfer Sound. Nebenbei chattet er gleichzeitig mit zwei Leuten, denen er vermutlich, wie all seinen anderen Chatfreunden, noch nie wirklich begegnet ist. Eigentlich alles wie immer. Wie vor der dämlichen Aktion am Teich. Ein typischer Nachmittag mit Chris, wenn da nicht unser letztes Telefonat wäre und diese Frage. Und wenn mich nicht noch ETWAS irritieren würde –

Ich brauche eine Weile –
Bis mir klar wird, dass er beim ersten Festnetztelefonat ein zweites Kabel, aber keinen Internetzugang hatte, den er sowohl für den Download als auch für den Chat braucht. »Hast du wieder Verbindung?«
»Jep.«
Wahrscheinlich hat er so lange TERROR gemacht, bis seine Mutter eingeknickt war.
»Handy auch?«
»Daran arbeite ich noch«, sagt Chris.
»Was ist das für ein Spiel, das du runterlädst?«, will ich nach einer Pause wissen.
»Völlig neu. Kannst du nicht kennen.«
Eine Weile starre ich auf den Horrorfilm. Irgendein Mann mit Buckel und Haifischzähnen verbeißt sich in den Schoßhund einer Lady, die wie am Spieß schreit. Dann angle ich mein SONY aus der Hosentasche, öffne CLUBCUUEE.COM und logge mich ein. Aber obwohl Chris gerade chattet, ist er OFF.
»Bist du nicht ON?«, wundere ich mich.
Er zuckt nur mit den Schultern.
»Warum sehe ich das nicht?«
»Hab ich verborgen.«
»Kann man das?«
»Könnte ich es sonst?«, fragt Chris und hämmert auf seine Tastatur ein.
Während ich mich durch das Programm klicke, auf der Suche nach der Funktion, mit der ich meine Anwesenheit im Chatroom verbergen kann, schreibt Chris in immer schnellerem Wechsel

mit seinem Chatpartner. Nach einer Weile finde ich heraus, dass man das Programm tatsächlich so einstellen kann, dass ich zwar sehe, wer ONLINE ist, aber niemand erkennen kann, dass ich es auch bin.

Ich zähle bis dreißig, atme durch und erst dann frage ich: »Warum warst du bei IHM?«

Nichts.

Er fragt auch nicht –

Bei IHM?

Bei WEM?

»An dem Tag, an dem ich Keiler tot im Maisfeld gefunden habe«, taste ich mich weiter vor.

Null Reaktion.

»Hubert hat gesagt, du hättest an seine Tür geklopft.«

Als hätte ich ÜBERHAUPT NICHTS gesagt.

Als wäre ich allein im Raum.

»Ich habe ihm gesagt, dass das nicht sein kann. Schließlich warst du an dem Tag noch ziemlich krank.«

»Was willst du eigentlich wissen?« Chris dreht sich plötzlich nach mir um und sieht mich herausfordernd an.

»Ich …«

»Du hast es selbst verkündet, ES KANN NICHT SEIN«, presst er zwischen den Zähnen hervor.

»Ja«, gebe ich zu.

»Warum quatschst du dann?«

»Aber Hubert hat gesagt …«

»Und WAS beweist das?«, fragt Chris, ohne mich aussprechen zu lassen.

»Na ja …«

Ich verknote meine Finger.

Ich habe Chris noch nie so aggressiv gesehen. Zumindest nicht mir gegenüber.

»Er hat auch gesehen, wie du das FISCHEN-STRENGSTENS-VERBOTEN-Schild bei den Schafen aufgehängt hast.«

»Und das soll jetzt ein Beweis sein?«, spottet Chris. »Nur weil Hubert sagt, er hat mich DABEI gesehen, soll das AUCH ein Beweis dafür sein, dass ich an seine Tür geklopft habe?«

»Nein.« Verwirrt schüttle ich den Kopf. »Das eine hat mit dem anderen nichts zu tun.«

»Also. Wie gesagt. Quatsch nicht!«

»Aber warum soll er sich das ausgedacht haben?«

»Keine Ahnung«, sagt Chris.

Aber bevor ich einen klaren Gedanken fassen kann, fragt Chris: »Bist du mein Freund?«

»Klar!«

»Sicher?«

»Klar!« Und ich merke, wie ich rot anlaufe.

»Aber bist du es WIRKLICH?« Er fixiert mich ein paar Augenblicke lang. Schließlich fliegt ein kurzes Grinsen über sein Gesicht. Er dreht sich wieder zum Bildschirm und tippt was. Kurz darauf piepst mein Handy. Jemand hat im Chat Kontakt mit mir aufgenommen. Ich öffne das Programm. Es ist eine Nachricht von Chris –

ICH HABE DAS SCHILD NICHT BEI DER SCHAFWEIDE AUFGEHÄNGT. UND ICH WAR NICHT BEI HUBERT.

Chris lässt mir ein wenig Zeit, um über seine Nachricht nachzudenken. Dann dreht er sich wieder zu mir. Er sagt nichts. Aber ich sehe es an seinem Blick, Chris will, dass ich IHM und nicht Hubert glaube. Aber seit dem Augenblick, als ich das Schild an der Schafweide gesehen habe, war mir klar, dass NUR Chris das Schild dort aufgehängt haben kann. Auch später, als Chris gesagt hat, es gebe dafür keinen BEWEIS, habe ich nicht wirklich daran gezweifelt. Und jetzt weiß ich, Hubert hat ihn auch noch dabei gesehen.

Und Chris weiß DAS ALLES.

Und wenn er jetzt behauptet, dass er genauso wenig bei Hubert gewesen sei, wie er das Schild aufgehängt habe, heißt das –

Es heißt –

Das heißt –

Im Umkehrschluss muss das heißen –

– er IST bei Hubert gewesen.

Aber Chris will, dass ich glaube, dass er das Schild NICHT aufgehängt hat und NICHT bei Hubert gewesen ist, obwohl er weiß, dass ich weiß, dass wir beide wissen, dass ER lügt und Hubert die Wahrheit gesagt hat.

Ich liege auf meinem Bett und tausend Gedanken flitzen durch meinen Kopf. Aber tausend Gedanken passen eigentlich überhaupt nicht gleichzeitig in ein Hirn. Und die sind da auch gar nicht. Eigentlich habe ich nur EINEN Gedanken. Aber diesen EINEN will ich nicht denken. Also denke ich an ALLES ANDERE. Eine Gedankenflut scheint mir die beste Methode, an NICHTS zu denken. Aber NICHTS denken kann man nur für den Bruchteil einer Sekunde, und dann nutzt dieser EINE

Gedanke, den man absolut nicht denken will, auch noch diese Lücke, um an die Oberfläche zu tauchen –
CHRIS HAT ETWAS MIT DER GANZEN SACHE ZU TUN.
CHRIS HAT ETWAS MIT DER GANZEN SACHE ZU TUN.
CHRIS HAT ETWAS MIT DER GANZEN SACHE ZU TUN.
Immer weiter.
Endlos.
Bis ich schrecklichen DURST habe.
Aber ich will nicht aufstehen und in die Küche gehen. Ich will mich überhaupt nicht bewegen. Nicht einmal den Kopf will ich drehen, um auf dem Display meiner Anlage zu sehen, wie spät es mittlerweile geworden ist und wie lange ich schon vollkommen starr auf meinem Bett liege. Allerdings werde ich mit meinem total trockenen Mund NIE einschlafen können. Und ich MUSS schlafen. Nur wenn ich schlafe, hört dieser eine Gedanke auf.

In der Küche brennt Licht. Die Tür steht halb offen. Mama sitzt am Tisch und heult. Papa sitzt bei ihr. Seine rechte Hand liegt da, als hätte er nach Mamas Arm greifen wollen, um sie zu trösten, aber auf halber Strecke aufgegeben. Ich stehe völlig reglos. Keine Ahnung, wie Papa trotzdem auf mich aufmerksam wird.
»Was ist?«
»Ich muss was trinken.« Ich bleibe, wo ich bin. Wie angewurzelt.
»Dann hol dir was!« Klingt nicht so, als hätte Mamas Heulerei irgendwas mit mir zu tun.
Langsam geh ich zum Kühlschrank und öffne ihn vorsichtig. Ich will jedes unnötige Geräusch vermeiden.
»Bring uns ein Bier mit und setz dich zu uns!«

Mama schaut kurz zu Papa. Klar, sie hält das für keine gute Idee. Sagt aber nichts.
Ich stell das Bier auf den Tisch.
»Setz dich!«
Mach ich.
Mama versucht zu lächeln. Papa öffnet das Bier und schiebt es ihr hin. Sie trinkt direkt aus der Flasche. »Es ist wegen Anne«, erklärt sie mit verheulter Stimme in meine Richtung.
»Ist sie tot?«
»Was?« Mama schreit auf. »Wie kommst du denn darauf?«
»Weil du weinst«, sage ich leise.
»Bist du verrückt?«
Ich halte mein Glas mit der Fanta fest. »Tut mir leid. Ich hab nur gedacht ...«
»Ich habe Anne eine E-Mail geschrieben«, erklärt Papa. »Ich wollte noch mal was klarstellen ...«
Vermutlich stand in der E-Mail ungefähr dasselbe, worüber er mit mir im Auto gesprochen hat, als er auf dem Weg in die Stadt plötzlich am Straßenrand hielt.
»Sie hat vorhin geantwortet«, fährt Papa fort. »Sie will, dass wir es in Zukunft unterlassen, mit ihr Kontakt aufzunehmen.« Papa zieht die Bierflasche zu sich heran und nimmt einen kräftigen Schluck.
Mamas Hände zittern. »Ich weiß nicht, was wir ihr getan haben«, schluchzt sie. »Wenn sie mit dieser Band herumzieht ... Dieser Mensch auf dem T-Shirt ...! Er nimmt bestimmt Drogen, und dann ...!«
»Das weißt du doch gar nicht«, unterbricht Papa sie endlich.

»Ich kann es mir aber vorstellen!«, schreit Mama.
»Aber warum musst du dir denn immer das Schlimmste vorstellen?«, will Papa wissen.
»Weil ich mir Sorgen mache! ICH MACHE MIR SORGEN! Dieser Typ macht ihr irgendwelche Hoffnungen, die sich nie erfüllen werden …!«
»Aber Anne kann selbstständig denken«, unterbricht Papa sie erneut. »Sie ist klug genug …« Er greift nach ihrer Hand. Mama lässt es geschehen. Dann sagt sie leise vor sich hin: »Was sollen wir nur tun?«
»Wir haben es doch schon hundertmal durchgekaut.« Papa klingt plötzlich ein wenig genervt. »Da sie bei dieser Band offenbar auch ihr eigenes Geld verdient, können wir ihr nicht einmal den Geldhahn zudrehen.«
Mama schnappt nach Luft.
»Die Band heißt KRILL«, schiebe ich dazwischen.
»Es ist mir so was von egal, wie diese Musikanten heißen!«, faucht Mama mich an. Dann fragt sie aber doch, ob jemand etwas über diese Band weiß. Papa verneint.
»Ich kann sie googeln.« DIE Gelegenheit, vom Tisch und in Papas Zimmer zu verschwinden, wo ich ins Netz kann.
»Nein. Egal. Es ist spät.« Mama trinkt den letzten Schluck Bier.
»Ich finde KRILL übrigens einen ziemlich originellen Namen für eine Band«, sagt Papa.
»Was soll daran bitte originell sein …?«
Kann aber auch sein, Mama weiß einfach genauso wenig wie ich, was KRILL bedeutet.

In Papas Zimmer fahre ich den Computer hoch. Bevor ich mich mit KRILL beschäftige, checke ich erst mal, ob Chris ON ist. Ist er nicht. Versteckt er sich? Allerdings würde er dann sehen, dass ich mich gerade eingeloggt habe. Und er könnte mir eine Nachricht schicken.

Nachdem ich das Chatfenster minimiert habe, gebe ich KRILL in die Suchmaschine ein. Circa 1 510 000 Einträge in 4,9 Sekunden. Der erste Eintrag ist ein Link zu Wikipedia. KRILL ist ein norwegisches Wort und bedeutet erstens ganz allgemein WALNAHRUNG. KRILL ist aber auch ein Kleinkrebs, der gehäuft in der Nordsee und im Atlantik vorkommt und Teil des Planktons ist, von dem sich ein Wal ernährt.
KRILL + BAND. Der vierte Eintrag führt zur Homepage der Band. Eine Punkband. Eric ist ihr Sänger. Die Band hat sich vor drei Jahren gegründet und Ende letzten Jahres eine CD mit dem Titel KILL herausgebracht. KRILL – KILL.
Ich gehe mit dem Cursor auf den Link NEWS. In drei Tagen startet die Band in Hannover. Anschließend treten sie bis Ende Oktober drei- oder viermal pro Woche auf. Mailand, Rostock, Posnan und so weiter. Viele Städtenamen habe ich noch nie gehört.
Mama lehnt in der Tür. Sie will, dass ich Schluss mache.
»Ja«, sage ich mit Nachdruck.
»Was JA?«
»Es gibt eine Band, die so heißt.« Den Titel der CD verschweige ich. Mama würde wahrscheinlich ausflippen, wenn sie erfahren würde, dass Anne mit einer Band unterwegs ist, die übers Töten singt.

»Und? Beruhigt?«, fragt Papa, der Mama über die Schulter schaut.
»Was soll mich daran beruhigen?«
»Nun, dass es die Band wirklich gibt und Anne uns keinen Bären aufgebunden hat.«
Mama wäre es eindeutig lieber, es gäbe diese Band NICHT.
»Anne will nichts mehr mit ihrer Familie zu tun haben. Und ich soll mich beruhigen?« Mama hat schon wieder Tränen in den Augen.
Papa will sie von hinten umarmen.
»Ach, lasst mich doch einfach in Ruhe!«

Egal ob ich zur Schule gehe oder von der Schule nach Hause komme. Ob ich OHNE NAMEN UND BESITZER dabei zusehe, wie sie die Schale ausleckt. Zu Hause auf dem Bett liege. Musik höre. Ob ich TWIN PEAKS oder SIMPSONS schaue. Was auch immer ich tue, seit drei Tagen warte ich die ganze Zeit darauf, dass was passiert. Keine Ahnung, was. IRGENDWAS.
Es passiert aber nichts.
Nichts Wesentliches.
Zumindest nichts, wovon ich etwas mitkriege.
Natürlich passiert ETWAS. Weil IMMER irgendwas passiert. Beispielsweise rufe ich im Biounterricht circa zum tausendsten Mal auf meinem Handy Chris' Chatnachricht auf: ICH HABE DAS SCHILD NICHT BEI DER SCHAFWEIDE AUFGEHÄNGT. UND ICH WAR NICHT BEI HUBERT. Um 14 Uhr 32 von seinem Computer aus auf mein Handy geschickt, obwohl ich nur zwei Meter entfernt saß.

Egal wie oft ich sie noch aufrufe, sie wird immer unverändert dastehen. Und selbst wenn ich sie lösche, existiert sie deshalb nicht mehr? Jeder Computerexperte könnte sie wieder hervorkramen.
Plötzlich landet Norbert Jobsts Schlüsselbund mit einem lauten Krach auf meinem Tisch. Und ich bin für den Rest der Stunde mein Handy los. IDIOT!

Drei Tage lang geht mein Leben mehr oder weniger so dahin, ohne dass etwas passiert, an das ich mich später werde erinnern können. Aber dann, am Donnerstag, passiert doch ETWAS.
Als ich um halb vier von der Schule nach Hause komme, parkt Papas Rover in der offenen Garage, obwohl er donnerstags eigentlich immer bis acht Uhr Dienst hat. OHNE NAMEN UND BESITZER ist weit und breit nicht zu sehen. Trotzdem will ich sie mit Milch versorgen. Im Haus werfe ich meine Umhängetasche ab, steuere Richtung Kühlschrank. Tür auf. Milch raus.
»Abstellen und hierbleiben!«
Mein Kopf fliegt herum. Am Küchentisch sitzen Papa, Mama und Conny Fritsch, die junge POLIZISTIN. Shit. Keine Ahnung, wo ich beim Hereinkommen meine Augen gehabt habe.
Die Polizistin trägt auch heute keine Uniform. Mama sieht mich fassungslos an. Und ein zweites Mal: »Abstellen und setzen!« In einem Ton, den ich sonst nicht von Papa kenne.
»Hallo, SIMON!« Wenigstens die Stimme der Polizistin klingt halbwegs freundlich.
»Hallo«, sage ich.
»Setz dich bitte, SIMON!«
»Die Katze …?«

»Kann warten!«, fährt Papa dazwischen.
Ich stelle die Milchpackung auf den Tisch und nehme gegenüber der Polizistin Platz. Sie mustert mich eine Weile, dann fragt sie: »Du weißt, warum ich hier bin, SIMON?«
Ich schiebe meine Hände unter die Oberschenkel und strecke die Arme durch.
»Weißt du es?«, hakt mein Vater nach.
»Denk schon.«
»Sieh uns an, wenn du mit uns redest!«
JA!
Mama presst die Lippen aufeinander und kippt die Milch, die für OHNE NAMEN UND BESITZER gedacht war, in ihren Tee.
Papa platzt förmlich vor Ungeduld. »Frau Fritsch kam vorhin ins Krankenhaus …«
»Hoffentlich nichts Schlimmes«, sage ich leise, obwohl ich weiß, dass ich mit so einem dämlichen Witz nicht davonkomme.
»Werd nicht frech!«
»Lassen Sie!«, beruhigt die Polizistin Papa und wendet sich wieder an mich. »Als ich dich letzte Woche zufällig auf der Straße gesehen habe, war ich auf dem Weg zu einer Weiterbildung. Ich bin erst heute Vormittag zurückgekommen.«
»Aber hätte in der Zwischenzeit nicht einer Ihrer Kollegen …?«, fragt Mama dazwischen. »Das verstehe ich nicht.«
»Genau das ist das Problem«, erklärt die Polizistin. »Alle tun so, als gäbe es keines. Im Bericht steht UNBEKANNTE TODESURSACHE. Und damit ist die Sache offiziell erledigt.«
»Sie haben gesagt …«, sagt Papa empört, »da wäre ein Messer gewesen. Und ein Zettel …«

»Zumindest behauptet Simon das.«
Ich starre sie nur an.
»WARUM hast du uns davon nichts erzählt?«
»SIMON, ich möchte dir helfen«, fährt die Polizistin fort, ohne eine Antwort auf Mamas Frage abzuwarten.
Ich hasse es, wie sie ständig meinen Namen betont.
»Ich möchte dich gern ein paar Dinge fragen, einverstanden?«
ICH möchte aber nicht, dass sie das tut. Klar, dass die Polizistin trotzdem fragt. »Warum, SIMON, bist du im Maisfeld weggelaufen?«
Ich schweige. Sie muss die Antwort doch wissen.
»Jetzt sind deine Eltern da und sie sind einverstanden, dass wir reden, SIMON.«
Frage beantwortet.
»Sie ist nicht im Dienst. Sie ist privat hier.« Wahrscheinlich will mich Papa mit dieser Info gesprächig machen.
»Wir können darüber reden, was im Maisfeld wirklich passiert ist, SIMON. Ohne dass unser Gespräch aufgenommen oder etwas notiert wird«, fügt die Polizistin hinzu. Sie atmet durch. »Das muss dich doch alles komplett durcheinanderbringen.«
»Zieh keine Grimassen«, höre ich meine Mutter sagen. »Du hast einen Mund zum Reden!«
Die Polizistin stützt die Ellenbogen auf dem Tisch auf, faltet die Hände und legt ihr Kinn darauf. »Ich glaube dir nicht, Simon. Das ist mein Hauptproblem.«
Aber ich hab doch noch gar nichts gesagt.
Und dann kommt die erste konkrete Frage: »WAS stand auf dem Zettel?«

Alle warten auf mich.
Aber ich brauche Zeit, um nachzudenken. Ich darf jetzt keinen Fehler machen. Zeit habe ich aber nicht. Mit großen Augen sitzen Mama, Papa und die Polizistin vor mir. Gierig auf INFOS. Wie hungrigen Tieren muss ich ihnen einen Brocken hinwerfen. Etwas, worauf sie eine Weile herumkauen können. »Hubert hat schon vorher Drohbriefe bekommen.« Und ich sage das nur, weil ich hoffe, dass die Polizistin jetzt Schluss machen, dass sie zu Hubert fahren, IHN fragen und MICH in Ruhe lassen wird.
»Woher weißt du das?«
Ich zucke mit den Achseln.
»Hat er dir das erzählt?«
Ich nicke.
»Was hat er noch gesagt?«
»Nichts.«
Glaubt niemand.
»WAS ER NOCH GESAGT HAT?« Papa beugt sich zu mir vor. »Hörst du?«
Ich atme durch. »Sie haben Keiler getötet, aber sie werden nichts Schlimmeres tun. DIE wollen uns nur Angst einjagen …«
–
–
–
»UNS?«
Ich glaube, Mama hat es zuerst kapiert. Aber sie hat nicht den Mut, es auszusprechen. In ihrem Gesicht steht die Frage, die die Polizistin und mein Vater eine Zehntelsekunde später fast gleichzeitig stellen. Und dann auch Mama.

UNS?
Ich kapiere es zuletzt.
»Wieso UNS?« Die Polizistin signalisiert meinem Vater, dass er jetzt nichts sagen soll.
»Uns?«, frage ich, als hätte ich nie UNS gesagt.
Aber ich habe DIE WOLLEN UNS NUR ANGST EINJAGEN gesagt.
Und UNS heißt, MEHR als einer Person.
UNS heißt IHM und MIR.
UNS heißt, ich habe mich verraten.
»Wer droht DIR, Simon?« Die Polizistin betont jedes Wort extra. Als wäre ich schwerhörig. Ich zucke abermals mit den Schultern.
»Jetzt lass dir doch nicht alles aus der Nase ziehen!« Mittlerweile geht mein Vater mit den Händen in den Hosentaschen im Zimmer auf und ab.
»Wenn es in Ordnung ist, rede ICH mit Simon«, bittet die Polizistin meinen Vater.
»Ja, ja, sicher«, sagt Papa, obwohl es ihm sichtbar schwerfällt. »Tut mir leid.«
»Also, Simon! WER?«
Ich schüttle den Kopf.
Ich habe schon zu viel gesagt.
Viel zu viel.
»Hat jemand von Ihnen eine Idee?« Die Polizistin lehnt sich zurück und schaut meine Eltern an.
Sie verneinen.
»Dann musst DU es uns sagen«, wendet sich die Polizistin wieder an mich.

Aber ich halte die Klappe.
»Ich habe Zeit.« klingt jetzt nicht mehr nach PRIVAT.
Das klingt jetzt mehr nach ZERMÜRBUNGSTAKTIK.
Mama sieht mich mit geröteten Augen an. »Sag doch was!«, fleht sie.
Papa brennt seinen Blick auf meinen Schädel, als könnte er auf diese Weise meine Gedanken lesen. Aber er darf, er wird sie NIE erfahren.
Und ich muss hier schleunigst weg, bevor ich noch IRGENDWAS unabsichtlich preisgebe.
Aber sie sind zu dritt. Sie würden mich niemals einfach gehen lassen. Mein Körper kommt hier nicht raus. Also muss ich auf eine bewährte Taktik zurückgreifen –

–

–

–

SCHWEIGEN.

–

–

–

–

–

Als Papa, Mama und die Polizistin endlich kapieren, dass von mir tatsächlich NICHTS kommt, wie in den ersten Wochen nach unserem Umzug, KEIN STERBENSWORT –

–

–

»Das führt zu nichts.« Die Polizistin hebt hilflos die Arme.

Aber bevor sie unser Haus verlässt, gibt sie meinen Eltern ihre Telefonnummer. Und sie verspricht Papa und Mama, mit ihrem Kollegen Feyrer zu sprechen. Vielleicht kann sie ihn ja doch überzeugen, die Akte noch mal zu öffnen. Dann wäre es ihr auch gestattet, ganz offiziell, mit Hubert und dem Schakal zu reden. Diese Privatermittlung, erklärt sie, die sie da gerade mache, sei nämlich eigentlich nicht erlaubt. »Ich tu es nur, weil ich Simon helfen möchte.«

Warum kapiert sie nicht, dass sie alles nur schlimmer macht?

»Aber ich will Ihnen nicht zu viel Hoffnung machen«, sagt die Polizistin auch. »Und Simon …« Sie sieht mich an. »Simon hilft uns nicht. Warum auch immer.«

Ich hasse es, wenn in meiner Gegenwart von mir gesprochen wird, als wäre ich nicht anwesend. Dann fragt sie mich doch noch ein letztes Mal, ob ich dabei bliebe, nichts zu sagen –

JA.

Die Polizistin fährt weg, aber meine Mutter und mein Vater bearbeiten mich weiter. Die meiste Zeit reden die beiden. Manchmal beantworte ich ihre Fragen. Aber nur mit JA oder NEIN. Nicht immer wahrheitsgemäß. Wenn eine Frage nicht mit JA oder NEIN beantwortet werden kann, halte ich den Mund. Mama ist öfter den Tränen nahe. Papa schwankt zwischen verständnisvoll, verzweifelt und wütend.

–

–

–

Irgendwann geben meine Eltern genervt auf. Schluss mit Verhör. Sie geben sich genauso geschlagen wie die Polizistin. Sie wollen heute nicht mehr darüber reden. Morgen will Papa zum Schakal und zu Hubert fahren. Vielleicht erfährt er von ihnen was.

Für heute habe ich gewonnen.
Und der anonyme Anrufer hat gewonnen.
Die, die Keiler umgebracht haben, haben gewonnen.
Der Schakal hat gewonnen.
Ich weiß nicht, ob ich mich darüber freuen soll.
Ohne Abendessen verschwinde ich in mein Zimmer.
Endlich ALLEIN.
–
–
–
IRRTUM.
KOMPLETTER IRRTUM.
Ich bin nicht allein.
In meinem Zimmer wartet die Angst auf mich –
– dass sie mich morgen weiterbearbeiten werden.
– dass AM ENDE doch alles auffliegt.
– dass ALLE ALLES erfahren.
– dass mein Leben nichts mehr wert ist.
– dass es so gut wie vorbei ist.
– dass ich wie Keiler ende, so wie der Anrufer gedroht hat.
Und diese Angst ist noch GRÖSSER
SCHRECKLICHER
GRAUSAMER
Diese Angst ist ein Tier, das mit gefletschten Zähnen und riesigem Appetit vor mir steht. Noch lauert es. Aber irgendwann wird es

seinen Hals strecken. Es wird sich über mich beugen. Sein Maul aufreißen. Ich werde seinen schlechten Atem riechen. Aber kurz bevor mich das Tier verschlingt –

Gerade rechtzeitig –

Im allerletzten Augenblick –

– habe ich eine Idee, wie ich es stoppen kann.

Aber ich kann es nicht allein.

Und ich brauche Zeit.

Diese Nacht noch.

Diese EINE Nacht noch.

Angezogen liege ich auf dem Bett und habe die Uhr auf meiner Anlage im Blick. Zu jeder vollen Minute verändert sich EINE Ziffer der LCD-Anzeige, und nach neunundfünfzigmal verändern sich ZWEI gleichzeitig. Dann wieder neunundfünfzigmal nur EINE. Dann wieder ZWEI. Und so weiter.

Das ist irre langweilig.

Aber in der Küche gibt es immer noch Diskussionen. Laute. Leise. Dazwischen Pausen. Kurze. Lange. Mama und Papa reden gleichzeitig. Und so weiter.

IRGENDWANN verstummen die Stimmen.

Im Bad rauscht die Dusche. Wenig später summen zwei elektrische Zahnbürsten im Duett. Türen gehen auf und zu. Im Flur erlischt das Licht. Dann ist es still im Haus.

Sicherheitshalber warte ich noch eine Viertelstunde. Dann angle ich meine dunkelblaue Trainingsjacke aus dem Schrank. Zusammen mit dem schwarzen Basecap werde ich möglichst unauffällig durch die Dunkelheit kommen. Ich öffne das Fenster, klettere auf das Fensterbrett und springe in die kühle Nacht hinaus. Vor der Haustür funkeln zwei grüne Augen. Aber es ist nur OHNE NAMEN UND BESITZER. Sie ist zurückgekehrt.

»Hi«, flüstere ich. »Hunger?«

Die Katze streckt sich auf der Fußmatte aus, gähnt und rollt sich wieder zusammen.
Auf der U-Straße husche ich durch die Lichtkegel der Straßenlaternen. Um nicht aufzufallen, versuche ich nicht zu schnell und nicht zu langsam zu gehen. Fast in jedem Haus läuft der Fernseher. Vor dem Haus von E. und C. Stopper parkt Norbert Jobsts Auto. Über mir leuchten Sterne. Mond? Gibt's heute keinen.

Am offenen Ende der U-Straße biege ich Richtung Meiergut ab. HIER ist es finsterer als zwischen den Häusern der Siedlung. Links vom Weg bewegen sich ein paar dunkle Flecken hin und her. Hasen? Ich bleibe stehen. Die Flecken entfernen sich langsam. Plötzlich fliegen sie fast geräuschlos auf. Also sicher KEINE Hasen. Krähen vermutlich.
Über der Stadt liegt ein schwacher Lichtschein. EIN Glockenschlag klingt vom Kirchturm über die Hochebene. Ich zittere. Nicht weil ich friere. Ich zittere vor Aufregung. Trotzdem ziehe ich den Reißverschluss meiner Jacke zu.
Das Meiergut liegt in einer Mulde. Wenn man sich von der U-Straße her nähert, sieht man zuerst nur das Dach. Nachts erscheint es als ein großes dunkles Viereck. Ein paar Schritte weiter. Nach und nach werden die Mauern darunter sichtbar. Die Fenster zum Feldweg hin sind ohne Licht.
Früher konnte man sich nie dem Meiergut nähern, ohne dass Keiler angeschlagen hätte. JETZT zirpen lediglich ein paar Grillen. Über mir das flappende Geräusch von Flügeln. Behäbiger als das der Krähen. Vermutlich der Reiher, der hinten am Teich haust.

Ich gehe bis zur Wegkurve. Neben dem Nussbaum ist Erde aufgeschüttet. Eindeutig ein Grab. Keilers Grab. Ich bücke mich, nehme eine Handvoll Erde und lasse sie wie bei einer Sanduhr zwischen meinen Fingern hindurchrieseln.
Auch auf der Seite mit der Eingangstür ist alles dunkel. Ich stehe da, bis von der Kirchturmuhr ZWEI Schläge kommen. Dann gehe ich zur Haustür hinüber. Und was, wenn Hubert nicht aufmacht?

»Hallo?«, fragt Hubert durch die geschlossene Tür.
»Ich bin's. Simon.«
Stille.
»Bist du das?«
»Ja. ICH. Simon.«
Das Quietschen der Türangeln fährt mir in die Knochen. Ein Schwall dicker, warmer Luft stößt aus dem Haus. Hubert steht in zerrissenen Trainingshosen und einem ziemlich fleckigen Unterhemd vor mir. Er sieht mich überrascht an. »Was willst DU hier? Mitten in der Nacht? »Also, was gibt es …?«
Ich wage nicht, einfach zu fragen, ob ich hineinkommen darf – »Die Polizistin war heute bei uns«, fange ich stattdessen zähneklappernd an.
»Nach eurer Begegnung war das zu erwarten«, sagt Hubert.
Ich zucke mit den Achseln.
»Frierst du?«
Ich nicke, obwohl es mehr die Aufregung ist.
Was, wenn es nicht funktioniert?
Wenn Hubert mir nicht einmal zuhört?

Wenn er einfach die Tür zuschlägt?
Aber Hubert tritt einen Schritt zurück. »Komm schon! Komm rein!«
Der Boden im Flur ist aus Stein, mehr wie ein gepflasterter Weg im Freien. Obwohl Hubert nicht sehr groß ist, stößt er mit seinem Kopf fast gegen die Deckenbalken. Jedes Mal, wenn er das steife Bein auf den Boden aufsetzt, macht es KLACK. Nach vier, fünf Schritten dreht er sich zu mir um.
»Schließ die Haustür!« Ein Befehl.
Ich gehe zum Eingang zurück. Im Schloss steckt ein Schlüssel. Nachdem ich die Tür versperrt habe, ist es stockdunkel.
»Kann man irgendwo Licht machen?«, will ich wissen.
Statt einer Antwort höre ich nur ein paar langsame, tastende Schritte –
KLACK.
KLACK.
KLACK.
Dann öffnet Hubert eine Tür. Von dort kommt ein matter Schein. Unsicher folge ich ihm durch den schwach beleuchteten Flur in die Küche.
Gegenüber der Tür steht ein alter Herd. Auf dem Herd eine Metallkanne. Die Wand dahinter ist komplett schwarz vom Ruß. In dem Topf am Boden liegen noch ein paar abgenagte Knochen. Ganz klar Keilers Fressnapf. Links von der Kochstelle steht ein abgewetztes Sofa mit Kissen und Decken. Rechts davon, die gesamte Wand entlang, eine Bank, die an beiden Enden auch noch ums Eck springt. Davor ein riesiger Tisch. Die Kerze darauf ist die einzige Lichtquelle.

»Sie haben mir den Strom abgestellt«, murmelt Hubert zur Erklärung.
Er klappt einen Teil der Sitzbank auf und holt noch ein paar weitere Kerzen heraus, zündet sie nach und nach an, lässt Wachs auf die Tischplatte tropfen und stellt sie nebeneinander auf. Mit jeder Kerze wird es im Zimmer ein wenig heller. »Setz dich!«
Ich zwänge mich zwischen Tisch und Bank.
»Willst du Tee?«
»Heißt das, Sie haben überhaupt kein Licht?«
»Genau das heißt es.«
»Doof, oder?«
»Halb so schlimm«, antwortet Hubert.
»Haben Sie die Rechnung nicht bezahlt?«
Hubert lacht. »Nein, nicht deshalb. Aber als mein Großvater und meine Großmutter hier wohnten, gab es auch keinen Strom. Warum soll ich nicht auch OHNE leben können?«
»Weil man Strom braucht.«
»Wozu?«
»Für Computer, fürs Fernsehen, Radio, zum Aufladen vom Handy, für die Kaffeemaschine, den Staubsauger. Für tausend Sachen.«
»Ich habe das alles nicht.«
»Keinen Computer?«
»Nein.«
»Keinen Fernseher?«
»Auch kein Radio.«
»Kein Handy?«
»Überhaupt kein Telefon.«

»Keine Kaffeemaschine?«
»Ich mache heißes Wasser auf dem Ofen und den heize ich mit Holz.«
»Aber sie haben ein Auto«, fällt mir plötzlich ein. »Diesen alten Opel!«
»Braucht der Strom?«
»Nein«, gebe ich zu.
»So«, sagt Hubert, »und jetzt, wo sie mir den Strom abgedreht haben, fehlt mir nichts. Ist das nicht ein Vorteil?«
»So gesehen, schon.«
»Dann haben wir das geklärt.« Hubert geht zum Herd. »Also, was ist mit Tee?«
»Keinen.« Ich schüttle den Kopf.
Er nimmt trotzdem die Metallkanne, kommt mit zwei Tassen zum Tisch herüber und gießt für uns beide ein. »Den Strom können sie mir abdrehen«, sagt Hubert. »Das Wasser nicht. Ich habe einen eigenen Brunnen.«
Ich ziehe meine Tasse näher heran. Umrandet von einem goldenen Siegerkranz steht darauf mit geschwungenen Buchstaben PAUL. Ich trinke einen winzigen Schluck und verziehe das Gesicht. Der Tee ist NUR bitter. Hubert nimmt einen kräftigen Schluck, setzt die Tasse ab und mustert mich eine Weile. Dann fordert er mich auf: »Also?«
Okay –
Meine Hände verknoten sich –
Es ist meine einzige Chance –
»Was gibt es so Wichtiges?«
Ich fange an –

Wie ich nach Hause kam, und die Polizistin bei uns in der Küche saß. Wie sie mich verhört hat, wie ich mich verraten und wie ich schließlich geschwiegen habe. Beinhart. Kein einziges Wort. Dass erst die Polizistin und dann auch meine Eltern aufgegeben haben. Und dass mein Vater ihn morgen aufsuchen wird. Bis jetzt habe ich ohne Punkt und Komma geredet. Ich atme durch. Und dann sage ich, was mir angesichts des gefräßigen Tieres eingefallen war: »Verlassen Sie das Meiergut!«

Reflexartig umklammert Hubert seine Tasse fester. Zwei-, dreimal atmet er schwer durch. »WAS???« Er keucht mehr, als dass er spricht. »Du willst auch, dass ich ausziehe? DESHALB bist du mitten in der Nacht hierhergekommen?«

JA.

DESHALB.

»Wenn dir jetzt nicht ein verdammt guter Grund einfällt …« Huberts hageres Gesicht verzerrt sich.

»Ich bin AUCH umgezogen«, sage ich schnell. »Gar nicht so lange her. Es ist nicht so schlimm, wie man vorher denkt.« Okay, ES war schlimm und ich lüge wieder einmal. »Außerdem …«

»Was außerdem?«, fragt Hubert scharf. Schweißperlen stehen auf seiner Stirn.

»Außerdem muss ich dann keine Angst mehr haben.«

Schweigend zieht Hubert die Augenbrauen hoch. Wartet er auf weitere, triftigere Gründe? Mehr Gründe habe ich aber nicht. Dann fällt mir doch noch einer ein. »Und Sie müssen auch keine mehr haben«, füge ich hinzu.

Huberts Haltung bleibt unverändert.

»Wenn Sie ausziehen und der Schakal das Maisfeld und das hier alles verkauft und das Einkaufszentrum gebaut werden kann …«, rede ich weiter. »Und dieses Haus ist doch sowieso schon …«

»Was?«

Hubert braucht ja NICHT EINMAL STROM.

Während der letzten Sätze habe ich auf die Tischplatte geschaut, jetzt hebe ich meinen Blick und verstumme augenblicklich – Hubert sieht mich so entsetzt an, dass ich kein Wort mehr hervorbringe.

»Ich kann das Meiergut nicht aufgeben. Seit Keiler tot ist, noch viel weniger«, sagt er beinahe lautlos.

Dann steht Hubert auf, geht zur gegenüberliegenden Wand und nimmt von dort ein gerahmtes Foto, das mir bis jetzt noch nicht aufgefallen war. Nachdem er sich wieder an den Tisch gesetzt hat, schiebt er mir das Bild hin. Darauf ist ein Junge.

»Das ist Paul«, erklärt Hubert. »Er ist hier auf dem Meiergut aufgewachsen.«

Ich lese noch mal den Aufdruck auf meiner Tasse und schaue wieder das Bild an. Der Junge auf dem Bild ist etwa so alt wie ich.

»Kurz vor seinem Tod habe ich ihm einen Hund geschenkt.«

»Er ist tot?«

»Bei einem Autounfall.« Hubert zieht das Bild zu sich zurück und betrachtet es mit wässrigen Augen.

Die Flammen der Kerzen züngeln nach oben. Schwarzer Rauch steigt auf.

»Keiler war SEIN Hund«, erklärt Hubert. »Wenn mich Keiler nach Pauls Tod mit seinen braunen Augen angesehen hat, dachte ich manchmal, es ist Paul, der mich ansieht. Durch die Augen des Hundes hindurch.« Hubert nimmt seine Tasse und trinkt einen

kräftigen Schluck, trommelt mit den Fingern der rechten Hand auf der Tischplatte, erst langsam, dann immer schneller. Bis schließlich ein kurzes Lächeln über sein Gesicht fliegt. »Ihr hättet euch verstanden«, sagt er plötzlich sanft. »Du und Paul, ihr hättet Freunde sein können. Ihr habt einen ähnlichen Blick. Auch deine blonden Locken. Paul hatte auch solche Locken.«
Ich schiele nach dem Bild –

–

–

Aber ehe ich im Kerzenschein etwas erkennen kann, werde ich von einem grellen Licht abgelenkt. Es flitzt von Fenster zu Fenster, quer durch die Küche, über die Wände und beleuchtet für einen Augenblick Huberts Gesicht. Es ist aschfahl. Seine Augen sind weit offen. Erst jetzt höre ich das Motorengeräusch, das schon mit dem Licht da gewesen sein muss. Dann gehen Licht und Motor plötzlich aus.

–

–

»Was war das?«, frage ich in die Stille.
»Vielleicht sucht dich ja dein Vater …« An seinem Blick kann ich erkennen, dass er selbst nicht daran glaubt.
»Das war ein Motorrad. Er hat keines«, sage ich.
Schon klopft es an der Tür.
»Aufmachen!«, brüllt jemand. Hämmern und wieder Brüllen.
»Versteck dich!«, zischt Hubert.
»Und Sie?«
»In die Bank! Los!« Er zieht den Tisch ein Stück von der Bank weg, sodass ich aufstehen und die Sitzfläche aufklappen kann.

»Und Sie?«
»Verschwinde, bevor es zu spät ist! Ich werde schon fertig mit denen!«
Klopfen. Geschrei. Denen ist egal, ob jemand die Tür aufmacht oder nicht, so viel ist klar.
Ich klettere in die Bank und schließe den Deckel. Es ist vollkommen dunkel. Ich hebe den Deckel mit dem Kopf etwas an. Es folgt ein ohrenbetäubender Krach. Die Haustür.
Wenig später schlägt die Küchentür auf und gegen die Wand.
»NEIN …!« Huberts Stimme klingt jetzt anders. Voller Angst.
Klar hat er keine Chance gegen die. Aber auch ich hätte keine –
Ich ziehe den Kopf ein, der Deckel über mir klappt zu und um mich herum ist es wieder schwarz, wie in einem Sarg.
Türknallen.
Geschrei.
Das sind mehr als einer. VIER Füße laufen hin und her.
DANN –
Einer –
Zwei –
Drei –
Schläge.
Stöhnen. Eindeutig von Hubert.
»Du verdammtes Arschloch!« Das ist nicht Hubert. »WIR HABEN DICH GEWARNT! Aber du tust NICHTS!«
Ein dumpfes Geräusch.
Wieder ein Schlag?
Hubert will was hervorwürgen, aber es kommt nur ein Röcheln dabei heraus.

»Ha! Ha! Ha!« Jedes Mal ein Tritt?
Irgendwas kracht irgendwo dagegen. Keine Ahnung, WAS WO.
Dann Stille. Stille. Ich zähle bis zehn. Immer noch Stille –

–

–

Eingeklemmt in meinem Scheißversteck, zittere ich am ganzen Körper.

–

–

Sind sie weg?
Sind sie nicht mehr in der Küche, aber noch im Haus?
Wissen die, dass Hubert nicht allein ist?
Durchsuchen die jetzt gleich jeden Winkel wie auf Katzenpfoten, damit der, den sie suchen, nicht erraten kann, wo sie sich befinden?

–

–

Wenn die mich entdecken, ist die Truhe tatsächlich mein Sarg.
Trotzdem hebe ich wieder den Deckel an, einen Spalt nur, bis ich sie sehen kann. Zwei Gestalten von hinten, in Lederjacken und mit Motorradhelmen auf. Sie tragen schwarze Boots und sind mit Baseballschlägern bewaffnet. Einer der beiden schwingt in diesem Augenblick seinen Schläger über die Schulter. »Reicht! Hauen wir ab!«
Der andere dreht sich um. Das Visier seines Helms ist aufgeklappt. Ich sehe nur seine Augen, Nase, Mund.
Der Erste verschwindet aus meinem Blickfeld. »Er hat genug.«
Ein Baseballschläger des anderen saust abermals nieder. Hubert ächzt wie ein Baum im Sturm.

»Hör auf! Du bringst ihn um!« Die Stimme dessen, den ich nicht sehen kann, klingt jetzt irgendwie anders.
Aber der mit dem offenen Visier hört nicht auf zuzuschlagen.
Der Erste taucht wieder in meinem Blickfeld auf. Er hält an der Tür. Dort dreht er sich um. »Hör auf mit dem Scheiß!« Jetzt verstehe ich, warum seine Stimme anders klingt. Er hat den Helm abgenommen.
»Reg dich ab!«, höre ich den mit dem offenen Visier. »Der krepiert nicht so schnell.« Und dann folgt ein Lachen, ein zerhacktes, kicherndes, schnurrendes Lachen. Dasselbe Lachen –
UND ICH BIN ABSOLUT SICHER –
DAS IST DAS LACHEN DES ANONYMEN ANRUFERS.

–

»Hauen wir ab!« Das Gesicht des Typen ohne Helm ist schweißnass und glänzt im Kerzenlicht. Ein dünner Bart wächst am Kinn. Über seinen Augen liegen Schatten. Ich versuche, mir das Gesicht einzuprägen. Aber besser wäre noch –

–

–

Langsam taste ich mit meiner Rechten meine Hose ab. Aber so, wie ich hier eingezwängt bin, komme ich nicht an mein Handy. Vorsichtig ziehe ich den Kopf ein und schließe lautlos den Deckel der Bank. Jetzt spüre ich das Handy in der linken Hosentasche.

–

–

Millimeterweise hebe ich den Deckel mit meinem Kopf wieder an. Die Schläge haben aufgehört. Ich manövriere das Handy aus meiner Hose und richte den Sucher durch den Spalt auf den Typen ohne Helm an der Tür.

»Ich verschwinde.« Damit greift er nach der Klinke und dreht sich weg.

Shit! Ich war zu langsam –

–

–

Aber ich hab Glück. Der an der Tür hält inne, lauscht auf Huberts leises Wimmern. Dabei dreht er langsam den Kopf. Als er für einen Augenblick in meine Richtung schaut, drücke ich ab. Mit einem leisen Surren schließt sich die Blende auf meinem Display. Shit! Daran habe ich nicht gedacht. Vor lauter Schreck ziehe ich meinen Kopf ein und der Deckel knallt über mir zu. Mir stockt der Atem –

»Was war das?«, höre ich von draußen.

Die Stimmen klingen jetzt wieder dumpfer, weiter weg, nicht zu unterscheiden, irgendwie wie aus dem Jenseits. Wohin ich vermutlich gleich verfrachtet werde.

Stille.

–

–

Ich habe keine Ahnung, was da draußen passiert –

–

–

Dann –

»Nichts. Komm! Lass uns abhauen!« Eindeutig der Typ an der Tür.

Schritte.

Türknallen.
Wieder Schritte.
Ein Motorrad startet.
Nochmals Türknallen.
Irgendein Gebrüll.
Das zweite jault auf.
Ich verschaff mir abermals einen millimeterbreiten Ausblick. Wieder zucken Blitze über die Wände. Schließlich entfernen sich die Motorräder und reißen das Licht mit sich fort. Das war's. Sie sind weg. Es ist vorbei. Erschöpft sacke ich in mich zusammen –

–

–

– bis mich ein scharfer Geruch hochfahren lässt.

–

–

Verdammte Scheiße –

–

Ich schlage den Deckel der Truhe auf –
In der Küche ist es taghell.
Rauch beißt in meinen Augen.
Shit!

–

–

ES BRENNT!
Die Kerzen liegen umgekippt auf dem Tisch. Das Feuer verzweigt sich bereits über die alten Holzdielen im Zimmer, die Wände hoch. Ein Stuhl brennt mittlerweile lichterloh. Auch die

Vorhänge haben Feuer gefangen. Aus der offenen Truhe, in der ich noch vor Kurzem versteckt war, schlagen Flammen. Und überall dieser verdammte Rauch. »Hilfe!«, schreie ich. »Hilfe!« Ein Fenster zerspringt mit einem Knall. Die frische Luft facht das Feuer weiter an. Noch mehr Rauch. Ich huste. Mittlerweile ist es verdammt heiß hier drinnen. Ich gehe auf alle Viere. Weiter unten ist die Hitze leichter zu ertragen.

»Raus«, stöhnt Hubert. Er liegt auf dem Bauch. Mitten im Raum. Er ist kaum zu verstehen, aber ich glaube, er sagt so was wie: »DU musst raus hier! Verschwinden! Sollst du!«

»Können Sie aufstehen?«, schreie ich.

»DU hau ab«, stöhnt Hubert.

»Und Sie?«

»Ich kann nicht. Ich kann nicht. Das siehst du doch.«

»Aber Sie MÜSSEN!«, schreie ich. »Sonst sterben Sie!«

Ich stelle mich über Hubert und packe seine Hände.

»Lass mich …«, keucht er.

Ich lass ihn los. Aber ich lass ihn nicht hier. Wie durch ein Wunder haben die Decken auf dem Sofa noch kein Feuer gefangen. Ich mache, was ich in einem Film gesehen habe, breite eine der Decken neben Hubert aus und drehe ihn vom Bauch auf den Rücken. Er ist leicht und es geht überraschend einfach. Als ich ihn an der rechten Schulter packe, schreit er. Ich höre weg. Schließlich plumpst Hubert mit dem Rücken auf die Decke. Ich packe die Decke, stütze mich auf das hintere Bein, winkle die Arme leicht an, halt die Luft an, hebe den rechten Fuß vom Boden, mache einen Schritt rückwärts, und plötzlich geht es ganz einfach. Die Decke muss irgendwo festgehangen haben –

–

–

–

Und irgendwann später habe ich den Steinboden im Flur unter meinen Schuhen. Die Haustür steht zum Glück offen. Ich zerre Hubert über die Schwelle. Zwei Schritte später spüre ich Kies unter meinen Sohlen. Und dann Gras. Keine Ahnung, wie viele Schritte ich im Freien noch mache. Irgendwann haben meine Arme keine Kraft mehr, ich lasse die Decke los und plumpse nach hinten. Ich schlage mit dem Kopf IRGENDWO auf. Ein stechender Schmerz lässt meinen Schädel fast explodieren.

–

–

Aus den Fenstern des Meierguts schlagen Flammen. Ein Drache aus Feuer, mit unzähligen Köpfen, die Feuer speien. Die Flammen fressen sich nach oben und knabbern das Dach an.
Aber was machen DIE KRÄHEN in den Flammen?
Verdammt noch mal! Was machen die da?
Groß wie Fischreiher. Immer mehr steigen auf. Obwohl sie aus dem Feuer kommen, brennen sie nicht.
Ihr Gefieder schimmert in den unglaublichsten Farben.
Sie schreien, lachen und jubeln, als wären sie seit Jahrhunderten im Meiergut eingesperrt gewesen. Jetzt verstreuen sie sich über den blutroten Nachthimmel.
Aber manche sind zu langsam. Sie werden von dem Feuerdrachen doch noch erfasst und fallen wie glühende Steine zu Boden, schlagen ein wie Meteoriten. So was Verrücktes habe ich in meinem ganzen Leben noch nicht gesehen. Oder träume ich?

Ober passiert das wirklich?
Oder ist das einer der Träume, in dem ich mich frage, ob ich träume?
Oder –
–
–
Oder sterbe ich?
STERBE ICH GERADE?

Er kommt zu sich, höre ich Mamas Stimme.

Ich schlage die Augen auf. Meine Lider sind schwer wie Blei. Mama schaut zu irgendjemandem hinter mir, den ICH nicht sehen kann.

Ich liege in eine Decke eingewickelt auf einer Trage. Jeder Atemzug versetzt mir einen Stich in der Brust. Das muss an dem komischen Ding auf meinem Gesicht liegen. Ich greife nach oben und will es wegreißen. Aber bevor ich es zu fassen kriege, packt ein Rettungsmann meine Hände. Mit ihm muss Mama geredet haben. Vorsichtig nimmt er mir die Atemmaske ab.

»Durst!« Mein Mund ist staubtrocken.

Papa hält mir eine halb volle Wasserflasche hin. Gierig sauge ich die Flüssigkeit in mich hinein.

Etwas abseits steht ein Rettungsfahrzeug mit offenen Türen. »Du hast echt Glück gehabt!«, sagt der Rettungsmann.

»Ich bin so froh!« Mama nimmt meinen Kopf zwischen ihre Hände und küsst mich ab. »Wie fühlst du dich?«

»Schon okay.«

»Du hast dich offenbar wie ein Superheld aufgeführt!« Papa nimmt mir die leere Flasche ab.

Neben Papa steht der Polizist. Wie damals im Maisfeld hat er

die Kappe abgenommen, wischt sich mit einem Taschentuch über die Stirn. Unsere Blicke begegnen sich kurz. Dann schaut er weg.
IST DIE POLIZISTIN AUCH DA?
Soweit ich sehen kann –
NEIN.
»Wo ist Hubert?« Ich erschrecke über meine eigene Stimme, die mehr wie das Krächzen einer Krähe klingt.
»Er ist eben Richtung Krankenhaus abgerauscht.« Der Rettungsmann schiebt seine Hände in die Hosentaschen. »Er sah ziemlich schlimm aus. Aber den kriegen wir wieder hin.«
»Du hast ihm das Leben gerettet.« Papa hockt sich zu mir und schaut über mich hinweg zu meiner Mutter. Sie lächeln sich an.

Im Meiergut poltert und knirscht es. Alle Blicke gehen plötzlich dorthin. Ich will mich aufrichten. Sanft drückt mich Papa wieder auf die Trage.
Ein ohrenbetäubender Knall lässt mich zusammenzucken. Und mit Getöse kracht der Dachstuhl in sich zusammen. Balken stürzen zwischen die Mauern. Funken sprühen wie bei einem Feuerwerk. Die Löschmannschaft drängt weiter vom Haus weg. Die Wand mit dem Eingangstor schwankt. Niemand kann was dagegen tun. Erste Ziegel lösen sich und fallen in die Wiese. Die Feuerwehrmänner ziehen sich noch ein Stück weiter zurück. Und schließlich kippt die Wand, reißt Teile der anderen Wände mit sich, sie stürzen, und dann fällt das ganze Meiergut wie ein Kartenhaus in sich zusammen. Eine Staubwolke wirbelt auf. Ich muss husten.

Abermals will ich mich von dieser dämlichen Trage aufrichten. Aber schon bei der kleinsten Bewegung –
– als bohrte sich ein Messer in meinen Schädel.
– ich schreie auf.
– ich schnappe nach Luft.
– ich keuche.
»Schnell!« Mein Vater hält mich fest.
Mama fasst meine Hand.
Der Rettungsmann presst mir von hinten erneut die Atemmaske aufs Gesicht. Mit dem ersten Atemzug wird mir schwindlig. Ein zweiter. Ich höre nur noch ein Summen. Ein dritter. Absolute Stille.
Ein vierter –

Bett, Wände, Schrank, Waschbecken. Alles weiß und hell. Ich drehe mich zur Seite. Unterm Fenster steht ein zweites, leeres, aber benutztes Bett.
Eine Krankenschwester steckt den Kopf zur Tür herein. Als sie mich wach liegen sieht, kommt sie ins Zimmer. »Ich bin Nina.« Sie ist jung. Ungefähr so alt wie meine Schwester. Nur viel dicker. »Was macht unser Held?«
»Wie lange habe ich geschlafen?«, ist meine erste Frage.
»Fast zwei Tage.« Sie geht zum Fenster, schiebt die Vorhänge zur Seite und öffnet den großen Flügel. Draußen dämmert es bereits und kühle Luft strömt herein. Nina dreht sich zu mir um. »Zieh deine Decke bis zum Hals. Sonst erkältest du dich.« Dann hält sie mir ein Fieberthermometer hin. Ich soll es mir unter die Achsel stecken. In fünf Minuten will sie wieder da sein. »Und dann

kriegst du was zu essen. Damit du wieder stark wirst und neue Heldentaten vollbringen kannst.«

»Am liebsten Döner und Fanta.« Als wäre ich in einem Restaurant.

»Ich schau, was sich machen lässt.« Nina lacht. »Und ich sage deinem Vater Bescheid, dass du wach bist.«

Sie ist schon fast wieder durch die Tür, als ich ihr nachrufe: »Wo ist mein Handy?«

»Handyverbot«, sagt Nina und grinst. »Überlebst du das?«

Unwillkürlich verziehe ich das Gesicht, als hätte ich in was total Ekelhaftes gebissen. »Aber WO ist es?«

»Sicher verwahrt.« Nina zeigt auf das Telefon neben dem Nachtkästchen. »Keine Ahnung, ob du so was schon mal gesehen hast. Das ist auch ein Telefon«, sagt sie verschmitzt. »Damit kann man genauso anrufen oder angerufen werden.«

Sehr witzig!

Fünf Minuten später. Kein Fieber. Aber auch kein Essen.

Als ich danach frage, sagt Nina: »Noch nicht fertig.« Als wäre ich tatsächlich in einem Restaurant.

»Kann ich solange mein Handy haben?«, flehe ich. »Ich brauche ein paar Nummern aus meinem Adressbuch. Sonst hilft mir DIESES DING auch nichts.«

Nina stöhnt, aber sie muss mir Recht geben. »Aber nur ganz kurz.«

Wenig später kommt sie mit meinem SONY zurück. Zum Schein notiere ich ein paar Nummern auf einen Zettel. Aber bevor ich ihr das Handy wieder zurückgebe, öffne ich mein Fotoalbum.

Auf dem zuletzt abgespeicherten Foto sind nur ein paar schwache Schattierungen zu sehen. Mit Mühe kann man den Türrahmen erkennen und davor eine schattenhafte Gestalt. Mehr nicht. Kein Wunder bei den Lichtverhältnissen, die im Meiergut herrschten. SHIT!

Ohne mir meine Enttäuschung anmerken zu lassen, gebe ich mein Handy wieder ab. Als Nina geht, kommt gleichzeitig Papa zur Tür herein. »He, Großer!« Er trägt seinen Arztkittel.

»Hi, Papa!«

»Alles klar?«, fragt er.

»Jep.«

»Ich kann nicht lange bleiben«, entschuldigt sich Papa, »aber zumindest so lange, bis Mama da ist.«

Mama war fast die ganze Zeit bei mir gewesen, hat sogar in dem zweiten Bett übernachtet. Aber vor einer halben Stunde ist sie nach Hause gefahren, um ein paar Sachen zu holen.

»Sie wird jeden Augenblick zurück sein.« Papa setzt sich zu mir und legt mir seine Hand auf die Stirn. »Es wird alles gut«, sagt er. »Von dem Rauch, den du eingeatmet hast, sind deine Lungen etwas überanstrengt. Und es ist Gift in dein Blut gekommen. Aber das kann dein Körper selbst wieder abbauen.« Plötzlich kriegt Papa ganz schmale Lippen. Aber er versucht zu lächeln. In seinen Augen schimmern Tränen. »Ich liebe dich«, sagt er. »Ich liebe dich so sehr.« Dann nimmt er die Hand von meiner Stirn und presst sich die Handballen auf die Lider, als wollte er die Tränen zurück in die Augen drücken. »Tut mir leid«, sagt er. »Aber die Vorstellung, es wäre dir WAS PASSIERT …«

VERBRANNT. DAS meint Papa mit WAS PASSIERT.

Genauso wenig, wie Papa es aussprechen will, will ich darüber nachdenken. »Was ist mit Hubert?«, frage ich schnell, ehe wir beide zu heulen anfangen.
»Was?« Papa hat nicht zugehört.
»Was mit Hubert ist.«
Papa geht zum Fenster und schließt es. »Als er zu sich gekommen ist, hat er sich aufgeführt wie ein wildes Tier. Ich glaube, er hat überhaupt nicht realisiert, was geschehen ist. Als er nicht zu beruhigen war, haben wir ihn in einen künstlichen Schlaf versetzt. Zu seinem eigenen Schutz.«
»Hier! Futter!« Damit betritt Mama plötzlich das Krankenzimmer. Sie hat eine Zeitung unter dem Arm und eine kleinen Plastiktüte, die sie über mir schweben lässt und schließlich feierlich auf meiner Bettdecke absetzt. Ich rieche es sofort. Döner. Jetzt wird mir klar, warum Nina vorhin kein Essen mitgebracht hat. Sie hat meine Bestellung an Papa weitergeleitet. Und der hat Mama informiert. Also ist sie zum Bahnhof. Wow! Bisher hieß es immer, dass das Gift sei und ich solle BITTE die Finger davon lassen, als wär Döner irgendeine Droge.
»Danke!« Ich reiße die Aluverpackung auf.
»He! Nicht so gierig!«, lacht Papa. Und ich beiße in das leckere Gemisch aus Fleisch, Tomaten, Zwiebeln, Salat und Weißbrot plus Kräutersoße.
Mama blättert die Zeitung durch, bis sie den Artikel findet, den sie uns zeigen will. MEIERGUT ABGEBRANNT. Ein Bild von einem Haus in Flammen, auf dem nicht WIRKLICH zu erkennen ist, ob es das Meiergut oder IRGENDEIN brennendes Haus ist. Daneben ein kleines Bild. DER HELD DES TAGES. Ich.

Es ist das Foto, das Papa in seiner Geldbörse immer bei sich hat.
»Ein Journalist war bei mir und wollte unbedingt mit Simon reden«, sagt Papa. »Er hat keine Ruhe gegeben. Bis er von mir das Foto bekommen hat.«
»Warum warst du überhaupt dort draußen?« Mama blickt plötzlich auf.
Ich schaue von Mama zu Papa und wieder zurück. Und, als wäre es die absolute Wahrheit, sage ich das, was mir als Erstes einfällt, um den wahren Grund nicht zugeben zu müssen: »Ich wollte eine Nachtwanderung machen.«
»Aber …«
»Mit Papa wäre es doch nie was geworden«, unterbreche ich Mama. »Ich wollte zum Teich hinten im Wald. Und als ich am Meiergut vorbeikam, schlugen Flammen aus den Fenstern«, ergänze ich, bevor ich den nächsten Bissen mache.
»Und da bist du einfach hinein?«
»Mhm«, sage ich mit vollem Mund und voller Überzeugung, als wäre DAS das Selbstverständlichste von der Welt. »Ich wusste ja, dass Hubert dort wohnt. Und da er nicht zu sehen war, dachte ich, na ja. Das hätte doch jeder getan, oder?«
Schweigen.
Glauben mir meine Eltern tatsächlich diesen Schwachsinn?
Papas Piepser gibt ein Signal. Er muss schleunigst zurück auf seine Station. »Gut«, sagt er. »Da reden wir noch mal drüber.«

Papa und Chris' Mutter geben sich die Klinke in die Hand. »Was du für Sachen machst! Wahnsinn! Ich bin ja richtig stolz, dich zu kennen!« Sie legt mir drei Tüten meiner Lieblingskekse auf mein

Nachtkästchen. Softkekse mit Orangengeschmack. Minis. Keine Ahnung, warum Minis besser schmecken als die originalgroßen. Ist aber so. Sie setzt sich zu mir ans Bett. Mit Blick zu meiner Mutter sagt sie: »Chris wollte nicht mitkommen. Keine Ahnung.« Sie lacht ein wenig verlegen. »Dabei hätte er dafür zum ersten Mal das Haus verlassen dürfen.« Auch Chris' Mutter will wissen, wie es überhaupt dazu gekommen ist. Also beginne ich nochmals mit der Version von der Nachtwanderung. Bis mich das Klingeln von Mamas Handy unterbricht.

Oma Maria ist bereits bestens informiert und sagt, was die anderen auch gesagt haben. Ich sei ein Held. Wie stolz sie auf mich sei und so weiter. Aber sie fragt mich auch, ob ich sie und Friedolin im Sommer, gleich zu Beginn der Schulferien, besuchen komme. »Nur du!«

»Nur ich?«

»Aber sicher. Nach so einer Heldentat ist man kein Kind mehr. Daran musst du dich gewöhnen.« Oma lacht. »Und die anderen auch.«

»Okay! Wenn meine Eltern es erlauben.«

Mama sieht mich fragend an.

»Die Meeresluft wird gut für deine Lungen sein!«, kommt aus dem Hörer. »Außerdem wird Silke auch da sein. Erinnerst du dich noch an Silke?«

Natürlich erinnere ich mich an Silke. Ich bin ihr vor zwei Jahren bei Oma begegnet. Sie ist etwa so alt wie ich und die Enkelin von Friedolin, Omas zweitem Mann.

»Gib mir mal deine Mutter«, bittet mich Oma.

Mama lauscht eine Weile. Zwei-, dreimal versucht sie, ihre Mut-

ter zu unterbrechen. »Ja. Darüber reden wir ein andres Mal, Mama. Aber jetzt muss Simon erst einmal ganz gesund werden.«
»Schluss jetzt!« Nina steht plötzlich in der Tür und klingt ein wenig verärgert. »Unser Held ist müde.«
Mama und Chris' Mutter bedauern, dass sie mich schon wieder verlassen müssen, aber Nina lässt nicht mit sich reden.
Mama drückt mir zum Abschied einen Kuss auf die Stirn. Chris' Mutter fährt mir durch die Haare und sagt: »Chris wird dich später anrufen.«
Nina macht die Vorhänge zu. Als sie mir wenig später die Bettdecke bis zum Kinn zieht, fragt sie: »Chris?«
»Mein Freund«, sage ich.
Nina hält inne, sieht mich kurz an, als ahne sie, dass zwischen Chris und mir IRGENDWAS nicht stimmt. »Warum ist er nicht da?« Ich zucke mit den Schultern. Dann streift Nina die Bettdecke sorgfältig glatt.

Den Abend verbringe ich mit Fernsehen. Zappe durchs Programm. Bleibe bei einer Castingshow hängen, über die Anne einmal gesagt hat, auf diesem Weg würde sie niemals Sängerin werden wollen. Später kommt Nina noch einmal, um mein Fieber zu messen. Dann einfach nur, um zu fragen, ob es mir gut geht. Jedes Mal fragt sie, ob mein Freund schon angerufen hat. Die Antwort ist immer dieselbe –
NEIN.
Ich könnte ja auch. Vom FESTNETZ, das neben mir auf dem Nachtkästchen steht. Aber ER wollte. Zumindest hat seine Mutter das versprochen.

Und beide Male will ich von Nina wissen, ob Hubert schon wach ist –
NEIN.
NEIN.

Während ich am nächsten Vormittag meine Sachen zusammenpacke, spricht Papa mit seinem Kollegen von der Kinderstation. Alles soweit in Ordnung, erklärt mir Papa anschließend. »Aber nachdem du so viel Rauch eingeatmet hast, wäre ein Aufenthalt am Meer wirklich eine gute Idee.« Omas Vorschlag muss mittlerweile bei ihm angekommen sein.
Am Kiosk vor dem Krankenhaus kaufen wir eine Zeitung. Der Mann hinter der Theke nickt mir zu. Eine Frau, die ich noch nie gesehen habe, klopft mir anerkennend auf die Schulter. Ich scheine jetzt, so was wie eine Berühmtheit geworden zu sein.
KERZEN WAREN SCHULD AM MEIERGUTBRAND steht mit großen Buchstaben auf der ersten Seite der RUNDSCHAU. Ich wundere mich, dass dort über meine Rolle genau das steht, was ich meinen Eltern erzählt habe. Papa hat eine Erklärung dafür. Ein Polizist hat ihn angerufen. Und Papa hat ihm von meiner Nachtwanderung erzählt.
»Er wollte nicht mit mir selbst sprechen?«, frage ich.
Nein. Der Polizist gab sich mit Papas Erklärung zufrieden. Und die Leute von der Zeitung, vermutet Papa, wissen es wohl von der Polizei.
Als wir uns der U-Straße nähern, will Papa wissen, ob ich sehen will, was vom Meiergut übrig geblieben ist.
Eigentlich nicht.

Aber Papa ist schon auf dem Feldweg unterwegs.
Alles klar. ER will.

Vom Meiergut gibt es nur noch Einzelteile. Vier Bagger schieben Schutt zusammen. Steine. Dachziegel. Möbel. Fenster und so weiter. Einer öffnet gerade seinen Greifer. Donnernd rieselt Geröll in die Kippe eines Lasters. Zwei Männer mit Helmen, Gesichts- und Ohrenschutz erledigen mit einer Kettensäge die verbrannten Bäume in der näheren Umgebung. Mehrere liegen schon kreuz und quer. Ächzend fällt der nächste. Eines der Kettensägenmonster nähert sich dem verkohlten Nussbaum. Es trampelt über Keilers Grab. Die Motorsäge HEULT auf.
Gebannt starren wir auf das Bild der Verwüstung. Aber je länger wir hier so sitzen und schweigend den Aufräumarbeiten zusehen, umso mulmiger wird mir. »Du hast echt Glück gehabt«, spricht Papa meine Gedanken aus. Die Motorsäge frisst sich in den Stamm des Nussbaums. Langsam kippt er um.
»Können wir endlich hier abhauen?«
Papa nickt. Aber bevor er den Schlüssel im Zündschloss umdreht, sieht er mich plötzlich mit einem komischen Gesichtsausdruck an. »Vorher musst du mir aber noch etwas erklären!« Auch seine Stimme klingt eigenartig. Und ich ahne, dass das jetzt heikel werden kann –
»Ich habe mit Herrn Vogt gesprochen«, beginnt Papa. »Er hat geschworen, dass da weder irgendein Zettel noch ein Messer oder irgendeine LETZTE WARNUNG waren.«
Ich drehe den Kopf weg, spüre aber Papas Blick. »Er hat auch gesagt, dass der Hund nicht umgebracht worden ist.«

Papa hat auch mit Conny Fritsch gesprochen. Und sie behauptet, meine Eltern hätten da was missverstanden. Dass der Hund umgebracht worden wäre, davon sei NIE die Rede gewesen.

Mir stockt der Atem –

–

–

Dass der Schakal lügt, wundert mich nicht.

Aber die Polizistin hat doch, auch wenn ihr Messer und Zettel nicht unter die Augen gekommen sind, die Wunde an Keilers Hals gesehen –

Wenn die Polizistin also jetzt AUCH sagt –

Wenn sie genauso lügt wie der Schakal –

Wenn sie sagt, was der anonyme Anrufer wollte, dass ich sage, wenn ich mit der Polizistin rede –

DA WAREN KEIN MESSER UND KEIN ZETTEL, UND DER HUND WAR EINFACH TOT.

–

–

»Wie erklärst du dir das?«, fragt Papa.

–

–

Ich atme durch –

Dann –

Dann –

–

–

»Simon? Ich hab dich was gefragt!«

»Ja.«

»Und? Krieg ich eine Antwort?«

–

Dann habe ich das alles nur erfunden.

–

–

»Was? Sag das noch mal!«
»ICH HABE DAS ALLES NUR ERFUNDEN«, wiederhole ich langsam.
»Du hast es erfunden?«
Ich nicke.
»Du hast es erfunden?« Papa schreit fast.
Aber WARUM?
WARUM?
»Ist es das, was du nicht sagen wolltest, als die Polizistin bei uns war?«, fragt Papa plötzlich.
JA, gebe ich umgehend zu.
»Aber warum? WARUM erfindest du so was? Dass ein Hund umgebracht wurde. Dass du bedroht wirst? Warum erfindest du so etwas?« Papa klingt vollkommen hilflos. Er kann es einfach nicht fassen. »ICH VERSTEHE ES NICHT!«, sagt Papa mit Nachdruck. »Ich weiß nicht, was in dem Hirn meines Sohnes vor sich geht!«
Ich zucke mit den Schultern. »Ich weiß auch nicht. Keine Ahnung. Ich kann es dir nicht erklären. Das ist einfach passiert. Mein Gehirn macht das von selbst. Ich kann es nicht stoppen. Es ist …«
»Aber kannst du dir nicht vorstellen, dass deine Mutter und ich uns wahnsinnige Sorgen machen, wenn du uns so was erzählst?«,

unterbricht mich Papa. »KANNST DU DIR DAS NICHT VORSTELLEN?«
»Schon.«
ALSO.
»Tut mir leid«, sage ich. Es tut mir WIRKLICH leid. Und als ich meinen Kopf zu Papa drehe, sehe ich, wie sein Gehirn immer noch nach einer Erklärung sucht, WARUM ich so was erfinde –
WARUM?
WARUM?
WELCHEN SINN HAT DAS?
WELCHEN ZWECK VERFOLGT ER DAMIT?
–
–
»Willst du deine Mutter und mich immer noch bestrafen, weil wir umgezogen sind?«, fragt Papa schließlich.
–
–
Er nimmt mein Schweigen als ein JA. Und ich weiß nicht, ob ich mich jemals in meinem Leben so FALSCH gefühlt habe. So VERLOGEN. Und gleichzeitig so BETROGEN.

Die folgenden drei Tage kriege ich meine Lieblingsessen gekocht. Mama telefoniert mit Oma Maria. Gemeinsam planen wir meine Reise ans Meer, zum ersten Mal ohne Mama und Papa. Ich werde allein mit dem Zug reisen. Silke wird einen Tag vor mir ankommen.
Die Ereignisse der letzten Woche erwähnen meine Eltern in diesen Tagen mit keinem Wort. Ich auch nicht. Nur wenn Papa von

der Arbeit nach Hause kommt, frage ich ihn, wie es Hubert geht. Aber sein Zustand ist unverändert.

Am vierten Tag nach meiner Entlassung aus dem Krankenhaus muss ich wieder zur Schule. Ich marschiere die U-Straße entlang. Als ich noch überlege, ob ich wie früher bei Chris klingeln soll, sehe ich ihn am Gartentor auf mich warten.

»Hi!«

»Hi!«, sagt Chris. »Alles okay, du Held?« Klingt ein wenig spöttisch.

»Sicher.« Gleichzeitig zucke ich mit den Schultern und marschiere los.

»Wirklich?«

»JA. ALLES OKAY.«

Schweigend nähern wir uns dem offenen Ende des U. Dort, wo immer noch Teile des Meierguts herumstehen, wirbelt ein Lastwagen Staub auf. Ohne Kommentar schauen wir beide hinüber. Dann biegen wir nach links ab. Der Kies knirscht unter unseren Schuhen. Die Maispflanzen sind in den letzten Tagen ziemlich gewachsen. Mittlerweile sind sie zwei Köpfe höher als ich. Auch die Kolben sind schon wesentlich kräftiger, als sie an dem Tag waren, an dem ich Keiler gefunden habe.

»Hier war es«, sage ich beiläufig, als wir die Stelle erreichen, wo ich den Weg verlassen habe, um zu schauen, WAS DA LOS war. Chris bleibt stehen, geht in die Hocke und späht zwischen die Pflanzen.

»Komm«, sage ich. »Ich glaube nicht, dass man noch irgendwas sehen kann.« Ich habe keine Lust, hier herumzustehen und mich nochmals AN ALLES zu erinnern.

»Warte, Simon!«
Widerwillig dreh ich mich um. Chris richtet sich langsam auf.
»WAS?«, will ich wissen, als er sich nicht vom Platz rührt.
»Wirklich alles okay?«, fragt er. »Alles wieder so wie vorher?«
Nach ICH HABE DAS SCHILD NICHT BEI DER SCHAFWEIDE AUFGEHÄNGT. UND ICH WAR NICHT BEI HUBERT, und nach: HAT CHRIS ETWAS MIT DER GANZEN SACHE ZU TUN?, und nachdem er mich weder im Krankenhaus besucht noch angerufen hat, kann nicht ALLES WIEDER WIE VORHER sein. Dafür müsste Chris erst ein paar Fragen beantworten. Und dass er das auch weiß, sehe ich in seinem Blick.
»Okay«, sagt Chris, während er auf mich zukommt. »Dann frag!« Breitbeinig bleibt er vor mir stehen und sieht mich herausfordernd an. »FRAG! Was immer du willst!«
»Und du sagst mir die Wahrheit?«
Chris nickt.
Vom Kirchturm unten in der Stadt kommen zwei Schläge. Es muss halb acht sein –
»Was willst du wissen?«, legt Chris nach.
Ich muss nicht lange überlegen und fange an mit: »Hast du das FISCHEN-STRENGSTENS-VERBOTEN-Schild am Teich …?«
»JA.« Chris lässt mich nicht einmal aussprechen.
»Warum hast du es dann abgestritten?«
Chris zuckt nur mit den Schultern. »Aus Spaß.«
Okay. Nächste Frage: »Du warst AUCH bei Hubert?«
Chris schiebt seine Hände in die Hosentaschen und streckt die Arme durch.
»An dem Tag, an dem ich Keiler gefunden habe …«, ergänze

ich, weil ich für einen Augenblick fürchte, er weiß nicht, wovon ich rede.

Er schaut mich nur an.

»Wenn du das Schild weggemacht hast, warst du auch bei Hubert«, sage ich.

»Wenn du dir ohnehin sicher bist …«, spottet Chris.

»Ja oder nein?«, frage ich, weil ich es von ihm hören will. »JA oder NEIN?«

»Ja«, gibt er zu.

TROTZ KRANKHEIT?

Ja.

TROTZ HAUSARREST?

»JA«, sagt er ungeduldig. »Weiter!«

»Aber warum hast du dann diese SMS geschrieben?«

Diesmal grinst er, als hätte er genau diese Frage erwartet. »Ich wollte einfach wissen, ob ich dir vertrauen kann.«

»Du meinst, ob ich dir glaube, auch wenn du lügst?«

»Hast du?«, fragt Chris.

Ich schüttle den Kopf. »Nicht wirklich.«

Chris grinst immer noch. Ich atme durch und bereite mich innerlich auf die Frage vor, die mich am meisten beschäftigt: WAS Chris von Hubert wollte. Aber ehe ich den Mund aufmachen kann, sagt Chris schnell: »Ich habe nur getan, was du auch …«

»Was habe ICH getan?«, unterbreche ich ihn verwirrt.

»Als du am Telefon gesagt hast, dass da kein Zettel und kein Messer waren …«

Ich laufe rot an, und ahne –

»Niemand erzählt erst so eine Geschichte und behauptet dann

das Gegenteil«, fährt Chris fort. »Du hast gelogen und wolltest, dass ich dir glaube. Warum auch immer.«

»Aber ich habe doch nur …«

»Siehst du«, sagt Chris, ohne mich aussprechen zu lassen. »Und noch was …«

WAS NOCH?

»Ich habe mich gefragt …« Er zögert.

WAS?

»Wolltest du WIRKLICH nur eine Nachtwanderung machen? Einfach so?«

»Du hast nicht geglaubt, was in der Zeitung stand …«

»Natürlich nicht«, behauptet Chris, als könnte niemand so blöd sein –

Ich starre ihn an. Mein Herz beginnt schneller zu klopfen.

»Es stimmt doch nicht, oder?«, fragt er.

Es dauert eine Weile, bis ich kapiere, was für ein Gefühl das ist, das gerade in mir aufsteigt. Und ich bin nicht wenig überrascht, dass ich Chris in diesem Augenblick tatsächlich DANKBAR bin. Ich bin ihm dankbar dafür, dass er meine Lügen nicht geglaubt hat. Und ich ziehe mein Sony hervor und zeige ihm das Bild, auf dem man kaum etwas erkennen kann. Keine Ahnung, ob Chris kapiert, dass das so eine Art Zeichen sein soll. Dass auch ich gern möchte, alles wird wieder wie vorher zwischen uns –

»Was soll das sein?«, fragt Chris, nachdem er den dunklen Fleck eine Weile gemustert hat.

»Ich habe es im Meiergut aufgenommen«, erkläre ich. »Da ist ein Typ drauf, der Hubert verprügelt hat. Sie waren zu zweit. Sie kamen auf Motorrädern.«

»Du warst im Meiergut?«, fragt Chris verblüfft.

JA.

»Bevor sie kamen?« Chris kann es nicht fassen.

»Ich konnte mich verstecken. Und von meinem Versteck aus habe ich dieses Foto gemacht. Leider war zu wenig Licht, um …«

Ich soll das Foto auf sein Handy schicken –

»Weil das eine bessere Auflösung hat.« Er zieht es aus der Hosentasche. »Mach schon!«

Ja. Schon. Aber –

»Was ist?«

Ich tu es. Mit zittrigen Fingern –

–

–

–

Werde ich jetzt gleich erfahren, WER –

–

–

Und dann? Was dann?

–

–

Aber der Versuch endet ohnehin mit einer Enttäuschung. Auch auf Chris' Display ist nicht viel mehr zu erkennen als auf meinem. Dann schlägt die Turmuhr drei viertel acht. Wir sollten langsam, wenn wir rechtzeitig zur Schule kommen wollen.

»Eine Frage noch!«, sagt Chris.

WAS?

»Was wolltest du in dieser Nacht von Hubert?«

Und nachdem ich ihm das Foto gezeigt und erklärt habe, unter welchen Umständen es entstanden ist, könnte ich Chris eigentlich ALLES erzählen. Wozu noch etwas verheimlichen? Aber ich habe eine andere Idee, eine bessere, wie mir scheint: Bevor ich ihm sage, was ICH dort wollte, soll Chris mir sagen, was ER dort wollte, trotz Krankheit, trotz Hausarrest –

Ich schaue ihn herausfordernd an.

WAS?

»Solange du mir nicht sagst, was DU von Hubert wolltest«, sage ich, »erfährst auch du nicht …« Ich muss den Satz nicht zu Ende sprechen. Chris versteht auch so.

–

–

–

Aber ER sagt nichts.

Also ICH auch nicht.

–

–

–

Als am Samstag das Telefon klingelt, bin ich mit Mama allein zu Hause. Sie ist gerade auf dem Sprung zu einem Makler, um sich wieder einmal Räume für ihre Physiotherapiepraxis anzusehen, mit der es nach den Sommerferien losgehen soll. Papa hat Wochenenddienst und ruft vom Krankenhaus aus an. Er bittet Mama, die Raumtaste zu drücken. So können wir beide hören, was er zu sagen hat –
In der vergangenen Nacht wurde Hubert aus dem künstlichen Tiefschlaf geweckt. Huberts Erinnerungen an das, was passiert ist, sind sehr lückenhaft. Er weiß nichts von einem Brand. »Aber er hat auf deinen Namen reagiert«, tönt Papas Stimme aus dem Lautsprecher. »Die behandelnde Ärztin möchte, dass du ihn besuchen kommst.«

Mama nimmt mich auf dem Weg zu ihrem Termin mit hinunter in die Stadt. Papa empfängt mich am Eingang des Krankenhauses, begleitet mich zur Station, auf der Hubert liegt, und übergibt mich an Dr. Reh, eine ältere Frau mit kurzen grauen Haaren und einer ziemlich spitzen Nase. Sie lächelt mir freundlich zu und bedankt sich, dass ich gekommen bin. Ich soll Hubert nach Sachen fragen, die im Meiergut passiert sind. Hören, was er zu sagen hat. Antworten auf SEINE Fragen geben. Und so weiter. Vielleicht kommen dadurch seine Erinnerungen zurück, hofft Frau Dr. Reh.

Bevor wir zu Hubert aufbrechen, will sie noch wissen, ob mir in dieser Nacht etwas Besonderes aufgefallen sei. ETWAS BESONDERES? Zum Beispiel, dass jemand im Meiergut gewesen ist oder es verlassen hat. NEIN. WARUM? Dr. Reh schüttelt den Kopf. Der Patient hat Verletzungen, die uns Rätsel aufgeben, erklärt sie, die unmöglich von dem Feuer und deiner Rettungsaktion herrühren können.

Es waren die Tritte, die niedersausenden Baseballschläger. Schnell schließe ich die Augen, um die Gedanken daran zu löschen. Aber die Bilder werden nur noch deutlicher. Ich sage, dass es mir leidtut, aber ich könne ihr da wirklich nicht weiterhelfen. Und tatsächlich verschwinden damit die Bilder und die Gedanken.

Und es fühlt sich so an, als hätte ich mit meinen Worten die Tritte und die Schläge ungeschehen gemacht.

Mit einem Seufzer steht Frau Dr. Reh auf. Dann bittet sie mich, sie zu begleiten.

Als wir den Gang hinuntergehen, sagt Frau Dr. Reh noch, dass ich wirklich stolz auf mich sein könne. Dann hält sie vor Zimmer Nummer zwölf, klopft und öffnet, ohne eine Reaktion abzuwarten. »Hier bringe ich Ihnen Ihren Lebensretter, Herr Moos«, sagt sie lachend und schiebt mich vor sich her.

»Oh! Oh«, stöhnt Hubert, gefolgt von einem röchelnden Husten.

»Strengen Sie sich nicht zu sehr an«, sagt die Ärztin. In diesem Moment ertönt ihr Piepser, den ich von Papa kenne. »Verdammt«, sagt sie. »Ich muss schnell in die Aufnahme, es scheint einen Not-

fall zu geben.« Sie sieht mich fragend an. Ohne es auszusprechen, weiß ich, was sie sagen will –
»Sicher können Sie mich allein lassen.«
Dankbar nickt sie. Fügt aber hinzu, wenn irgendwas nicht okay sei, solle ich einfach in das Schwesternzimmer am Ende des Gangs gehen. Sie achtet darauf, dass auch Hubert hören kann, was sie sagt. »Gut. Dann …« Wenig später schließt Frau Dr. Reh die Tür hinter sich.

Das Zimmer ist nur mit EINEM Bett ausgestattet, es ist auch kleiner als das, in dem ich gelegen hatte. Hubert ist bis zum Kinn zugedeckt. Nur der rechte Arm liegt oben auf.
»Hallo!«, sage ich vorsichtig.
Er fasst den Griff über dem Bett und versucht, sich etwas weiter hochzuziehen. Sein Gesicht verzerrt sich vor Anstrengung. Aber er gibt nicht auf und schafft es tatsächlich, sich etwas aufrechter hinzusetzen. Erst als er langsam den Kopf in meine Richtung dreht, sehe ich sein blutunterlaufenes linkes Auge. Es ist so stark angeschwollen, dass ich nichts von der Pupille erkennen kann. Nein, das, was ich zu Frau Dr. Reh gesagt habe, hat die Tritte und Schläge NICHT ungeschehen gemacht.
Hubert winkt mich heran und zeigt gleichzeitig zum Tisch neben dem Fenster. »Nimm dir den Stuhl!«
Ich ziehe ihn heran, halte aber einen Meter Abstand zum Bett.
»Komm näher!«
Also schiebe ich den Stuhl näher und setze mich. Ein merkwürdig säuerlicher Geruch steigt mir in die Nase.
»Danke«, sagt er nach einer Weile. Seine Lippen sind trocken

und aufgesprungen. »Ich bin froh, dass ich noch nicht abtreten musste.« Dann will er wissen, ob es mir auch gut gehe.

»Ja.«

Hubert nickt und hustet. Ich weiß nicht, ob ich irgendwas tun soll, aber als ich aufstehe, um jemanden zu holen, schüttelt er den Kopf.

»Nicht«, bringt er hervor.

Ich setze mich wieder. Und nach einer Weile lässt der Husten nach.

Ich schaue zum Fenster, durch das man in den Hof des Krankenhauses sehen kann. Dort stehen mehrere riesige Kastanienbäume. Sie halten das Sonnenlicht ab und werfen einen grünen Lichtschein ins Zimmer.

»Können Sie sich wirklich nicht daran erinnern, was geschehen ist?«, frage ich schließlich, als ich annehme, Hubert könne wieder sprechen.

Er sieht mich eine Weile forschend an, dann schmunzelt er. »Was denkst du?«

WEISS NICHT –

»Natürlich kann ich mich erinnern«, sagt er leise und zeigt auf die RUNDSCHAU, die neben ihm auf dem Nachtkästchen liegt. »In der Zeitung steht, dass du ZUFÄLLIG vorbeigekommen bist, als das Meiergut schon in Flammen stand. Hast DU ihnen das erzählt?«

Ich nicke.

»Hast du immer noch Angst?«

»Werden Sie der Polizei alles erzählen?«, frage ich statt einer Antwort.

»Aber wie denn«, sagt Hubert verschmitzt, »wenn ich mich an nichts erinnern kann?«
Ich nicke nachdenklich.
»Und selbst wenn«, fährt er fort, »würden sie uns glauben, nachdem es schon in der Zeitung stand?«
Er wird also nicht darüber reden –
WIR werden nicht darüber –
Einen Augenblick bezweifle ich, dass das richtig ist –
Vielleicht ist es sogar komplett falsch, weil die beiden Motorradfahrer –
Aber dann beginnt Hubert wieder zu husten und er bittet mich, das Fenster zu öffnen. Ich mache einen der beiden Flügel weit auf. Frische Luft strömt in das stickige Zimmer. Als ich wieder bei ihm sitze, fragt er nach Chris. Erst will ich nichts über ihn sagen, aber dann rücke ich doch damit heraus: »Ich habe ihn gefragt, warum er bei Ihnen war.«
Und?
»Er gibt mir keine Antwort«, sage ich.
»Und das macht dich wütend?«
»Ja«, gebe ich zu. »Er könnte es doch einfach sagen. Es sei denn …«
WAS? Es sei denn, was?
»Es sei denn, er hat etwas mit der ganzen Sache zu tun.«
Hubert schüttelt den Kopf. »Nein, nein, das kann ich mir nicht vorstellen.«
»Aber warum sagt er es dann nicht?«
»Vielleicht hat es etwas mit seinem Vater …?«, überlegt Hubert. »Weißt du …?«

DASS ER TOT IST? JA. EIN BERGUNGLÜCK. Aber …
»Ein Bergunglück?«
JA.
»Nein.«
WAS DANN?
»Dein Freund hat dir das nie erzählt?«
WAS?
Hubert schaut jetzt auch kurz aus dem Fenster, dann sieht er wieder mich an.
WAS?
»Früher oder später wirst du es ohnehin erfahren«, sagt er.
WAS?
»Chris' Vater war VOLLTRUNKEN, OHNE LICHT gefahren«, und FRONTAL mit Huberts Auto zusammengestoßen.
Ich brauche eine Weile –
Bis ich begriffen habe, was Hubert gerade gesagt hat. Dann wirkt diese Nachricht wie ein Schock auf mich. Meine Schultern fallen nach vorn. Meine Hände werden feucht. Mein Kopf ist leer. Er will eigentlich nicht darüber nachdenken.
In diesem Zustand höre ich zu, wie Hubert erzählt, dass Chris' Vater sofort tot war. Paul starb noch an der Unfallstelle. Hubert lag fast ein halbes Jahr im Krankenhaus. Die Ärzte haben alles versucht, um Huberts Bein zu retten. Aber es ist ihnen nicht geglückt. Hubert musste die Felder an den Schakal verkaufen. Als Invalide konnte er sie nicht mehr bewirtschaften. Auch hatte er jegliche Freude verloren. Dann ging Pauls Mutter weg. Von da an hatte er nur noch Keiler. In den ersten Jahren hat Hubert sich keine Gedanken darüber gemacht. Aber je älter Chris

wurde. Irgendwann war Chris so alt wie Paul, als dieser bei diesem schrecklichen Unfall gestorben ist. »Und ich begann, ihn zu beobachten«, sagt Hubert fast tonlos.

»Warum?«

Hubert kann es nicht genau sagen. Er wollte ihm nichts Böses. »Chris lebt. Aber Paul ist tot«, sagt Hubert. »Irgendwie konnte ich das nicht begreifen. Aber dein Freund kann nichts …«

Dann bricht wieder der Husten aus ihm heraus.

In diesem Augenblick reißt Frau Dr. Reh die Tür auf und stürzt mit einem besorgten Blick zu ihrem Patienten. Sie stützt ihm den Rücken, bis der Hustenanfall abgeflaut ist. Aber erst als Hubert wieder ganz gleichmäßig atmet, nickt mir Frau Dr. Reh zu. »Komm! Er muss sich ausruhen.«

Auf dem Gang will sie wissen, ob Hubert sich an etwas aus der Brandnacht erinnern kann. NEIN. Sie mustert mich. »Alles okay?«

JA.

»Sicher? Du bist blass.«

JA. ALLES OKAY.

Sie entschuldigt sich, dass sie mich allein lassen musste.

KEIN PROBLEM.

Dann sagt Frau Dr. Reh noch, dass es einen Versuch wert gewesen sei, und bedankt sich für meine Bereitschaft, mit Hubert zu reden.

OKAY.

»Soll ich deinen Vater rufen?«

NEIN.

Vorm Krankenhaus telefoniere ich mit Mama. Sie ist noch mindestens zwei Stunden mit dem Makler beschäftigt. Sie wollen sich noch weitere Objekte ansehen, die eventuell für ihre Praxis in Betracht kommen. Ich will ohnehin zu Fuß nach Hause gehen. Sie fragt, wie es bei Hubert war. OKAY. »Wir sprechen später darüber«, meint Mama und legt auf.

Ich laufe so lange auf der Hauptstraße, bis die Friedhofsmauer auftaucht. Dreihundert Meter weiter kommt der Haupteingang. Das große Tor ist verschlossen. Ich schlüpfe durch die kleine Tür daneben. Dahinter erstreckt sich ein asphaltierter, leicht ansteigender Weg, vorbei an einem Stand, an dem man Blumen und Kränze kaufen kann. Der Weg endet vor einer Kirche. Davor stehen schwarz gekleidete Leute in kleinen Gruppen beisammen. Eine Glocke bimmelt. Die ersten Trauergäste verschwinden durch das Portal. Links und rechts des Weges liegen die Gräberreihen. Um die beiden Gräber zu finden, habe ich wohl keine andere Möglichkeit, als eine Reihe nach der anderen abzugehen und die Namen auf den Grabsteinen zu lesen. Ich kann Glück haben und die Gräber schnell finden. Aber es kann auch ewig dauern. Es gibt vielleicht ja noch eine andere Möglichkeit. Ich erkundige mich am Blumenstand, ob es hier ein Büro oder so was Ähnliches gibt. Die Frau spricht zwar kaum Deutsch, aber sie zeigt zu einem niedrigen grauen Gebäude links vom Eingangstor –
FRIEDHOFSVERWALTUNG
Als niemand auf mein Klopfen antwortet, drücke ich die Klinke. In dem niedrigen Raum stehen zwei Schreibtische. Einer ist besetzt.

»Kann ich dir helfen?«, fragt ein freundlicher Mann mit langen Haaren, die zu einem Zopf gebunden sind.
»Ich suche ein Grab. Eigentlich zwei Gräber.«
Er will Namen wissen.
Paul Moos und ein Herr STOPPER. Ohne Vornamen. Den weiß ich nicht.
Der Mann nimmt noch zwei Züge von seiner Zigarette und bläst langsam den Rauch in die Luft. Dann durchforstet er schweigend seinen Computer. Langsam scrollt er mit der Maus nach unten. Als er einen der beiden Namen findet, schreibt er ein paar Ziffern auf einen Zettel. Schließlich hält er ein zweites Mal inne. JOHANNES Stopper?
»Gibt es noch einen anderen?«
Nein. Er ist der Einzige. Und der Mann schreibt erneut Ziffern auf das Papier. Dann stutzt er, scrollt noch mal nach oben, liest, zieht die Augenbrauen erstaunt hoch und lässt das Bildschirmbild nach unten sausen. »Kennst du die beiden?«
Ich kann mir denken, was ihn stutzig gemacht hat, und nicke. Ohne weitere Fragen reicht mir der Mann den Zettel. Buchstaben und Ziffern sind Abkürzungen für Grabfeld und Grabreihe.

Pauls Grab liegt im rechten Feld. Reihe siebzehn. Grab Nummer zwölf.
Das Grab von Chris' Vater liegt im selben Feld, selbe Reihe. Grab Nummer neun.
Die Frau am Blumenstand nickt mir freundlich zu, als ich wieder an ihr vorbeikomme.

Pauls Grab ist das vorletzte in seiner Reihe. Eine Steinplatte deckt es ab, auf der Name, Geburts- und Sterbedaten eingraviert sind.

25.4.1990 – 19.10.2003

Ich rechne nach. Paul ist genau dreizehn Jahre, fünf Monate und vierundzwanzig Tage alt geworden. Außerdem ist er mittlerweile fast so lange tot, wie er gelebt hat. Was ist nach so vielen Jahren von einem Körper eigentlich noch übrig? Knochen? Haare? Zehennägel? Nichts außer den Erinnerungen seines Vaters? Konnte Keiler nach so vielen Jahren Paul noch im Meiergut riechen? Und so weiter.
Langsam gehe ich die Reihe entlang. Bis ich auf einem Grabstein JOHANNES STOPPER lese. Es ist ein Grab ohne Platte, eingefasst von wild wucherndem Grünzeug. In der Mitte eine Schale, aus der dunkelblaue Blumen sprießen. Ich lese das Geburtsdatum und dann das Datum, an dem Chris' Vater gestorben ist. Der Todestag ist der –

19.10.2003

Derselbe Tag, an dem Paul gestorben ist. Ich wusste es ja von Hubert. Aber jetzt sehe ich es mit eigenen Augen: Chris' Vater ist SCHULD AN PAULS TOD.
Und eine Wut kocht hoch –
Eine Wut, wie ich sie bestens kenne –
Aber diesmal macht diese Wut etwas anderes mit mir –
Ich erstarre nicht –

Ich warte nicht –
Ich renne los –
Augenblicklich.
Die Beine tun es.
Eine Stimme sagt in mir –
ES IST NICHT RICHTIG, WAS ICH GERADE TUE.
ES IST SOGAR KOMPLETT FALSCH.
Aber ich lasse mich von dieser Stimme nicht aufhalten.
Ich renne –
Den asphaltierten Weg zurück.
An der Blumenverkäuferin vorbei. »Was ist?« Sie kann mir meine Wut wohl ansehen.
Ich biege auf die Hauptstraße.
Vorbei an der Schule.
Durch die Unterführung.
Im Hirn völlig UNKLAR –
KONFUS –
ERROR –
– komme ich in der U-Siedlung an.
Atemlos klingle ich bei E. und C. Stopper Sturm. Als Chris' Mutter die Tür aufreißt, lasse ich sie gar nicht zu Wort kommen. Keuchend will ich wissen, OB CHRIS DA IST.
Verblüfft über meinen Ton, kriegt sie den Mund nicht auf.
»IST ER DA?«
»Nein.« Sie schüttelt den Kopf. »Er ist unterwegs.«
»Wo?«
»Keine Ahnung«, sagt Chris' Mutter angesichts meines Auftritts.
Ich drehe mich um und springe die Stufen hinunter.

»Ist was passiert?«, ruft sie mir hinterher.

Kaum bin ich außer Hörweite, zücke ich mein Handy. Ich suche in den Kontakten nach CHRIS. Er hebt ab. »Wo bist du?«, frage ich. Am Teich. »Warte auf mich!« Und lege auf.

Wegen der Aufräumarbeiten beim Meiergut muss ich einen weiten Bogen gehen –

Das Schild FISCHEN STRENGSTENS VERBOTEN ist von der Schafweide verschwunden.

Es hängt jetzt wieder dort, wo es ursprünglich hing.

Und wieder meldet sich die Stimme –

DASS ICH KEIN RECHT DAZU HABE.

DASS ES UNSINN IST.

DASS ICH ANHALTEN UND NACHDENKEN SOLL.

Aber ich schiebe ALLES, was die Stimme sagt, beiseite und zwänge mich durch das Loch im Maschendrahtzaun.

Chris steht am Ufer.

Mit dem Rücken zu mir.

»He!«, rufe ich.

Blitzartig dreht er sich um.

Ich bin zwanzig Meter entfernt.

Meine Schritte werden schneller.

Meine Stimme lauter: WARUM HAST DU ES MIR NICHT GESAGT?

Er weiß sofort, wovon ich rede.

Sehe es in seinen Augen –

– als ich direkt vor ihm stehe.

»Was willst du?«, stößt er hervor.

»Warum hast du nicht gesagt, dass dein Vater ein MÖRDER ist?«

»Er ist kein Mörder!«, brüllt Chris.

DOCH. IST ER. EIN MÖRDER.

Zum ersten Mal fühle ich mich tatsächlich stärker als er.

Aber dann geht ALLES so schnell, dass ich überhaupt nicht reagieren kann –

Chris stürzt auf mich zu –

Er legt einen Arm in meinen Nacken –

Drückt mich nach vorn –

Macht einen Schritt hinter mich –

Gibt mir einen Stoß –

Gleichzeitig streckt er ein Bein vor meine –

Ich stolpere –

Falle –

Lande mit dem Gesicht im Dreck –

Er packt meine Schulter –

Dreht mich auf den Rücken –

Setzt sein Knie auf meine Brust –

Fixiert mich am Boden –

– und seine rechte Faust schwebt über meinem Gesicht.

»Was?«, würge ich hervor. »Was hab ich denn Falsches gesagt? Er ist doch ein MÖRDER!«

MÖRDER.

MÖRDER.

»Halt deine Fresse!«, zischt er. »Halt einfach deine verdammte Fresse!«

Wütend funkelt er mich an. HASS blitzt zwischen uns.

Aber so plötzlich, wie er mir damals am Schulhof die Hand

hingestreckt hat, zieht er jetzt die Faust zurück. Er steht auf, steigt über mich, geht ganz ruhig den Weg entlang, den ich gerade gekommen bin, und lässt mich allein zurück.

Am Boden.

Im Dreck.

Ich schaue ihm nach.

Der Zaun zittert, als er durch das Loch klettert.

Dann ist er weg –

–

–

–

Und ich liege wie erstarrt.

–

–

Vor meinen Augen ziehen ein paar Federwolken vorbei.

Irgendwann brummt ein Flugzeug über mich hinweg.

An den Tragflächen hat es blaue Punkte.

Ein Specht klopft.

Der Wind rauscht auf und beruhigt sich wieder.

ALLES FRIEDLICH –

–

–

Nein. Das täuscht nur.

Am darauffolgenden Montag fahre ich morgens mit Papa hinunter in die Stadt. Als Chris und ich uns zufällig in der Schule über den Weg laufen, tun wir so, als würden wir uns nicht kennen. Nach Unterrichtsschluss achten wir darauf, uns auf dem

Heimweg nicht zu begegnen. Dasselbe am Dienstag. Mittwoch. Donnerstag. Und so weiter.

Eine Woche nachdem Hubert aus dem Tiefschlaf aufgewacht ist, steht Frau Dr. Reh bei uns zu Hause vor der Tür. Papa ist seit zwei Tagen auf irgendeiner Fortbildung. Mama bittet sie herein. Frau Dr. Reh will wissen, ob Hubert sich bei uns gemeldet hat.
»Wieso sollte er?«, fragt Mama.
»Das wäre doch möglich«, meint die Ärztin. »Simon hat ihm das Leben gerettet.«
Mama schüttelt den Kopf. »Hubert hat sich nicht gemeldet. Das hätte ich mitgekriegt. Simon und ich waren die ganze Zeit hier. Warum fragen Sie überhaupt?«
Frau Dr. Reh erzählt, dass eine Schwester Hubert heute Morgen das Frühstück bringen und Fieber messen wollte. Sein Bett war leer. Er war weder auf der Toilette noch sonst wo auf der Station. Sie haben das ganze Krankenhaus durchsucht.
Hubert war unauffindbar.
Weg.
Einfach verschwunden.

Nachdem Frau Dr. Reh gegangen ist, verziehe ich mich auf mein Zimmer. Mama hält mich nicht zurück. Wenig später steckt sie den Kopf herein, um mir zu sagen, dass sie zum Einkaufen fährt. Ob ich was brauche.
Ich verneine.
Ob ich mir was wünsche.
Auch nicht.

Sie lächelt und sagt, sie hoffe, DIESE GANZE ANGELEGENHEIT sei nun endgültig vorbei.

–

–

Dann fällt die Haustür ins Schloss.

–

–

–

Ich bin allein, liege wieder einmal auf dem Bett, die Hände hinter dem Kopf verschränkt, und starre zur Decke –

–

–

Ich habe nicht den geringsten Zweifel, dass Hubert einfach abgehauen ist, freiwillig, weg von hier –

–

–

–

Und ich denke daran, dass ich auch bald wegfahren werde.
Ich denke an Oma.
An das Meer.
An Friedolin.
An Silke.

–

–

Und mein Herz schlägt allmählich wieder gleichmäßig.
Und mein Atem geht ruhig.
Und meine Gedanken schweben einfach nur noch so dahin, ohne irgendwo hängen zu bleiben.

–

–

Aber dann muss ich an Chris denken.

Und ich zwinge mich, NICHT an ihn zu denken.

Ich denke an seinen Vater.

NICHT an seinen Vater.

An den anonymen Anrufer –

NICHT an ihn.

An die beiden Motorradfahrer –

NICHT.

An den Schakal –

NICHT.

An die Polizistin –

NICHT.

–

–

–

Ich höre ein Kratzen an meiner Tür –

Eine Hundertstelsekunde später sitze ich aufrecht im Bett –

Mein Herz rast.

Was war das – ?

–

–

–

–

–

MIAU.

Erleichtert stehe ich auf und öffne meine Zimmertür. OHNE

NAMEN UND BESITZER glotzt mich an. Sie muss ins Haus geschlüpft sein, als Mama hinaus ist. Oder hat Mama OHNE NAMEN UND BESITZER absichtlich ins Haus gelassen?
Ich hebe die Katze hoch und lege mich wieder aufs Bett. Sie rollt sich auf meinem Bauch zusammen. Die Finger meiner rechten Hand vergraben sich in ihrem Fell. OHNE NAMEN UND BESITZER schnurrt zufrieden.

Ich falle aus dem Bett und wache auf.
Eine Schrecksekunde später drehe ich mich vom Bauch auf den Rücken. Von draußen kommt Licht ins Zimmer. Vor dem Fenster steht ein Baum. Die Blätter füllen den Rahmen komplett aus. Der Wind zerrt an den Ästen.
Langsam richte ich meinen Oberköper auf und sitze mit ausgestreckten Beinen auf dem Boden. Aber wo –?
Das ist NICHT mein Zimmer. Auf keinen Fall. AUF KEINEN FALL bin ich zu Hause in der U-Straße.
Und dass ich geträumt habe, ja. Aber was –?
Draußen hält ein Zug. Die Bremsen quietschen und verstummen. Und plötzlich bin ich im Bilde: Es ist das Bett, in dem schon Mama als Kind geschlafen hat. Das sind die Puppen, mit denen sie gespielt, und die Bücher, die sie gelesen hat. Und wenn der Wind vom Wasser hereinweht, riecht man die salzige Meeresluft. Bläst er besonders heftig, kann man von hier sogar die Wellen ans Ufer klatschen hören, obwohl der Strand mindestens einen Kilometer entfernt ist.
Der Zug stößt ein Signal aus und fährt wieder ab. Man hört ihn noch eine Weile, dann verstummt er.
Mamas Elternhaus war früher ein Bahnhofsgebäude gewesen.

Oma und Opa haben es vor Ewigkeiten gekauft und in ein Wohnhaus umgebaut. Seitdem müssen die Reisenden ihre Tickets an einem Fahrscheinautomaten lösen und bei Regen stehen sie in einem Wartehäuschen unter. Das ist mir alles aus Zeiten bekannt, als meine Eltern, Anne und ich regelmäßig unsere Ferien bei Oma und Friedolin verbracht haben.
Nur was ich geträumt habe, weiß ich immer noch nicht –

Nach sechseinhalb Stunden Zugfahrt und viermal umsteigen fuhr ich am ersten Tag der Sommerferien, mit fast einer Stunde Verspätung, in der Station neben Omas Haus ein. Oma erwartete mich bereits am Bahnsteig. Friedolin, mit seinem riesigen Bart und dem grauen Pferdeschwanz, stand neben ihr. Friedolin ist Omas zweiter Mann. Opa habe ich nie kennengelernt. Seit ich denken kann, lebt Oma mit Friedolin zusammen.
Zwischen den beiden stand ein Mädchen, hatte den Mund komisch verzogen und suchte mit den Augen nach mir. Als die Waggontür aufging, fragte es: »Das ist er, oder?«
»Ich denke schon!« Oma musterte mich ungläubig.
Auch ich benötigte ein paar Augenblicke, um in dem Mädchen DIE Silke wiederzuerkennen, die vor zwei Jahren mindestens einen Kopf kleiner war, eine Million Sommersprossen hatte und kurze, strubbelige Haare. Jetzt trägt Silke ihre Haare lang, hat plötzlich irrsinnig lange Beine und ihr T-Shirt wölbt sich im oberen Bereich etwas.
»Natürlich ist er es!« Oma lachte.
Friedolin nahm mir meine Reisetasche ab und ich sprang auf den Bahnsteig hinunter.

»Schön, dass du da bist!« Oma drückte mir einen Kuss auf die Stirn.
Ich nickte.
Silke nickte auch. Wie ein zeitverzögertes Spiegelbild. »Ihr habt mir nicht erzählt, dass er in der Zwischenzeit stumm geworden ist.«
SPINNT DIE ODER WAS?
»Er ist sicher müde von der Reise.« Friedolin hatte gekocht und sie hatten mit dem Essen auf mich gewartet. »Hast du Hunger?«
»Ja, ich … ich … ich …« Ich starrte die ganze Zeit nur Silke an.
»Okay«, unterbrach sie mich. »Er ist nicht stumm. Aber er stottert«, und bekam umgehend von Friedolin einen Klaps auf den Hinterkopf.
»Aua!«
»Wenn du weiterhin nicht nett zu unserem Gast bist …« Friedolin sprach seine Drohung nicht zu Ende. Er meinte sie auch nicht wirklich ernst. Lachend packte er Silke im Nacken und zwinkerte mir zu. »Du darfst sie nicht ernst nehmen.«
»Ja.« Ich nicke.
»JA«, äffte mich Silke nach. »JA. Und mit so einem stummen Fisch soll ich eine ganze Woche im selben Zimmer schlafen?« Gleichzeitig duckte sie sich, um einem zweiten Klaps von Friedolin zu entkommen. Dann sprang sie vom Bahnsteig auf die Schienen hinunter.
»Na warte!«, rief Friedolin ihr nach. »Ich krieg dich schon noch!«
»Sie meint es nicht so«, versuchte Oma mich zu trösten.
»Natürlich meine ich es so!«, krähte Silke und überquerte die

Gleise. Auf der anderen Seite angekommen, drehte sie sich um. »Komm schon herübergeschwommen, du Fisch!« Und sie lief weiter. Zum Bahnhofsgebäude hinüber.

Barfuß steige ich die Holztreppe hinunter. Hinter der Tür am Ende eines Flurs, dort, wo früher der Wartesaal mit den Ticketschaltern gewesen ist, befindet sich seit dem Umbau ein Wohnraum mit Küchenzeile, Fernsehecke, Bücherwand, Lesesessel. Es gibt noch immer die Tür, durch die man zu den Bahnsteigen ging. Jetzt führt sie allerdings auf eine Terrasse und in einen Garten mit Obstbäumen. Die Tür steht offen. Frische Luft strömt herein. Am oberen Ende eines langen Tisches mit zehn unterschiedlichen Sesseln sitzen Oma, Friedolin und Björn, ein Mann mit einer Haut wie Leder, tausend Falten und einem kahlen Schädel.

SILKE FEHLT.

»Komm her!« Oma winkt mich heran. »Setz dich zu uns!«

Ich entscheide mich für den weißen Korbstuhl, der mit seiner riesigen Lehne einem Thron ähnelt.

Der Mann nickt mir freundlich zu. »Hallo, Simon!«

»Kannst du dich an Björn erinnern?«, fragt Oma.

Natürlich.

Björn lebt direkt am Meer, wo meine Eltern, Anne und ich bei unseren Besuchen immer schwimmen gegangen sind. Der Strand ist nicht öffentlich und wir hatten ihn ganz für uns allein. Dort liegt auch Friedolins Boot. Wegen Friedolins Boot ist Björn auch gekommen. Es wurde beschädigt, vom Sturm, der heute Nacht gewütet haben soll.

Friedolin will sich nach dem Frühstück die Schäden ansehen und fragt, ob ich mitkomme.
Silke auch?
Silke schläft noch.
»Aber ihr Bett ist leer«, sage ich überrascht.
Dass ich im Schlaf geredet habe, sagt Oma, und wild um mich geschlagen. Silke hat versucht, mich zu wecken. Keine Chance. Also ist sie zu Oma und Friedolin geflohen, die für Silke Platz in ihrem Bett gemacht haben.
»Kannst du dich gar nicht erinnern?«
»Nein. Tut mir leid.«
»Hast du auch von dem Sturm nichts mitgekriegt?«, will Friedolin wissen.
Nein. Gar nichts.
Oma lacht und schiebt mir den Korb mit frischen Brötchen hin. Oder magst du lieber Cornflakes?
Mag ich lieber. Ja.

Nach dem Frühstück fahren Björn, Friedolin und ich zwischen hohen Nadelbäumen Richtung Meer. Wir kommen an einem umgekippten Unterstand einer Bushaltestelle und mehreren entwurzelten Bäumen vorbei. Manche ragen bis auf die Straße und Björn muss mit seinem Pick-up ausweichen. Zweimal bleibt uns nichts anderes übrig, als auszusteigen, um zu dritt einen dicken Ast von der Fahrbahn zu ziehen.

Das Meer ist SPIEGELGLATT. Über dem Wasser ziehen ein paar Möwen friedlich ihre Kreise. Schwer vorstellbar, dass die

Wellen heute Nacht so hoch schlugen, dass sie das Boot vom Steg losgerissen und an Land geschleudert haben.
Aus dem Wasser ragen spitze Felsen gen Himmel. Von früheren Besuchen weiß ich, man muss eine Weile Slalom fahren, ehe man volle Fahrt aufnehmen kann. Aber ab dann sieht man bis zum Horizont nur noch Wasser und Himmel.
Ich kann unsere erste Tour kaum erwarten.
»Aber zuerst muss das Boot repariert werden«, sagt Friedolin, der meine Gedanken erraten hat.
Das Boot liegt fast hundert Meter vom Wasser entfernt, mit der offenen Seite nach unten, auf den Felsplatten, die die Wellen über viele Jahrhunderte glatt geschliffen haben.
Gemeinsam drehen wir das Boot um.
Eine der beiden Sitzbänke ist durchgebrochen. Der Motor hat sich aus seiner Verankerung gelöst und liegt etwas abseits. Die Schiffsschraube fehlt. Wir suchen eine Weile, aber vergeblich. Entweder wurde sie aufs offene Meer hinausgespült oder sie ist in einer Felsspalte verschwunden.
Außerdem wurde durch den Aufprall an mehreren Stellen der Rahmen des Bootes gesprengt. Trotzdem ist es insgesamt in einem besseren Zustand, als Friedolin erwartet hat.
Björn schleppt einen Kanister heran und kippt Diesel in den Tank. Beim dritten Versuch springt der Motor an. Friedolin nickt zufrieden. Aber plötzlich beginnt der Motor zu stottern und stirbt ab. Björn zieht mehrfach an der Starterleine. Auch Friedolin probiert es. Sie lassen sogar mich. Ohne Erfolg.
Friedolin telefoniert mit einer Werkstatt, gibt Marke und Bauart des Motors durch und macht für den nächsten Vormittag einen

Termin aus. Bis morgen wird auch die Ersatzschiffsschraube eingetroffen sein. Die Bootstour muss also mindestens einen Tag warten.
In der Zwischenzeit hat Björn ein Radio ins offene Fenster gestellt. Er sucht so lange nach einem Sender, bis irgendeine schreckliche Schlagermusik ertönt. MÜSSEN wir jetzt den ganzen Tag DIESE Musik hören? Wieder versteht Friedolin mich wortlos und zuckt bedauernd mit den Schultern. Björn klatscht in die Hände. »An die Arbeit!« Und geht voraus, die Treppe in den Keller hinunter. Dort hört man die Musik wenigstens nicht ganz so laut –

Als wir fast zwei Stunden später wieder ans Tageslicht zurückkehren, werden wir von Oma und Silke erwartet. Sie sind mit den Rädern gekommen und haben auf einer Decke eine Schüssel mit Salat, Weißbrot, geviertelte Zitronen, ein Glas Majonäse, Teller und Servietten ausgebreitet.
Oma öffnet eine Styroporkiste, bis zum Rand voll mit Garnelen. Silke und ich finden, diese DINGER sehen ekelig aus.
»Aber früher haben sie euch doch geschmeckt«, wundert sich Oma.
Irrtum. ICH habe mich in den vergangenen Sommern immer standhaft geweigert, Garnelen zu essen.
»Und ICH esse nichts mehr, was ein Gesicht hat!« Seit einem halben Jahr ist Silke Vegetarierin. Sie esse weder Tiere, die an Land, noch solche, die im Wasser leben, erklärt sie.
Oma schaut unglücklich. Sie wollte uns eigentlich eine Freude machen. »Wollt ihr sie nicht wenigstens mal probieren?«, bittet sie uns.

Silke schüttelt standhaft den Kopf.
»Simon? Wenigstens DU! Nur probieren.«
Silkes strenger Blick hält mich nicht davon ab. »Okay«, sage ich. Ich will Oma nicht enttäuschen.
Björn demonstriert, wie man die Tiere an einer bestimmten Stelle aufbricht und dann die Schalen vorsichtig von dem rosa Fleisch abzieht.
»Wie Würmer«, legt Silke nach.
Lachend sagt Friedolin, sie soll den Mund halten, und bestreicht die Brotscheiben mit Majo, belegt sie mit nackten Garnelen und träufelt Zitronensaft darüber.
Er reicht mir eines der Brote. Während Silke es angewidert betrachtet, greife ich danach, mache die Augen zu, stelle mir vor, es wäre ein Döner –
Die Garnelen schmecken sauer, nach Zitrone, ansonsten irgendwie nach nichts. »Gar nicht so schlimm.«
»Hast du keine Angst, sie kriechen dir die Speiseröhre wieder hoch?«
Und augenblicklich wird aus GAR NICHT SO SCHLIMM – ZIEMLICH SCHLIMM.
TATSÄCHLICH habe ich das Gefühl, in meinem Magen kriecht WAS herum, auf der Suche nach einem Ausgang NACH OBEN.
»Was ist?«, fragt Silke naiv.
Wenn ich noch einen Bissen mache, muss ich augenblicklich kotzen. DAS ist.
Aber nicht nur Silke glotzt mich an. Auch Oma, Björn und Friedolin warten darauf, was ich als Nächstes tue.
Essen oder zurücklegen?

Was die Erwachsenen über mich denken, ist mir egal. Ob sie mich für einen Feigling halten oder was auch immer.

Silke grinst. »Und?«

Ich esse. Schnell. Große Bissen. Ohne zu kauen, schlucke ich sie hinunter. Nachdem ich den letzten Bissen verschlungen habe, applaudiert Silke. So ein ironisches Klatschen. »Du wolltest mich damit ärgern, oder?«

NEIN. WIESO?

»Passt mal auf …!« Damit rettet mich Friedolin vor Silkes nächster Meldung. Er wirft eine Garnelenschale in die Luft. Sofort segelt eine der Möwen heran und schnappt sie im Flug.

»Hat sie!«, ruft Friedolin.

Björn, Oma und ich machen es Friedolin nach.

»Hat sie!«, rufen wir.

»Hat sie!«, jedes Mal, wenn eine der Möwen einen Fang macht.

»UND JETZT ALLE ZUSAMMEN!«

Jeder von uns schnappt sich erneut eine Schale.

Auch Silke.

ACHTUNGFERTIGLOS!

Wir werfen gleichzeitig Garnelenschalen in die Luft.

HAT SIE!

HAT SIE!

HAT SIE!

Wir lachen.

KRI KRI!

Die Möwen lachen auch.

ES IST ZWÖLF UHR, sagt eine Stimme im Radio auf dem Fensterbrett. DIE NACHRICHTEN. Die Sprecherin berichtet von den Schäden, die der Sturm in der letzten Nacht angerichtet hat. Noch heftiger als am Meer soll er im Landesinnern gewütet haben. Mehrere Häuser wurden abgedeckt. Keller standen unter Wasser. Die Männer der Feuerwehr waren im Dauereinsatz.

FRÜHER habe es solche extremen Stürme nicht gegeben, und wenn, dann ausschließlich im Herbst, meint Oma. »Vermutlich ist die Klimaerwärmung daran schuld.«

FRÜHER konnte Björn, der seit seiner Kindheit am Meer wohnt, Wetterveränderungen am Verhalten der Tiere ablesen. Aber die Tiere verhalten sich nicht mehr SO, wie Björn das von FRÜHER kennt.

FRÜHER hatten die Wetterdienste weder Satelliten noch Computer, wundert sich Friedolin, trotzdem waren die Vorhersagen genauer.

Aber eigentlich höre ich nur mit einem halben Ohr zu. Der Großteil meiner Aufmerksamkeit gehört Silke. Mit ausgestreckten Beinen und angewinkelten Armen liegt sie einen Meter von mir entfernt und schaut aufs Meer hinaus. Das T-Shirt hat sich nach oben geschoben. Ihr nackter Bauch hebt und senkt sich gleichmäßig. Ihr Kopf nickt ganz langsam, in einem bestimmten Rhythmus, als würde sie Musik hören. Schaut sie sich nur die Landschaft an oder denkt sie über was Bestimmtes nach? Soll ich was wegen heute Nacht sagen? Dass es mir leidtut, dass sie nicht schlafen konnte?

Aber bevor ich mich entschieden habe, den Mund aufzumachen, wendet sie mir das Gesicht zu. Obwohl sie mich ansieht, ist ihr

Blick leer. Dann neigt sie den Kopf gelangweilt zur Seite und schaut wieder aufs Meer hinaus. Ich zwinge mich, woanders hinzusehen.
Neben dem Radio sitzt jetzt eine rote Katze und spitzt ihre Ohren. Die Nachrichten sind zu Ende. Oma, Friedolin und Björn haben aufgehört, von FRÜHER zu sprechen. Schlagermusik dudelt. Ich denke an OHNE NAMEN UND BESITZER. Ob sie nach meiner Rückkehr noch kommen wird, wenn sie bis dahin niemand füttert?

Oma packt die Reste des Mittagessens zusammen. Sie will zurück zum Bahnhof radeln und fragt, ob Silke mitkomme.
»Nein!« Silke erhebt sich und geht über die Steinplatten zum Wasser.
Oma sieht ihr nach und kräuselt die Stirn, als mache sie sich Sorgen.
Am Ufer schlüpft Silke aus T-Shirt und Shorts und lässt die Sachen einfach fallen. Darunter trägt sie einen gelben Bikini. Dort, wo die Felsen vom Wasser überspült werden, muss sie sich mit kleinen, zappelnden Schritten ins Wasser vortasten, um nicht auf den glitschigen Algen auszurutschen.
Oma wartet, bis Silke auf sicherem Boden steht, dann nimmt sie aus ihrem Fahrradkorb Badehose und Handtuch für mich. Falls ich größere Lust zum Schwimmen als zum Arbeiten habe, sagt sie.
Ja. Hab ich.
Ich frage Friedolin und Björn, ob sie mich brauchen. Sie werden als Nächstes gemeinsam einen neuen Rahmen für das Boot schweißen und geben mir FREI.

Silke krault Richtung Felsen. Die meisten sind zu schroff, um sie ohne Gefahr besteigen zu können. Aber es gibt einen, auf den man ohne große Mühe klettern kann. Mama nennt ihn den SPRUNGFELSEN. So hieß er schon in ihrer Kindheit. Auch Oma ist schon als Kind von diesem Felsen gesprungen. Ihre Mutter vermutlich auch. So könnte man diese Spur immer weiterverfolgen. Dreißigtausend Jahre weit. Davor bedeckte das Meer Gebiete bis zu hundert Kilometer landeinwärts. Dort, wo es heute Felder, Wälder, Häuser, Dörfer, Bahnhöfe und Straßen gibt, war früher Wasser. Die Felsen, die man jetzt sieht, lagen mehrere Meter unter der Wasseroberfläche.

Silke hat den Sprungfelsen erreicht und stemmt sich aus dem Wasser. Ein paar Möwen schwingen sich in die Luft und überlassen ihr den Stein. Silke erobert ihn auf allen vieren. Nachdem sie sich aufgerichtet hat, schüttelt sie ihre nassen Haare. Wie Perlen fliegen die Wassertropfen in alle Richtungen fort. Dann legt Silke für einen Augenblick ihren Kopf in den Nacken und macht schließlich, ohne zu zögern, einen Kopfsprung.
Ich strecke mich aus. Der von der Sonne aufgeheizte Stein wärmt meinen Rücken. Die Wellen schlagen gleichmäßig gegen das Ufer. Von Björns Haus dringt das Zischen des Schweißbrenners herüber. Zwei Kondensstreifen kreuzen sich vor dem wolkenlosen Himmel. Es dauert eine Weile, bis ich die kleinen silbernen Flugzeuge erkennen kann. Sie strömen genauso lautlos dahin, wie sich Silke vor circa einer Minute neben mich gelegt hat. Aber das Wasser auf ihrer Haut strahlt eine Kälte aus, die wie ein kühler Wind über meinen Körper streift.

Soll ich ihr das langsam verblassende X am Himmel zeigen? Aber SCHAU MAL, FLUGZEUGE, würde irgendwie doof klingen.
Ohne dass mir einfällt, was ich sagen soll, lasse ich die Zeit verstreichen. Mein Körper spannt sich immer mehr an. Ich kann nichts dagegen tun. Schließlich erzähle ich von dem Sportflughafen in der Nähe der U-Straße. Dass man dort Rundflüge mit einmotorigen Maschinen buchen kann. Keine Ahnung, ob Silke überhaupt mitgekriegt hat, dass Worte aus meinem Mund kommen.
»Klang, als wärst du in einem Horrorfilm gewesen.« Damit setzt sich Silke auf.
Sie kann nicht die Flugzeuge, sondern nur meinen Traum meinen.
»Sorry, tut mir echt leid«, sage ich schnell.
Silke kratzt eine Weile gedankenverloren den Nagellack am Fußnagel ihrer rechten großen Zehe ab. »Aber es war nichts von dem zu verstehen, was du gequatscht hast«, sagt sie schließlich und fuchtelt wie eine Irre in der Luft herum, um zu demonstrieren, wie ich mich heute Nacht aufgeführt habe, als sie mich aufwecken wollte.
»Tut mir leid.«
Ich soll ihr wenigstens JETZT erzählen, worum es ging.
Aber ich kann mich echt nicht erinnern. »Tut mir leid!«
»Hör auf, dich dauernd zu entschuldigen!«, fährt sie mich plötzlich total genervt an.
»Entschuldigung!«, rutscht es mir heraus.
»HÖR AUF DAMIT!«
JA.
Silke atmet durch.

»Weißt du, es gibt Sachen auf der Welt, für die sich Leute entschuldigen sollten. Aber nicht wegen eines blöden Traumes. So wichtig ist der nicht.« Zorn blitzt in ihren Augen auf. »Kapiert?«

Ja. Oder?

Ohne sich mit den Händen abzustützen, erhebt sie sich aus dem Schneidersitz. Mit ihrer Körperhaltung verändert sich aber auch ihre Stimmung. »Komm mit!«, lacht sie.

WOHIN?

Mit ihr gemeinsam zum SPRUNGFELSEN –

Am nächsten Morgen brechen Friedolin und ich in aller Frühe auf, um die restlichen Arbeiten am Boot zu erledigen. In Björns Keller sägen wir eine neue Sitzbank zurecht und bauen eine stabilere Halterung für den Motor. Ich muss Werkzeug geben, WAS festhalten, sagen, ob WAS schief oder gerade ist, und so weiter. Friedolin erzählt von seinem ersten Boot. Er hatte es mit acht Jahren von seinen Eltern bekommen. Ein Ruderboot, das er gemeinsam mit seinem Vater grün lackiert hatte und das sein ganzer Stolz gewesen war.

»Wo ist es jetzt?«

Friedolin weiß es nicht. Irgendwann hat er es seinem Sohn geschenkt, Silkes Vater. »Keine Ahnung, was der damit gemacht hat, als er von hier wegzog.«

Gegen zehn Uhr laden wir den Motor auf die Ladefläche von Björns Pick-up. Bevor wir losfahren, möchte Friedolin noch etwas mit mir besprechen.

Es geht um Silke.

Okay –

»Vielleicht ist dir aufgefallen, dass sie manchmal etwas abwesend ist.«

Ja. Ist mir.
Auf keinen Fall solle ich denken, dass das etwas mit mir zu tun habe.
Okay.
»Sie muss gerade mit etwas klarkommen, das nicht einfach für sie ist. Sei ein wenig geduldig mit ihr, okay?«
OKAY.
»Du bist ein mutiger Junge«, sagt Friedolin auch noch und sieht mich bedeutungsvoll an.
Meine Hände verknoten sich, und Friedolin scheint zu kapieren, dass ich jetzt nicht über den Brand im Meiergut UND DAS ALLES sprechen will. Stattdessen erklärt er mir, dass Silke nur zu Oma und Friedolin in den Bahnhof kommen wollte, wenn ich auch da sein würde.
Ich blicke erstaunt auf.
»Glaubst du mir nicht?«
Ich zucke mit den Schultern.
Friedolin lässt den Motor des Pick-up an. »Ist aber so«, sagt er verschmitzt.
Knatternd fahren wir los.
Bevor wir in die zehn Kilometer entfernte Stadt aufbrechen, kehren wir zum Bahnhof zurück. Oma und Silke warten bereits auf der Bank neben dem Eingang auf uns. Silke setzt sich wortlos neben mich und schaut während der ganzen Fahrt geistesabwesend aus dem Fenster.

In der Stadt reihen sich die meisten Häuser entlang einer weiten Bucht einen sanften Hügel hinauf.

Friedolin hält vor einer der Baracken nahe am Wasser. Überall liegen alte Boote und verrostete Motoren herum. Als wir aus dem Auto klettern, steigt Ölgeruch in unsere Nasen.
»Hi, Friedo! Hi, Maria!«, ruft ein Mann in einem blauen Overall und mit blonden Haaren durch ein offenes Fenster.
»Hallo, Steinar!«
Friedolin verschwindet im Büro von Steinars Bootswerkstatt. Als er kurze Zeit später wiederkommt, erklärt er, dass sie für die Reparatur des Motors und die Reinigung des Getriebes etwa eine Stunde brauchen werden. Oma will die Zeit für ein paar Einkäufe nutzen. Silke hat weder Lust, ihrem Opa zuzusehen, noch meine Großmutter zu begleiten. Sie will zu den Schiffen, die in dem kleinen Hafen liegen, und sie will, dass ich mitkomme.
»Aber in einer Stunde seid ihr wieder da!« Oma steigt in Björns Wagen und hoppelt über das Kopfsteinpflaster davon.

Wir machen uns auf Richtung Hafen. Boote und Ausflugsschiffe schaukeln entlang von Holzstegen, die weit ins Wasser hinausreichen. Am Ende der Bucht liegen sogar ein paar richtige Jachten. Eine dunkelblaue, mit getönten Scheiben und Radarflügeln, überragt alle anderen.
»Die gehört sicher einem arabischen Scheich oder einem Hollywoodstar.« Silke ist plötzlich furchtbar aufgeregt. »Komm! Vielleicht sehen wir irgendeine Berühmtheit, die ich abschießen kann.«
ABSCHIESSEN?
»Mit meiner Kamera, du Idiot!«, lacht Silke.
Nahe der Jacht lässt sie sich auf eine Bank fallen. Ich hocke mich

zu ihr. Leute schlendern an uns vorbei. Erwachsene. Kinder. Mit Eis. Mit Sonnenhüten. Mit Surfbrett. Aber Silke behält die ganze Zeit über die Jacht im Blick. Ihre Handykamera schussbereit.

Da tut sich nichts!

Warte noch!

Da können wir ewig warten!

Ich will aber noch warten.

Aber das macht doch keinen Sinn!

Noch fünf Minuten!

Früher wollte Silke auch Schauspielerin werden. Und berühmt. So berühmt, dass ein Fotograf, der ein Bild von ihr schießen würde, eine Menge Geld dafür bekäme.

»Und jetzt?«

»Jetzt nicht mehr.«

»Wieso nicht?«

Schauspieler seien eingebildete Arschlöcher, findet sie mittlerweile. Nur auf Äußerlichkeiten aus. Total oberflächlich. Und obwohl sie einen aufregenden Job haben, privat irre langweilig.

»Aber wieso weißt du das so genau?«

»Weiß ich halt«, sagt sie knapp und richtet ihre Kamera auf mich. »Simon!«, ruft sie.

»Schießt du jetzt MICH ab?«

»Jep.«

Ich lasse mich WIE TOT nach hinten fallen. Sie drückt auf den Auslöser und betrachtet das Foto auf dem Display.

»Und jetzt willst DU mit diesem Foto Geld verdienen?«

»Quatsch«, sagt Silke. »Erstens bist du keine Berühmtheit und außerdem sieht das total gespielt aus.«

Sie löscht das Bild.
Wir schlendern die Strandpromenade entlang. Als ein Mann mit einem Eiswagen auftaucht, krame ich aus meinen Hosentaschen Geld hervor. »Du bist eingeladen.« Silke nimmt Erdbeere und Pistazie. Ich entscheide mich für Walnuss und Zitrone.

Seit Silke ihren Wunsch, Schauspielerin zu werden, aufgegeben hat, will sie Journalistin werden. Um DINGE HERAUSZUFINDEN und darüber zu schreiben. Verborgene Dinge. Wichtige Dinge. Über die Leute nicht reden. Darüber will sie in Zeitungen schreiben. Oder Bücher. Sie legt die Stirn in Falten und fixiert mich. »Dinge, die Menschen vergessen haben …«
Bevor ich darüber nachdenken kann, was sie damit meint, rennt sie los. Ohne zu schauen, ob ich ihr folge, bahnt sie sich einen Weg zwischen den Touristen hindurch zu einem der Stege. Er ist mit einer Tür gesichert. Darauf ist ein Schild mit einem durchgestrichenen Männchen. Für jeden verständlich, egal, welche Sprache er spricht. Sie drückt die Klinke herunter. Offen.
Wir laufen zwischen Segelbooten. Die Leinen, an denen die Segel hochgezogen werden, klimpern gegen die Masten. Am Ende des Stegs hocken wir uns hin und lassen die Beine baumeln. Unsere Schuhe berühren fast das Wasser. Immer wenn eine größere Welle kommt, ziehen wir gleichzeitig die Knie hoch.
Silke hat wieder diesen abwesenden Blick.
Also schaue ich einem Ausflugsschiff nach, das aufs offene Meer hinausfährt.
Möwen kreisen über uns.
Die nächste größere Welle kommt. Beine hoch.

Das Ausflugsschiff stößt einen langen dumpfen Ton aus.
Bestimmt eine Viertelstunde geht das immer so weiter, ohne dass wir groß was miteinander reden. Bis ich plötzlich wissen will –
»Habe ich diese Nacht wieder geträumt?«
Ja. Aber laut Silke war es weniger schlimm als in der ersten Nacht.
»Kannst du dich wieder nicht erinnern?«
Ja.
»Ich finde es schon noch raus, worum es in dem Traum ging!«
Sie ist sich absolut sicher.
»Und wie?«
»Weiß noch nicht.« Sie zuckt mit den Schultern. Dann lacht sie und steht im nächsten Augenblick hinter mir. »Sag mir, was du geträumt hast, sonst schmeiß ich dich ins Wasser!«
»Wehe!« Ich greife nach hinten, packe ihre Arme und lehne mich mit meinem ganzen Gewicht gegen ihre Beine. Sie befreit ihren linken Arm, kriegt meinen rechten zu fassen und verdreht ihn hinter meinem Rücken.
SAG MIR, WAS DU GETRÄUMT HAST!
ICH KANN MICH NICHT ERINNERN.
SAG MIR, WAS DU GETRÄUMT HAST!
ICH KANN MICH NICHT ERINNERN.
SAG MIR, WAS DU GETRÄUMT HAST!
ES IST SINNLOS!
Eine Welle erwischt meine Füße und ich schreie total übertrieben auf. Tatsächlich lässt Silke erschrocken meinen Arm los und macht einen Schritt rückwärts. Ich schwinge mich blitzschnell herum, lande auf dem Bauch und packe ihre Fußknöchel.

»Lass sofort los!«, schreit Silke.
Aber ich hab sie fest im Griff.
Silke strampelt. »Lass los!«
»Da seid ihr ja!« Zwischen Silkes Beinen hindurch sehe ich Oma und Friedolin auf der anderen Seite der Tür, durch das wir vorhin auf den Steg gekommen sind. Wir haben die Zeit vergessen und sie haben uns schon gesucht. Silke dreht sich nach den beiden um, gerät ins Schwanken und reißt ihre Arme auseinander.
»Aah!«
Ich lasse Silkes Knöchel frei. Gerade rechtzeitig. Sie hätte sonst das Gleichgewicht verloren und läge jetzt im Wasser.
»Oh, verdammt, Simon!«, flucht sie und läuft den Steg zurück.
»Tut mir leid! Tut mir leid!«, rufe ich ihr hinterher.
»Tut mir leid! Tut mir leid!«, macht Silke als Echo.
An der Tür angekommen, dreht sie sich um und wartet, bis ich auf drei Schritte heran bin. »Du hast tatsächlich geglaubt, dass ich ins Wasser falle, nicht wahr?«, fragt sie lachend. »Und hast richtig Schiss gehabt.«
JA.
»Volle Panik.«
Aber nur ganz kurz.
»Reingelegt. War nämlich nur gespielt. Überzeugend, oder? Vielleicht sollte ich doch Schauspielerin werden.«
»Idiotin!«, sage ich.
»Wieso denn? Selber schuld, wenn du nix mitkriegst.«
»Natürlich krieg ich was mit«, kontere ich.
»Davon krieg ICH aber nix mit«, sagt Silke.
»SCHLUSS JETZT!« Friedolin meint es ernst.

Friedolin, Silke und ich fahren zwischen den Felsen hindurch, vorbei am Sprungfelsen. Slalom. Immer weiter. Der Motor ist so laut, dass man sich kaum unterhalten kann. Ich schaue über die Wasseroberfläche –
Hat das Meer wirklich UNENDLICH viele Liter Wasser, wie Anne behauptet hat, als wir vor drei Jahren das letzte Mal zu viert hier waren? Oder gibt es doch eine Zahl, mit der man die Menge beziffern kann? Milliardenbrillionen?
Ich dreh mich nach Silke und Friedolin um. Er hat ihr das Steuer überlassen. Total konzentriert schaut sie geradeaus. Aber als sie meinen Blick bemerkt, streckt sie mir die Zunge heraus. Gleichzeitig zieht sie das Steuer nach links, das Boot wird in einer scharfen Kurve nach rechts getrieben, Wasser spritzt ins Boot und macht meine Hose nass.
Wir lassen die Felsen hinter uns. Vor uns liegen nur noch Himmel und Wasser. Ein wenig verkrampft halte ich mich an der Sitzbank fest. Bei so viel Wasser und Himmel bekomme ich es dann doch ein bisschen mit der Angst zu tun.
Mittlerweile hat Silke das Steuer wieder an Friedolin abgegeben. Sie hat sich am Boden des Bootes ausgestreckt, lässt ihre rechte Hand ins Wasser hängen und starrt auf die Wasseroberfläche. Oder schaut sie durch sie hindurch? Kann sie bis auf den Grund des Meeres sehen? Was sieht sie dort? Plötzlich huscht ein trauriges Lächeln über ihr Gesicht. Das sieht schön aus.

In der Zwischenzeit hat Oma den Tisch auf der überdachten Veranda festlich gedeckt. Mit einer weißen Tischdecke, die im Wind flattert, weißem Porzellan und Stoffservietten. Jetzt will sie

sich um das Feuer kümmern, über dem sie die Fische braten wird, die im Augenblick noch in der Plastikbadewanne am Fuß der Treppe hinauf zur Veranda schwimmen. Björn hat sie heute Morgen kurz vor Sonnenaufgang gefangen. Weil Silke Vegetarierin ist, wird es für sie Folienkartoffeln mit Quark geben.
Ob wir zusehen wollen, wie er die Fische tötet und ausnimmt, fragt Björn.
Ich nicke.
»WILLST DU DAS ECHT?« Silke sieht mich empört an.
Ich hätte mir eigentlich denken können, dass Silke als Vegetarierin etwas dagegen hat. Unsicher zucke ich mit den Schultern.
»Denkst du, sie wissen, dass sie gleich tot sein werden?«
»Mit Sicherheit!«, ist Silke überzeugt.
Und Angst haben?
»DAS IST DER GRUND, WARUM ICH KEINE TIERE MEHR ESSE.«
»Was ist?«, will Björn von mir wissen. »Hilfst du mir? Ich kann die Wanne nicht allein tragen.«
»DAS IST SO BRUTAL!« Silke dreht sich angewidert weg und läuft Richtung Meer. Hilflos schaue ich ihr nach –
»Komm jetzt«, sagt Björn etwas ungeduldig. »Die beruhigt sich schon wieder.«
Wir stellen die Wanne mit den Fischen auf dem Küchenboden ab. Auf der Anrichte liegen ein großes Brett, ein Messer und ein Nudelholz bereit. »Schau mir genau zu!« Björn packt einen der Fische am Schwanz, lässt ihn auf das Brett klatschen, und zack! drischt er mit dem Nudelholz auf seinen Kopf. Der Fisch zuckt noch zwei, drei Mal, dann liegt er flach da.

Tot.
Björn tauscht das Holz gegen das Messer und mit einem raschen Schnitt schlitzt er dem Fisch den Bauch auf. Mit bloßen Händen greift er in die Öffnung, reißt die Eingeweide heraus und lässt dieses blutige Gemansche in eine Schüssel fallen. Zum Schluss spült er über dem Waschbecken das Innere des Fisches unter einem kalten Wasserstrahl aus und legt den Fisch auf einen ovalen Porzellanteller.
Ich hatte die ganze Zeit die Lippen fest zusammengepresst. Jetzt hält Björn MIR das Nudelholz hin. Ich habe zwar noch nie ein Tier getötet, das größer als ein Regenwurm ist. Aber EINMAL IST IMMER DAS ERSTE MAL, sagt Björn. Okay, auch wenn das ein ähnlich dämlicher Spruch ist wie EINMAL IST KEINMAL, aber deswegen ist er nicht unbedingt falsch. Und Silke ist ohnehin schon sauer auf mich. Selbst wenn ich ihr jetzt nachlaufe und sage, ich tue es doch nicht, bin und bleibe ich für sie vermutlich ein Verräter und Killer, vielleicht sogar auch noch ein Feigling –
»Simon?«
Ich nehme das Holz.
Björn legt den nächsten Fisch auf das Brett.
Der Fisch zappelt.
Ich hebe das Holz –
Aber plötzlich habe ich einen völlig unerwarteten FLASHBACK –
Vor meinem inneren Auge sehe ich Keiler im Maisfeld.
Die blutige Wunde an seinem Hals.
Die Krähen mit ihren harten Schnäbeln.

Die summenden Fliegen.
Diese ganze verdammte Scheiße.
Und ich kämpfe mit meinen Gedanken dagegen an, sage mir –
Das hier ist kein Hund.
Es ist kein Hund, der einen Mann an seinen toten Sohn erinnert.
Es ist ein Fisch.
Es ist nur ein Fisch.
Vor ein paar Stunden schwamm er noch in dem riesengroßen Meer mit endlos viel Wasser.
Einer von Millionen.
Ach was, Trillionen.
Es ist egal, ob er lebt oder nicht.
Außerdem muss er ohnehin sterben.
Wenn ich es nicht tue, wird Björn es tun –
Und schlage zu. Volltreffer. Und mit dem Schlag sind auch die Bilder vom toten Hund wieder verschwunden.
Björn nickt zufrieden. Der Fisch zuckt noch ein wenig, dann liegt er flach und reglos da. Björn schlitzt den Fisch auf und reißt die blutigen Eingeweide heraus.
Ohne zu zögern, töte ich auch die beiden restlichen Fische. Björn nimmt sie aus und reinigt sie. Als alle Fische auf dem Porzellanteller liegen, gibt Björn mir ein Stück Seife zum Händewaschen. Björn würzt die Fische und wickelt sie in Alufolie ein. Ich bringe sie Oma ans Feuer. Sie legt sie neben die Kartoffeln auf den Rost. Ich sehe mich nach Silke um. Sie hat ihre Schuhe ausgezogen und läuft auf den Felsplatten auf und ab. Manchmal schaut sie kurz zu uns herüber. Sie sieht ziemlich wütend aus.
»Was hat sie?«, will Oma wissen.

»Wegen der Fische«, antworte ich knapp.
Oma nickt und schaut Silke eine Weile aus den Augenwinkeln dabei zu, wie sie unruhig herumtigert. Die Sache scheint sie mehr verärgert zu haben, als ich gedacht habe.
»Sie ist toll, nicht wahr?«, fragt Oma nach einer Weile und sieht mich erwartungsvoll an. »Besonders, wenn sie wütend ist.«
Gedankenverloren mit einem Ast in der Glut stochernd, denke ich aber gerade über etwas anderes nach.
Als ich nicht antworte, fragt Oma, was mich gerade beschäftigt.
Ich schüttle den Kopf.
»Möchtest du nicht darüber reden?«
Weiß nicht.
»Hat es was mit Silke zu tun?«
Eigentlich nicht.
»Also doch?«
Ich hebe den Ast aus der Glut und betrachte die rot glühende Spitze. »Ist es schlimm, ein Tier zu töten, ohne dass es einem leidtut?«, frage ich schließlich.
»Das kommt drauf an«, meint Oma ernst. »Nicht, wenn man es tötet, um es zu essen.«
»Aber Silke findet auch das schlimm«, wende ich ein. »Und vielleicht hat sie ja Recht.«
»Hm«, sagt Oma. »Es gibt Dinge, da kann jeder für sich sagen, ob es richtig oder falsch ist.«
Ich schaue sie überrascht an.
»Ja«, sagt Oma schmunzelnd. »Es ist nicht alles entweder nur richtig oder nur falsch. Das wäre zu einfach.«
Ich nicke. Ja. Natürlich –

»Nur eines, Simon, ist sicher«, fährt sie fort. »Wenn jemand ein Tier tötet, weil er einfach Lust hat zu töten, ist das ein Verbrechen. Ein Verbrechen, das bestraft werden muss. Verstehst du?«

Das Fischfleisch ist rosa, fast ohne Gräten und schmeckt köstlich. Silke musste von Friedolin zum Mitessen regelrecht überredet werden. Jetzt schaufelt sie stumm die Kartoffeln und den Quark in sich hinein. Mich würdigt sie keines Blickes.

Björn und Friedolin unterhalten sich über den geplanten Bau einer Autobahn, hier ganz in der Nähe, die mitten durch ein Sumpfgebiet führen soll. Das heißt, Friedolin redet wie ein Wasserfall und gestikuliert mit Messer und Gabel. Die ganze Sache scheint ihn tierisch aufzuregen. Björn nickt zwar manchmal zustimmend, sagt aber sonst nicht viel dazu. Friedolin redet und redet und redet. Bis ihn plötzlich der so ziemlich nervigste Handyton unterbricht, den ich jemals gehört habe. Ein schrilles Quietschen, das mit einem langen gleichbleibenden Ton beginnt und dann in immer kleinere Einzelteile zerhackt wird. Und wieder von vorn.

Silke zieht ihr Handy aus der Hosentasche und starrt auf das Display.

»Willst du nicht rangehen?«, fragt Friedolin.

Sie schüttelt den Kopf und starrt weiter auf das Display.

»Ist es nicht wichtig?«

»Offenbar nicht.«

Nach fünf Wiederholungen hört das Klingeln auf.

»Es war bloß Mama«, tut Silke kund. Worauf sich alle wieder ihrem Essen zuwenden. Außer Silke. Ihr ist der Appetit vergan-

gen. Eine seltsame Stille breitet sich aus. Und ich bin sicher, es hat IRGENDWAS damit zu tun, was Björn mir im Auto über Silke gesagt hat.
»Was für ein herrliches Mahl!«, sagt Oma, nachdem sie das Besteck beiseitegelegt hat. Friedolin stimmt ihr zu. Ja, das Essen war okay. Aber dass offenbar alle Bescheid wissen, was mit Silke ist, nur ICH nicht, nervt langsam, aber sicher.

Den Nachmittag verbringt Silke mit Schwimmen, Herumliegen, Kopfsprüngen. Ich helfe Friedolin, den neuen Metallrahmen des Bootes mit einer Rostschutzfarbe zu streichen. Oma liest einen Roman. Björn kriegt man den ganzen Nachmittag nicht zu Gesicht. Erst als die Sonne sich immer mehr dem Wasser nähert und schließlich hinter dem Horizont verschwindet, als würde sie ertrinken, kommt er mit Getränken und einer Petroleumlampe aus dem Haus. Die Lampe wirft ein flackerndes Licht über die Veranda. Wir versammeln uns erneut um den Tisch, und Björn erzählt, wie er als Kind eine Zeit lang jeden Morgen die Felsen gezählt hat, die aus dem Wasser ragen. Es sind vierzehn. Manchmal waren es aber nur dreizehn. Dann geriet er in Panik, weil einer verschwunden war. Aber am nächsten Tag waren es wieder vierzehn, manchmal sogar fünfzehn oder sechzehn. Und er konnte nicht verstehen, woher die Felsen über Nacht gekommen waren. »In Wahrheit lag es daran, dass ich noch nicht besonders gut zählen konnte«, sagt Björn.
Gelächter.
Die Erwachsenen erzählen noch andere Geschichten. Alle von FRÜHER. Bis ich Oma plötzlich zu meinem Schrecken sagen

höre: »Wisst ihr eigentlich, dass Simon einem Mann das Leben gerettet hat?«

»Echt jetzt?« Zum ersten Mal seit der Sache mit den Fischen würdigt mich Silke wieder eines Blickes. Auch wenn es ein ungläubiger Blick ist.

Obwohl ich eigentlich nicht darüber reden will, kann ich nicht verhindern, dass Oma erzählt, was passiert ist. Sie berichtet, wie ich Hubert aus dem brennenden Meiergut gerettet habe. Dass ich drei Tage im Krankenhaus verbracht habe. Natürlich erzählt sie nur die offizielle Version. Die, die in der Zeitung stand und die auch meine Eltern für die wahre halten. Eine andere kennt sie ja auch nicht. Und ich laufe rot an.

Oma sagt, ich müsse mich dafür nicht schämen, ich könne vielmehr ziemlich stolz auf das sein, was ich getan habe. Natürlich schäme ich mich nicht. Aber es ist mir unangenehm, meine Lügen aus Omas Mund zu hören.

»Was ist eigentlich aus dem Mann geworden, den du gerettet hast?«, will Friedolin wissen.

»Er ist verschwunden.«

WIE VERSCHWUNDEN?

»Er ist nachts aus dem Krankenhaus abgehauen«, erkläre ich.

UND WOHIN?

Das weiß niemand.

»Das ist ja seltsam«, meint Oma. »Hat man ihn gesucht?«

»Ich denke schon, aber ich weiß …«

»Und dass du ihn gerettet hast, stand in der Zeitung?«, unterbricht mich Silke plötzlich.

JA.

»Sogar mit einem Foto von Simon«, ergänzt Oma.
»Dann muss ich mich wohl bei dir entschuldigen«, sagt Silke.
WOFÜR?
»Dann bist du DOCH eine Berühmtheit.« Klingt als wäre sie wirklich beeindruckt. Aber bei Silke kann man nie sicher sein, ob sie die Dinge, die sie sagt, so meint, wie sie klingen. »Dann hätte ich das Foto, das ich von dir gemacht habe, doch nicht löschen, sondern es zu Geld machen sollen.« Und das war jetzt eindeutig ironisch.

In dieser Nacht erwache ich gegen Mitternacht von meinem eigenen Aufschrei. »ES BRENNT!«
Ich sitze aufrecht im Bett.
»Nein, tut es nicht«, beruhigt mich Silke und sie ist sich absolut sicher. »Du hast wieder geträumt.«
Und tatsächlich wüten keine Flammen in Mamas ehemaligem Kinderzimmer. Kein beißender Rauch. Keine Hitze.
JA. Silke hat Recht. Ich habe geträumt. »Tut mir leid, wenn ich dich wieder geweckt habe.«
Aber sie hat ohnehin nicht geschlafen.
»Soll ich Licht anmachen?«
»Fürchtest du dich?«, fragt Silke.
»Nein. War nur so eine Idee.« Auch wenn ich mich in Wahrheit mit Licht wohler fühlen würde.
»Kannst du dich wieder nicht erinnern, was du geträumt hast?«
Ich weiß nur, dass es gebrannt hat –
Aber aus IRGENDEINEM Grund sage ich: Doch. Ja. Heute kann ich.

»Im Traum habe ich keine Nachtwanderung gemacht«, behaupte ich. »Vielmehr war ich im Meiergut, um Hubert zu besuchen, als plötzlich zwei Motorradfahrer auftauchten. Sie haben die Türen eingetreten, und gerade noch rechtzeitig habe ich mich in der Bank versteckt, die eine Art Truhe war.«

Silke atmet gleichmäßig und lauscht gespannt.

Und ich erzähle, wie die beiden Hubert traten und schlugen, von meiner tierischen Angst, dass sie mich entdeckten und killten. Wie ich trotzdem den Deckel einen Spalt weit öffnete, um ein Foto zu machen, weil ich einen Beweis haben wollte. Und wie sie durch das Geräusch meiner Kamera auf mich aufmerksam wurden. Wie mein Herz fast aussetzte. Aber sie hauten ab. Wie ich aus der Bank stieg und dass es brannte, weil die Kerzen am Tisch umgefallen waren. »Und ich schrie, ES BRENNT! ES BRENNT! Und dann bin ich aufgewacht.«

»Aber es brennt nicht«, sagt Silke in die Dunkelheit hinein. »Das Ganze war nur ein Traum.«

JA. Schon klar. Das Ganze war nur ein Traum –

Der Wind peitscht den Regen gegen das Fenster. Die Wassertropfen rinnen die Scheiben herunter und von dem Baum dahinter ist kaum was zu erkennen.

Silke ist schon auf. Ihr Handy hat geklingelt, sie hat den Anruf angenommen, aber bevor sie zu sprechen begann, hat sie sich aus dem Zimmer geschlichen. Danach ist sie nicht wieder zurückgekommen.

Als ich den ehemaligen Warteraum betrete, wirft Silke gerade wütend Karten auf den Tisch.

»Neues Spiel, neues Glück!«, lacht Oma.

Auf meinem Platz wartet eine Schüssel mit Cornflakes auf mich. Die anderen haben schon gefrühstückt.

Oma schiebt Silke die Karten hin. Sie soll sie für ein neues Spiel mischen.

Ich muss gähnen.

»Kommt vom langen Schlafen«, kommentiert Silke.

»Die Müdigkeit kommt von der Meeresluft«, ist Oma überzeugt.

»Wie auch immer.« Silke trommelt ungeduldig mit den Fingern. »Geht's endlich weiter?«

»Schlechte Laune kommt NICHT von der Meeresluft«, meint Oma. »Schlechte Laune kommt vom dauernden Verlieren.«

Silke verdreht genervt die Augen. »Du fängst an!«
Während ich meine Cornflakes futtere, knallen Oma und Silke ihre Trümpfe auf den Tisch. Immer schneller. Mal wirft Silke die Karten auf ihren Haufen, dann Oma. Aus meiner Sicht machen beide etwa gleich viele Stiche. Aber beim Nachzählen stellt sich heraus, dass wieder Oma gewonnen hat. Wütend pfeffert Silke die Karten über den Tisch. Ein paar segeln zu Boden.
»Noch eins?«, fragt Oma, während sie die Karten aufhebt.
»Aus. Ich hab genug!« Silke ist sauer.
»Und was machen wir heute?«, will ich wissen.
»Schwimmen gehen.« Ist längst beschlossen.
Bei dem Sauwetter? Soll das ein Witz sein?
Nein.
In der Stadt mit den bunten Häusern wurde im vergangenen Winter ein Hallenbad eröffnet, damit Touristen AN TAGEN WIE DIESEN auch ihren Spaß haben.
»Und es gibt ziemlich viele miese Tage wie diesen«, mault Silke.
»Schluss!«
WAS?
»Wenn du nicht aufhörst, schlechte Laune zu haben, kriege ich auch noch schlechte Laune«, sagt Oma streng. »Und darauf habe ich keine Lust. Wir wissen alle, dass du gerade eine schwere Zeit hast, aber du hast kein Recht, deine Umwelt zu tyrannisieren.«
Silke verschränkt beleidigt die Arme.
In diesem Augenblick schaut Friedolin zur Tür herein und sieht drei stumme, unglücklich dreinschauende Menschen. »Ist was passiert?«, fragt er besorgt.

Niemand antwortet.
Schließlich fragt Oma kühl, als hätte sie im Grunde keine große Lust mehr: »Fahren wir?«

Ein paar Stunden später, auf der Rückfahrt, verteilt Oma gelbe Bonbons. Sie schmecken so, wie das Meer riecht, sauer und irgendwie kalt. Silke lässt ihres zwischen den Zähnen krachen.
»Das klingt ja FURCHTBAR«, sagt Oma und lacht. »Hör sofort auf damit!«
Daraufhin macht es Silke extra nochmals, extra laut und –
»Stoooooooopp!«, schreie ich plötzlich, weil ich ETWAS gesehen habe, das –
Und Oma macht eine Vollbremsung.
Wir fliegen in unsere Sitze zurück und Silke verschluckt sich fast an ihrem Bonbon. Sie hustet.
Friedolin dreht sich zu mir. »Kannst du ihr auf den Rücken …?«
Ich weiß, was er meint. »Aber kannst du ein Stück zurückfahren?«, rufe ich nach vorn zu Oma, während ich Silke gleichzeitig auf den Rücken klopfe, damit sie nicht erstickt.
»Hör auf!«, keucht sie. »Es geht schon wieder.«
»Zurück!«, schreie ich, als der Wagen immer noch steht.
Friedolin mustert Silke. »Lebst du noch?«
»Wenn Simon mich nicht erschlägt.«
Vielleicht habe ich mich ja auch geirrt und Silke wäre umsonst beinahe gestorben.
»Soll ich umdrehen oder einfach zurückstoßen?«, fragt Oma verwirrt.
»EINFACH ZURÜCK!«

Also legt Oma den Rückwärtsgang ein und fährt mit quietschenden Reifen an.
Ich habe das Kommando. »Stopp!«, schreie ich, als ich DAS, was ich gesehen habe, wieder im Blick habe.
Oma hält am Seitenstreifen. »Und jetzt?«
»Seht ihr das Plakat?«
JA! WIR SIND NICHT BLIND!
»Das ist ein Plakat von KRILL!« Ich kann es immer noch kaum glauben. »Von KRILL!!!«
Alle sehen mich fragend an und wundern sich, warum ich TOTAL AUS DEM HÄUSCHEN bin.
Ich starre weiter auf das Plakat. Unter dem Bild steht der Name der Stadt, aus der wir gerade kommen. »Was ist heute für ein Datum?«
»Der Vierte«, sagt Friedolin.
Dann ist das Konzert morgen. »DA MÜSSEN WIR HIN!«, sprudelt es aus mir heraus. »ANNE IST DORT!«
»Anne?«, wie aus einem Mund.
Keiner kapiert IRGENDWAS –
Wie auch?

Einen Tag und ein paar Stunden später stehen wir zu viert vor einem roten Ziegelsteinbau, der früher eine Fabrik gewesen ist. Hier soll KRILL heute Abend spielen. Der Kartenverkäufer am Eingang mustert uns abschätzig. Er scheint nicht besonders erfreut, dass wir hier sind. Liegt vielleicht daran, dass keiner von den anderen Konzertbesuchern so alt wie Friedolin und Oma ist, aber auch keiner so jung wie Silke und ich. Trotzdem verkauft er uns Tickets.
Im Saal ist es schon ziemlich voll. Oma will sich nicht unter die jungen Leute mischen. Und sie will auch nicht, dass Silke und ich uns zu weit entfernen. Also stehen wir irgendwo weit hinten. Silke beschwert sich, dass sie nichts sieht. Ich organisiere Stühle, auf die wir uns stellen, um über die Köpfe der anderen hinwegsehen zu können. Währenddessen holt Friedolin Getränke von der Bar. Auf der Bühne stehen Gitarren, Schlagzeug, Keyboard und Mikrofone zwischen riesigen Boxen aus denen irrsinnig laute Musik dröhnt. Ich drehe mich nach Großmutter um. Sie formt IRGENDWAS mit den Lippen, vermutlich, ob ich Anne irgendwo sehe. Aber von Anne keine Spur. Wundert mich nicht. Schließlich hat sie ja auch keine Ahnung, dass wir hier sind.

Nachdem wir gestern das Plakat entdeckt hatten, habe ich eine Kurzfassung von Annes Besuch und unserem Essen im SAN REMO gegeben. Dass sie ihr Studium aufgeben will, stattdessen mit KRILL auf Tour gegangen ist. Wie wütend unsere Eltern darüber waren und so weiter. Ich habe vorgeschlagen, Anne zu ÜBERRASCHEN. Die anderen waren einverstanden. Oma wollte Anne unbedingt wieder einmal sehen und freute sich auf ihr Gesicht, wenn wir plötzlich vor ihr stehen. Friedolin war neugierig, was für eine Art Musik diese Band macht. Silke hatte einfach Lust auf ein Konzert.

Im Saal ist es mittlerweile dunkel geworden. Licht fällt nur noch auf die Instrumente. Von rechts tritt ein Typ mit Glatze auf, beide Arme voller Tattoos. Kaum hockt er am Schlagzeug, drischt er mit zwei Stöcken darauf ein, so heftig und mit einem solchen Lärm, als würde er es am liebsten zertrümmern. Die Leute im Zuschauerraum hören eine Weile zu, stumm, als stünden sie unter einer Art Schock, dann brandet langsam Applaus auf, der aber auch gleich wieder abebbt.
Als Nächstes erscheinen von links zwei große, schlanke Wesen mit glatten, pechschwarzen, schulterlangen Haaren. Eindeutig Zwillinge. Jeder schnappt sich eine Gitarre, sie lassen die Köpfe nach vorn fallen und ihre Haare wie Vorhänge vor ihre Gesichter und starten einen kurz aufbrausenden Höllenlärm.
Währenddessen muss die Frau mit den feuerroten Haaren aufgetreten sein. Jedenfalls steht sie jetzt am Keyboard und klimpert zu dem Gitarrensound total hektisch auf den Tasten herum.
Zuletzt kommt ERIC. Mit Rastalocken, wie ich ihn von Annes

T-Shirt und dem Plakat kenne. Im Gegensatz zu den anderen schleicht er von hinten, zwischen den Instrumenten, bis an die Rampe vor, wo das Mikrofon auf ihn wartet. Dort angekommen, reißt er es aus dem Ständer und singt, nein, er schreit einfach drauflos. Ich verstehe NULL. Auch nicht, in welcher Sprache Eric immer schneller, immer weitermacht. Deutsch? Englisch? Chinesisch?

Erics Wortschwall endet mit einem Aufschrei, gleichzeitig dreht er den Zuschauern den Rücken zu und reißt die Arme hoch. Ein paar Leute um uns herum johlen. Das Keyboard, die Gitarren und das Schlagzeug machen weiter, totales Chaos. Eric lässt die Arme wieder fallen, die Gitarristen werfen ihre Haare zurück, der Glatzkopf schleudert seine Trommelstöcke durch die Luft und Jubel bricht los. Kaum hat der Schlagzeuger seine Stöcke wieder in der Hand, trommelt er weiter, so lange, bis das Geschrei des Publikums nachlässt. Gemeinsam mit den Gitarren setzt auch Erics Geschrei wieder ein.

Beim nächsten Song kommt er in Bewegung. Er verbiegt seinen dünnen Körper, fällt auf die Knie, rutscht auf dem Boden herum, reißt sich das Hemd auf, hat das Mikro so nah am Mund, dass er es mit den Lippen berührt, presst immer mehr Blut in den Kopf, am Hals treten die Sehnen hervor. Schließlich kriecht er an die Bühnenkante vor, springt auf und lässt sich, ohne zu zögern, wie Silke vom Felsen, einfach vornüber ins Publikum kippen, wo er mühelos aufgefangen wird. Von zwanzig Zuschauern auf Händen getragen, geht der Text immer weiter.

Erics Nummern lassen sich nicht wirklich voneinander unterscheiden. Sie haben auch nicht wirklich einen Anfang oder ein

Ende. Bis er schließlich das Mikrofon zurück in den Ständer steckt. Total verschwitzt. Seine Haut glänzt. Bühne und Band versinken langsam im Dunkeln. Nur Eric steht noch im Licht.
»Thank you!!!«, brüllt er ins Mikro. Und verschwindet auf demselben Weg, auf dem er gekommen, und mit den gleichen schlurfenden Schritten, mit denen er aufgetreten ist.
Silke wirft mir einen demonstrativ gelangweilten Blick zu. Aber ich kann doch nichts dafür, okay, es war meine Idee, auf das Konzert zu gehen, aber ich hatte ihnen auch gesagt, dass ich eigentlich nicht weiß, welche Musik KRILL macht. Punk, Rock, irgend so was. Auch Oma sieht mich fragend an. Nein. Keine Ahnung, WO Anne ist, deute ich. Friedolin holt neue Getränke. Ein paar Leute im Zuschauerraum pfeifen oder rufen irgendetwas. Die meisten quatschen miteinander oder starren einfach vor sich hin.
Plötzlich huscht von links eine Gestalt auf die Bühne. Sie beginnt, am Mikrofonständer zu schrauben. Irgendwas scheint nicht zu klappen. Die Gestalt müht sich ziemlich ab. Einmal blickt sie Hilfe suchend zur Seite, aber es kommt niemand, um ihr zu helfen. Die ganze Aktion zieht sich hin. Man hört irgendwelche dummen Sprüche. Als sie die Schraube endlich gelockert hat, stellt sie das Mikro auf Höhe ihres Mundes ein und hebt den Kopf. In diesem Augenblick geht ein Spot an. Shit. Ich dachte. Keine Ahnung, was ich dachte. Aber –
»Das ist Anne!«, schreie ich in den Saal.
Ich erkenne sie, OBWOHL ihre langen Haare jetzt ab sind und sie ganz in Schwarz gekleidet ist. Außerdem ist sie weiß geschminkt und sieht ein wenig gespenstisch aus.

Anne blickt überrascht auf, ihre Augen flitzen herum. Sie grüßt unsicher ins Publikum. Ein paar Leute drehen sich zu mir um, und wieder zurück zur Bühne. Hat Anne überhaupt mitgekriegt, WER ihren Namen gerufen hat? Wahrscheinlich nicht. Wenn sie mich nämlich nicht an der Stimme erkannt hat, von dort oben, im Licht stehend, ist es ziemlich hoffnungslos, in der Dunkelheit und zwischen circa fünfhundert Menschen, irgendjemanden ausfindig zu machen.

Anne kümmert sich auch nicht weiter darum. Sie nickt den Musikern zu. »Sorry. But. EVERYTHING IS OKAY!«, sagt sie ins Mikrofon.

Die Rothaarige klimpert ein paar Töne.

Anne tanzt auf die Keyboarderin zu, kommt wieder nach vorn. »Das erste Lied, das ich singe, ist für den Menschen, den ich am meisten liebe«, haucht sie.

NICHTS IST OKAY.

Ich dachte, Anne ist Bühnenarbeiterin.

Dass Anne irgendwo im Hintergrund singt.

BACKGROUND.

ABER NICHT –

Die Gitarren rauschen los. Das Schlagzeug wirbelt, aber zieht sich gleich wieder zurück. Die Rothaarige schlägt einen tiefen Akkord an, der anfänglich langsam verhallt, aber dann plötzlich abbricht. Im selben Augenblick verstummen auch die anderen Instrumente. Und in diese Stille platziert Anne ihr SORRY. BUT. EVERYTHING IS OKAY. Das war keine Ansage. Das ist die erste Zeile des Songs.

Anne singt.

Ohne Begleitung.
Die Instrumente kommen erst nach und nach wieder hinzu, zögernd, leise.
Eine Weile schleicht der Song so dahin, melancholisch, traurig –
Bis er plötzlich, ohne Vorwarnung –
Explodiert.
Von null auf hundert.
Die Gitarren quietschen, dass einem die Ohren wegfliegen. Ohne Rücksicht auf Verluste drischt der Schlagzeuger auf alles gleichzeitig ein, was er vor sich aufgebaut hat. Die Rothaarige schwebt regelrecht über dem Keyboard. Es ist der absolute Wahnsinn –
Annes Körper tanzt, wie unter Strom gesetzt –
Von ihrem Text ist nichts mehr zu verstehen –
Aber ihre Stimme ist immer noch deutlich zu hören –
Und nach einer Schrecksekunde –
Als müssten sie erst kapieren –
Die Menschen schreien auf.
Toben.
Kreischen.
Der Saal kocht.
Ich blicke zu Oma. Sie steht mit offenem Mund da und hält sich die Ohren zu. Friedolin hat einen Glanz in den Augen, den ich nicht deuten kann.
Und Silke?
Als wäre sie in denselben Stromkreis geraten wie Anne, tanzt sie wie eine Irre. Arme und Beine fliegen durch die Luft und ich fürchte, sie kippt gleich vom Stuhl –

–

–

–

Die Explosion dauert, keine Ahnung, eine halbe Minute? Dann kehrt SORRY. BUT. EVERYTHING IS OKAY genauso plötzlich wieder zu der anfänglichen Ruhe zurück. Irgendwann verstummen auch die Instrumente wieder. Und Anne singt abermals ohne Begleitung AND SOMETHING HAPPENED AND CHANGED EVERYTHING. Ihre Stimme ist klar und mädchenhaft. Und dann, mit einem Schlag –
AUS.
Nur der Nachhall ihrer Stimme erfüllt immer noch lautlos den Raum. Wie ein tonloses Echo, als hätte der Song alle anderen Geräusche ausgelöscht. Für ein paar Sekunden herrscht magische Stille –

–

–

–

Dann bricht etwas Unfassbares los. Wenn der Applaus für Eric ein Sturm gewesen ist, ist das, was gerade passiert, ein Orkan. ALLE flippen total aus. Und am meisten Silke. Ich höre sie neben mir kreischen. Sogar Oma und Friedolin haben ihre Arme nach oben gestreckt, klatschen in die Hände und schreien irgendwas Richtung Bühne. Aber Silke sieht aus, als hätte sie den Verstand verloren.
Der Einzige, der nichts TUT und nicht SCHREIT, bin ich.
Ich bin vollkommen stumm, reglos und erstarrt.
Es ist wie diese WUT, die man von außen nicht sieht.

Nur ist es jetzt WOW. Das ist alles, was mir dazu einfällt.
Und wie IRRE muss das sein, dort oben zu stehen und auf die jubelnden Menschen zu schauen. Es ist aber genauso VERRÜCKT, dass die dort oben, die strahlt, die glücklich aussieht, MEINE SCHWESTER ist, MEINE GROSSE SCHWESTER ANNE –
– dreht sich zur Rothaarigen, den Zwillingen und der Glatze um und applaudiert in ihre Richtung. Dann, immer noch mit dem Rücken zum Publikum, lässt sie die Arme etwas vom Körper abstehen. Die Fingerspitzen zeigen zum Boden. Langsam zieht Anne die Arme nach oben. Mit der Bewegung schwillt der Pegel der Instrumente an. Als die Hände sich zur Decke strecken, dreht sich Anne abrupt wieder zum Publikum, lässt die Arme fallen, fasst das Mikrofon und wieder erklingt ihre Stimme. Keine Worte. Kein Text. Nur ein an- und abschwellender Ton –

Eine Stunde später stehen wir wieder vor dem alten Fabrikgebäude. Nach Hitze und Lärm in der Halle ist es hier angenehm kühl und still. Auch wenn Friedolin, Oma und Silke aufgeregt durcheinanderplappern. Einziges Thema: Annes Auftritt. Silke ist total aufgedreht, redet und redet, wie toll das war und wie scheiße sie diesen Eric fand, aber wie geil Anne war, und sie glaubt mir nicht, dass ich nicht gewusst habe, dass Anne SOLO singt und nicht nur irgendwo im Hintergrund.
Ich habe Silke SO noch nie erlebt. Zum ersten Mal bin ich sicher, dass sie genau das, was sie sagt, auch fühlt. Sie ist nicht ironisch, nicht zweideutig.
Mir ist immer noch nicht nach Reden zumute. Zu viele Gefühle

wirbeln durch mich hindurch. Ich schau mir lieber die anderen Leute an. Was DIE wohl denken würden, wenn sie wüssten, dass ich der Bruder von Anne bin – ?

Im Anschluss an Anne hat Eric noch einige seiner Songs abgelassen. Obwohl auch Annes Songs meistens im Chaos endeten, waren sie doch komplett anders als Erics Geschrei. Unterscheidbar. Leiser. Zerbrechlich. Während ihrer letzten Nummer, WHAT CAN WE DO TO BE HAPPY FOREVER, holten die meisten ihre Feuerzeuge aus den Taschen, knipsten die Flammen an und schwenkten sie über ihren Köpfen langsam hin und her. Ich musste aufpassen, dass mir nicht die Tränen kamen. Als Zugabe sangen Anne und Eric dann zusammen, und in dem Moment kapierte ich, wen Anne mit DEM MENSCHEN, DEN ICH AM MEISTEN LIEBE, meinte.

Von Anne keine Spur.
Aber vielleicht stehen wir hier einfach am falschen Platz, überlege ich. Es gibt vermutlich einen anderen Ausgang für die Musiker, meint Silke. Und Friedolin schlägt vor, zurück in die Halle zu gehen.
An der Decke leuchten jetzt Neonröhren. Der Boden ist mit Plastikbechern, Bierflaschen und Pappbechern übersät. Abgesehen vom Schlagzeug sind die Instrumente von der Bühne verschwunden.
»Sucht ihr jemanden?«, schallt plötzlich eine Stimme von der kaum noch beleuchteten Bar herüber. Dahinter steht ein dicker Typ mit so vielen Tattoos, dass er trotz nacktem Oberkörper wie

angezogen aussieht. Er zählt Geld. Friedolin erklärt, dass ich der Bruder der Sängerin sei. Der Typ schaut mich überrascht an und grinst. »Wow! Coole Schwester!«
Ich nicke ernst, als wäre mir das schon immer klar gewesen.
Dass wir gern mit Anne sprechen würden, sagt Friedolin, ob er wisse, wo wir sie auftreiben könnten.
»Keine Ahnung. Aber schaut mal dort drüben! Dort geht's nach backstage.« Er zeigt auf eine kleine Tür in der gegenüberliegenden Wand.
Silke und ich laufen vor, aber die Tür ist verschlossen. Hilflos drehen wir uns zu dem Barmann um. Er winkt uns zu sich. Während wir durch den ganzen Müll wieder zurückwaten, wird plötzlich das Licht abgeschaltet. Im nächsten Augenblick brüllt der Typ: »Idioten, da ist noch jemand!« Kurz darauf flackern die Neonröhren wieder auf.
Ich dreh mich nach Silke um. Sie ist in der Finsternis aber einfach weitergelaufen und steht schon an der Bar. Der Typ lauscht in ein Handy. »Weißt du, wo die sind?«, fragt er in den Hörer. Dann hält er das Telefon zur Seite und schaut mich an. »Ist es wichtig?«
JA.
»Es ist wichtig.« Er lauscht wieder. »Sag sie einfach, ich merke sie mir.«
Nachdem er aufgelegt hat, wählt er die neue Nummer, sagt nochmals, dass Annes Bruder hier ist. Dann streckt er sein Handy über die Theke. Jemand soll es nehmen. Friedolin greift als Erster danach. »Hallo.« Wenig später nickt Friedolin. Er will mehrfach ETWAS sagen, aber der am anderen Ende der Leitung lässt ihn

nicht zu Wort kommen. Nach und nach verfinstert sich Friedolins Blick. Wir anderen beobachten ihn ungeduldig. Schließlich gibt er auf. »Schade. Aber da kann man natürlich nichts machen«, sagt Friedolin in den Hörer. Er gibt das Handy dem Barmann zurück und bedankt sich für seine Mühe.

»Was ist los?«

»Gehen wir erst mal raus«, schlägt Friedolin vor.

»He, Bruder!«, höre ich den Barmann. Ich dreh mich um. Die anderen gehen weiter. »Tipp von mir. Da ist im Hafen irgendwo eine Party, hab ich gehört. Da wollen die noch hin.«

Okay. Danke.

Am Ausgang schließe ich zu den anderen auf.

»Sie will uns nicht sehen«, höre ich Friedolin sagen. »Unter keinen Umständen.«

»Hast du mit ihr gesprochen?«, fragt Silke enttäuscht.

»Nein, mit einem Mann. Keine Ahnung, wer das gewesen ist. Aber sie saß offenbar neben ihm. Zumindest habe ich eine zweite Stimme gehört. Und ich denke, es war Annes.«

»Denkst du, wir müssen uns Sorgen machen?«, überlegt Oma.

»Was soll ich dazu sagen?« Friedolin wirkt hilflos.

Oma bleibt stehen. »Ich verlasse das Gelände nicht, bevor ich nicht weiß, was da los ist!«

Jetzt sind wir wieder ungefähr dort angelangt, wo wir nach dem Konzert auf Anne gewartet haben.

»Oder kannst DU dir das erklären, Simon?«

KANN ICH.

»Ja?«, fragt Oma überrascht. »Dann erkläre es mir! Erklär es uns!«

Okay –

»Ich habe nicht alles erzählt«, fange ich kleinlaut an. »Sie hat nicht nur ihr Studium beendet und geht mit KRILL auf Tournee, sie will auch keinen Kontakt zu ihrer Familie.«

»Aber warum das?«

Ich zucke mit den Schultern. »Ich glaube, weil sie nicht so werden will wie unsere Eltern.« Das hat sie zumindest gesagt. »Vielleicht, wenn sie wüsste, dass ich ALLEIN, hier bin. Ohne Eltern …«, fällt mir ein. »Sie muss ja annehmen, wenn ich da bin, dass auch …« Als Nächstes fische ich mein Handy heraus und wähle Annes Nummer. Die anderen sehen mir gespannt dabei zu.

»Und?«, fragt Silke ungeduldig.

Shit.

»Was?«

KEIN ANSCHLUSS UNTER DIESER NUMMER, wiederhole ich die Ansage.

»Und warum hast du uns das alles verheimlicht?«, will Oma wissen.

»Ich hatte Angst, dass wir dann nicht fahren.«

Oma nickt ernst. »Ich denke, du hast Recht. Ich hätte Annes Wunsch respektiert.«

Silke meint, wir könnten doch noch warten, uns umsehen, irgendwas, aber nicht einfach aufgeben.

Aber Oma bleibt dabei. Wenn Anne uns nicht sehen will. »Und ich bin ein wenig sauer auf dich«, sagt sie in meine Richtung. »Du hättest uns das vorher erzählen müssen!«

Auf dem Weg zurück zum Bahnhof schaut Silke aus dem Fenster und summt eines von Annes Liedern. Ich könnte mir das niemals nach nur einmal Hören merken, stelle ich bewundernd fest. Ich lehne meinen Kopf gegen die Fensterscheibe und spüre das kalte Glas. Ohne genauer darüber nachzudenken, habe ich irgendwann begonnen, entgegenkommende Autos zu zählen. Als wir von der Straße zum Bahnhof einbiegen, habe ich VIERZEHN Fahrzeuge gesehen. Genau so viele Autos, wie Felsen bei Björns Haus aus dem Meer ragen.
Frage: Hat das IRGENDEINE Bedeutung?
Antwort: Vermutlich genauso wenig, wie die Ziffern und Buchstaben auf dem Aufkleber in der Toilette des SAN REMO.
Also denk nicht weiter darüber nach, Simon!

Silke und ich liegen in unseren Betten und ich denke an Anne und an FRÜHER. An die Stadt, an das Hochhaus, unsere Wohnung im fünften Stock, mein Zimmer, die Dachterrasse. Wo ich mit meinen Eltern UND Anne lebte, ganz selbstverständlich. Ich wusste über sie nur, was man eben so über eine große Schwester weiß. Was für Musik sie hört. Welche ihre Lieblingsserie ist. Bei welcher Hose sie ausflippte, wenn sie gerade in der Waschmaschine war, obwohl sie genau die anziehen wollte. Was sie gerne isst, was nicht. Und so weiter.

Dann beschlossen meine Eltern umzuziehen. Ein halbes Jahr später ging Anne aber zurück in die Stadt, um zu studieren. Sie fehlte mir nicht. Ich ihr sicher auch nicht. ABER PLÖTZLICH ist meine Schwester eine Sängerin in einer Band, und Hunderte jubeln ihr zu, flippen geradezu aus, als wäre sie ein Megastar. Das kapier ich irgendwie nicht. Das geht irgendwie nicht in meinen Schädel. Da fehlen mir irgendwelche Informationen. Das ist irgendwie nicht wirklich WAHR.

»Woran denkst du?«, höre ich Silke plötzlich aus dem Dunkeln fragen.

»Woran wohl?«

»Ich auch. Sie war so cool! Es war so irre!«

Ja. Find ich auch.
»Ich glaube, das war die beste Musik ever, die ich gehört habe«, schwärmt Silke.
Ja.
Vielleicht.
»Und das Beste war, zum ersten Mal musste ich nicht an die ganze Scheiße denken. Es war wie weggeblasen. Weg! Einfach weg! Das war echt fantastisch.«
Was für eine Scheiße?
»Was für eine Scheiße«, echot Silke. »DIE Scheiße!« Und als ich nicht reagiere: »Hat dir Friedolin das nicht erzählt?«
»Was?«
»Ich dachte, du weißt das mit meinen Eltern«, sagt Silke.
Was?
»Dass sie sich getrennt haben, hast du echt nicht gewusst?«
»Nein, Friedolin hat nur … was angedeutet. Dass ich geduldig mit dir sein soll. Und so.«
Silke stöhnt. »Siehst du mich deshalb manchmal so komisch an?«
»Seh ich dich komisch an?«
Ja, ständig, behauptet Silke.
»Ja. Deshalb«, sage ich schnell, obwohl ich weiß, dass das nicht stimmt.
Silke schnaubt. »Das ist SO TYPISCH für unsere Familie! Meine Eltern haben anfangs versucht, die ganze Sache vor mir zu verheimlichen. Immer nur ANDEUTUNGEN … Und am Ende ist meine Mutter dann mit einem Schauspieler abgehauen.«
»Deshalb meintest du vor zwei Tagen am Hafen das mit den Schauspielern?«

»Kann sein«, unterbricht mich Silke genervt, als hätte ich sie bei ETWAS ertappt, das ihr unangenehm ist.
»Ist deine Mutter auch Schauspielerin?«
Ist sie nicht. Aber sie arbeitet im Büro eines Theaters.
Dann herrscht eine Weile Schweigen.
»Ist das schlimm, dass deine Eltern …?«
»Was denkst du?«, fährt sie mich an.
Okay. Sorry.
»Das Schlimmste ist allerdings, dass ich IRGENDWIE schuld bin. Aber ich hatte genug von diesem Affentheater …«

Wenn Silke ins Zimmer kam, wechselten ihre Eltern immer öfter das Thema und setzten ein total künstliches Lächeln auf. WAS IST LOS? Ihr Vater und ihre Mutter taten so, als wüssten sie nicht, was Silke meinte. Diese ewigen Streite. Und dann diese Grimassen! Streite kommen in den besten Familien vor, behauptete ihr Vater. Ihre Mutter schwieg einfach nur.
Anfangs ärgerte Silke sich, damit angefangen zu haben. Vielleicht hatte ihr Vater ja Recht. Und es war wirklich alles ganz normal. Schwamm drüber.
Aber als Silke eine Woche später das Handy ihrer Mutter in die Finger bekam und beim zweiten Versuch den Code knackte, Silkes Geburtsdatum, Tag und Monat, fand sie mehrere SMS, die ihre Mutter diesem Schauspieler geschrieben hatte. Lauter Liebesgeflüster. Das Silke total peinlich fand. Und damit marschierte sie auch noch schnurstracks zu ihrem Vater.
Der folgende Riesenkrach zog sich über mehrere Tage hin. Egal ob Silke anwesend war oder nicht. Natürlich bekam auch Silke

einiges ab davon. Ihre Mutter beschimpfte sie, weil sie an ihr Handy gegangen war. Ihr Vater verteidigte Silke. Er war überzeugt, dass es manchmal illegale Methoden braucht, um die Wahrheit ans Licht zu befördern. Am Ende packte Silkes Mutter jedenfalls zwei Koffer und verließ die Wohnung.

»Hätte ich nicht den Code geknackt«, sagt Silke, »dann wäre es vielleicht niemals so weit gekommen.«

»Wäre es dir lieber gewesen, deine Mutter hätte dich und deinen Vater die ganze Zeit angelogen?«

Silke weiß es nicht. Einerseits nein. Andererseits ja.

»Trotzdem.« Ich höre sie durchatmen. »Du hast echt Glück, dass deine Eltern noch zusammen sind.«

JA. Keine Ahnung. Vermutlich stimmt das. Ich kann es mir wahrscheinlich einfach nicht vorstellen, wie es anders wäre.

»Zumindest LEBEN deine Eltern noch«, versuche ich Silke zu trösten.

»Wie meinst du das?«, fragt Silke.

Aber weil ich nicht erklären will, dass ich jemanden kenne, dessen Vater tot ist, schon gar nicht, dass Chris mir erzählt hat, dass er bei einem Bergunglück ums Leben gekommen sei, aber in Wahrheit volltrunken Auto gefahren war und ein Kind getötet hatte: »Nur so. Es gibt eben Eltern, die tot sind.«

»Das habe ich mir in letzter Zeit auch manchmal gewünscht«, sagt Silke leise.

»Ernsthaft?«

Daraufhin herrscht eine Weile absolute Stille in Mamas ehemaligem Kinderzimmer. Dann beginnt Silke wieder, eines von Annes Liedern zu summen. Das traurige. Bei dem alle ihre Feuerzeuge herausgeholt haben. Aber auf einmal bricht sie ab. »Wie spät ist es eigentlich?«

Ich mache das Licht an und schaue auf das Display meines Handys. »Zehn nach halb eins. Wir sollten langsam schlafen.«

»Nein. Wir sollten JETZT los. Und zwar sofort.«

ABER –

»Komm schon!« Silke springt aus dem Bett. »Zieh dich an! Wir haben exakt sieben Minuten Zeit. Um 00 Uhr 47 fährt der letzte Zug.« Keine Ahnung, woher Silke das so genau weiß.

»Und wohin wollen wir?«

»Weißt du es wirklich nicht?«

Ich schüttle den Kopf. Aber ich kann es mir denken, und ich weiß nicht, wie ich das finden soll.

In Socken schleichen wir an Omas und Friedolins Schlafzimmer vorbei und die Treppe hinunter. Im Haus bleibt alles still. Draußen schlüpfen wir in unsere Schuhe und laufen zum Bahnsteig. In der Ferne kann man schon die Lichter der herannahenden Lokomotive sehen. Diesmal zieht Silke ein paar Münzen aus der Hosentasche und löst am Automaten zwei Tickets.

In unserem Waggon sitzt eine Frau mit weißen Haaren und einer riesigen roten Handtasche. Außerdem ein Mann, der mit offenem Mund schläft und ziemlich laut schnarcht. Wir setzen uns so, dass uns weder die Frau noch der Mann zu Gesicht bekommt, sollte er irgendwann aufwachen.

»Dämmert es dir mittlerweile, wohin wir wollen?«, fragt Silke.

In die Stadt. Und dort? »Anne?«, frage ich vorsichtig.

EXAKT.

»Und dann?«
»Keine Ahnung«, sagt Silke. »Aber ihre Lieder haben mich irgendwo anders hinkatapultiert. Verstehst du? Überhaupt. Wenn ich so eine Schwester hätte, würde ich sie nicht mehr aus den Augen lassen.«
JA.
»Aber hätten wir nicht mit Großmutter und Friedolin reden sollen?«
»Quatsch«, sagt Silke. »Du hast ja gehört, deine Oma hätte Annes Wunsch respektiert. Außerdem hätten sie uns niemals erlaubt, jetzt noch in die Stadt zu fahren.«
»Aber vielleicht wären sie morgen Früh mit uns …«, wende ich ein.
»Und wenn die Band ganz früh losfährt, weil der nächste Auftritt ganz weit weg ist?«
Ja, Silke hat ja Recht.
»Und außerdem macht so eine nächtliche Aktion tierischen Spaß«, grinst Silke.
JA. Vielleicht. Auch wenn ich bei meiner letzten nächtlichen Aktion fast ums Leben gekommen wäre.
Wir haben genau dreieinhalb Stunden Zeit. Dann fährt der erste Zug zurück und wir sind wieder im Bett, ehe Friedolin und Oma aufstehen.
»Und wo sollen wir sie suchen?«
»Weiß ich doch nicht«, gibt Silke zu. »Wir gehen einfach systematisch vor.«

Vom Endbahnhof marschieren wir schnurstracks Richtung ehemalige Fabrik, wo das Konzert stattgefunden hat. Der Vollmond schwebt jetzt knapp über dem Meer und ist viel größer als nach dem Konzert. Vor der Halle hocken ein paar übrig gebliebene Konzertbesucher mit Bierflaschen. Als wir an ihnen vorbeigehen, verstummen sie. Einen von ihnen erkenne ich wieder. Er hat uns die Tickets für das Konzert verkauft. Vielleicht wissen DIE was? Aber Silke findet, von denen gehe eindeutig eine feindselige Stimmung aus. Ja? Aber bevor ich den Kopf auch nur einen Zentimeter bewegen kann, um mich nach ihnen umzusehen: »Nicht umdrehen, einfach weitergehen!« Klingt als würde Silke sich mit solchen Situationen auskennen.
Silke und ich gehen im Gleichschritt weiter. Einer der Typen ruft uns IRGENDWAS nach. Wir tun so, als wäre es nicht für uns bestimmt. Fünf Sekunden später knallt es, etwas schlittert über das Kopfsteinpflaster, zerspringt. Glas. Vermutlich eine Bierflasche.
»Verfolgen sie uns?«, frage ich ängstlich.
»Denke nicht.« Silke wirft einen kurzen Blick über ihre Schulter. »Sie hauen in die andere Richtung ab.«
Jetzt dreh ich mich auch um. Die Typen gehen in einer Reihe, haben einander die Arme auf die Schultern gelegt und grölen irgendwas.

Wir rütteln an der Metalltür, durch die wir vor ein paar Stunden in den Konzertsaal gekommen sind. Verschlossen. Auch alle anderen Türen an dieser Seite des Gebäudes. Dasselbe, nachdem wir um die erste Ecke gegangen sind. Hinter der nächsten Ecke erstreckt sich eine große freie Fläche, bis zum Meer. Auf dem Kies parken ein paar vereinzelte Pkws und in der entferntesten Ecke ein Wohnmobil. KRILL steht in Riesenlettern auf der Längsseite, sodass man sie von da, wo wir stehen, problemlos lesen kann. Silke sieht mich triumphierend an und nickt stumm. Wir überqueren den Parkplatz. Der Kies knirscht unter den Schuhen. Je näher wir unserem Ziel kommen, umso vorsichtiger treten wir auf.

Die Fahrerkabine ist unbesetzt.

Wir umkreisen das Wohnmobil. Nirgends ein Lebenszeichen. Silke überlegt nicht lange und klopft mit der flachen Hand gegen die Seitentür. »Hallo!«

Nach einer Weile rumpelt irgendwas im Inneren, es folgt ein Kratzen an der Tür. »Wer da?«, fragt schließlich eine heisere Stimme. Silke deutet auf sich. Ich soll SIE sprechen lassen. »Ist Anne da?«

»Hast du keinen Schlüssel, verdammt?«, höre ich die Stimme. »Jetzt hast du mich aufgeweckt.«

»Ich bin nicht Anne. Wir SUCHEN Anne!«

Die Tür geht einen Spaltbreit auf. »WAS?« Es ist der Schlagzeuger, total verschlafen und er stinkt nach Alkohol. »Die wohnt hier nicht«, kichert er. »Die wohnt hier nicht! Komisch, oder? Die wohnt hier nicht! Findest du das nicht komisch?«, fragt er und kichert wieder. »Auch nicht ein bisschen?« Der Schlagzeuger streckt uns die Zunge heraus. »Bäääääh! Die wohnt hier nicht!« Er schlägt die Tür zu. Ich mach einen Schritt nach vorn und will mich dagegenstemmen.

»Vergiss es«, sagt Silke. »Aus dem kriegen wir sowieso nichts raus.«

Weder auf dem Hafengelände, wo Friedolin mit Steinar seinen Motor repariert hat, noch bei den Bänken entlang des Uferwegs. Auch nicht auf einem der Stege. NIRGENDWO eine Spur von Anne. Die einzigen Lebewesen, außer Silke und mir, sind ein Haufen Möwen. Sie sitzen auf Holzpflöcken, die aus dem Wasser ragen, jeweils zwei bis drei Möwen, dicht aneinandergedrängt.
Ich halte es für sinnlos, hier weiter herumzulaufen.
Silke schaut auf die Uhr. Es ist halb zwei. Also noch knapp drei Stunden, bis wir wieder am Bahnhof sein müssen.
Ich würde trotzdem lieber in der Nähe des Tourneebusses auf sie warten.
ABER als wir um eine Ecke biegen –
»Komm mit!«
WAS?
»Da vorn, du blindes Huhn!«
Die blaue Jacht. Vor ein paar Tagen, als Silke SCHUSSBEREIT darauf gewartet hatte, dass ein Hollywoodschauspieler an Deck erscheint, lag die Jacht wie tot da. JETZT ist hinter allen Fenstern Licht. Musik schallt herüber. Und plötzlich fällt mir ein, was der dicke Barmann mit den Tattoos gesagt hat. Die Party im Hafen.
»Warum hast du das nicht gleich …?«
Vergessen.
Silke verdreht die Augen.
Sollen wir wirklich?
JA! Natürlich!

Von der kleinen Plattform am Heck der Jacht aus führt eine schmale Leiter ins Wasser hinunter. Rechts gelangt man durch einen Kettenvorhang aus bunten Glassteinen ins Innere. Gerade als Silke dort durchschlüpfen will, drängeln zwei ältere, ziemlich grell geschminkte Frauen mit Sektgläsern heraus. Das fängt ja gut an. Aber anstatt wissen zu wollen, was wir hier verloren haben, halten sie uns lediglich wortlos ihre Gläser hin, als wären wir so was wie Kellner.

»Nehmen«, flüstert Silke.

Mit den Gläsern in der Hand schlüpfen wir durch den leise klimpernden Vorhang. Die Treppe dahinter geht steil nach oben. Ohne zu zögern, geht Silke voraus.

»Siehst du was?«, flüstere ich, aber Silke verschwindet im selben Augenblick aus meinem Blickfeld.

Ich klettere hinter ihr her.

Die Stimmen, das Lachen und die Musik werden lauter. Oben angekommen, befinde ich mich mitten in einem rundum verglasten Raum. Auf zwei weißen Ledersofas sitzen ein paar Leute, quatschen miteinander, telefonieren oder starren einfach in die Luft.

Draußen, unter freiem Himmel, steht ein langer Tisch mit einer Menge Essen. Silke geht schnurstracks zum Büfett und angelt sich einen Muffin. Der Kellner neben dem Tisch streckt mir, ohne die Miene zu verziehen, das Tablett mit vollen und leeren Gläsern entgegen. Ich stelle das leere Sektglas, das ich am Perlenvorhang entgegengenommen habe, ab und nehme mir eine Cola. Dann sehe ich mich um.

Auf dem Dach des Glaskastens steht ein DJ hinter seinem Pult.

Mit fetten Kopfhörern auf den Ohren bewegt er sich im Takt der Musik. Immer, wenn er mit seinem rechten Zeigefinger die Platte für einen Augenblick berührt, wird das gleichmäßige Wummern zu einem scheußlichen Quietschen.

»Denkst du echt, wir finden Anne HIER? Hier sieht niemand so aus wie Anne und Eric oder sonst jemand auf der Bühne oder im Zuschauerraum.«

Silke zuckt mit den Achseln. »Trotzdem. Der Barmann hat es doch gesagt, oder?«

»Ja«, gebe ich zu.

»Dann schauen wir uns ein wenig um«, schlägt Silke vor. »Wir treffen uns in fünfzehn Minuten wieder hier am Buffet.«

»Können wir nicht zusammen?« Mir ist nicht ganz wohl bei der Vorstellung, hier ALLEIN herumzuschnüffeln.

»Wer weiß, wie lange es dauert, bis jemand draufkommt, dass wir nicht hierhergehören?«, flüstert Silke. »Also los! Du bleibst hier oben und ich schau mich unter Deck um. Und benimm dich nicht zu auffällig, bleib noch ein wenig hier stehen, sieh dich einfach ein bisschen um …«

»Kapiert«, sage ich.

Ohne weiteren Kommentar verschwindet Silke durch den Glaskasten und die Treppe hinunter, die wir vorhin heraufgekommen sind, in den Bauch des Schiffes.

Ich schlendere so gemächlich wie möglich zur Reling hinüber und von da langsam bis zum Schiffsbug vor. Keine Ahnung, ob das echt oder gespielt aussieht. Ich mache mir darüber keine weiteren Gedanken. Und die Position ist gut. Von hier habe ich

das ganze vordere Deck im Blick. Den DJ. Die Leute im Glaskasten. Das Buffet. Insgesamt etwa zehn Personen.
Zwei Männer in weißen Anzügen nähern sich dem Kellner und greifen nach Gläsern. In ein Gespräch vertieft schlendern sie Richtung Brücke, bis ich sie plötzlich nicht mehr sehen kann. Offenbar muss DORT auch noch IRGENDWAS sein.
Aber bevor ich ihnen nachgehe, dreh ich mich mit einem gelangweilten Blick um und verfolge mit den Augen das Seil, bis zur Kaimauer, wo die Jacht vertäut ist, als hätte ich nichts Besseres zu tun. Ich zähle bis zwanzig, erst dann gehe ich denselben Weg, den die beiden Männer gegangen sind. Möglichst lässig. Über mir der DJ, der gerade wieder die Musik quietschen lässt –
»He! Warte!«
Für einen Augenblick bleibt mir das Herz stehen. Ist das der Kellner, dem ich schon die ganze Zeit verdächtig war und der nur darauf gewartet hat, dass ich ihm den Rücken zukehre?
»Warte doch!« Nein, das war keine Männerstimme. Folglich kann das NICHT der Kellner sein, analysiere ich. Ich dreh mich vorsichtig um –
Silke.
Shit.
»Ist schon eine Viertelstunde um?«, frage ich möglichst cool, obwohl ich gerade für eine Zehntelsekunde ziemlich in Panik gewesen bin.
»Nein, aber ich hab was.«
»Was?«
»Eric.«
»Auf dem Schiff?«

»Unten. In einer Kabine.«
»Und Anne?«
»Nur er«, sagt sie. Sie zögert.
WAS?
»Na ja«, druckst sie ein wenig herum.
WAS?
»Die rothaarige Keyboarderin. Halb nackt.«
»Und Anne?«
»Keine Ahnung. Die beiden schlafen. Ich hab sie geschüttelt, aber sie waren nicht wach zu kriegen.«
Und Anne?
»Unten ist sie jedenfalls nirgends«, sagt Silke. »Hast du hier oben alles gecheckt?«
»Komm mit!«, sage ich, obwohl mir die ganze Sache immer weniger geheuer ist und ich eigentlich die Jacht lieber wieder verlassen würde.

Hinter der Brücke erstreckt sich ein zweites Deck. Hier ist die Musik viel leiser. Im Boden ist ein Whirlpool eingelassen, der von innen beleuchtet ist. »Cool«, findet Silke.
Die beiden Männer stehen jetzt mit zwei Frauen zusammen, unterhalten sich und lachen. Ich erkläre Silke, dass ich die beiden erst am Buffet gesehen habe und ihnen dann mit sicherem Abstand gefolgt bin. Silke nickt, als hätte sie das genauso gemacht. Im Wasser liegen fünf oder sechs Personen. Alle nackt, glaube ich, aber man sieht das nicht so genau. Sicher hingegen ist, dass keine von ihnen Anne ist.
»Scheiße«, entfährt es mir, weil –

»WAS?«
In meiner Hosentasche vibriert mein Handy und kurz darauf, wie erwartet, piepst es ultralaut. Verdammt! Aber wer schreibt mir auch um weit nach Mitternacht eine SMS?
Auch schon egal. Denn plötzlich schauen alle im Pool zu uns herüber. Auch alle anderen. Alle, die sich auf dem Hinterdeck befinden, sind durch diesen verfluchten SMS-Ton auf uns aufmerksam geworden.
»Lass uns lieber gehen«, sage ich leise.
»Nein!«, zischt Silke.
Da kommt auch schon einer der beiden Männer direkt auf uns zu. Er grinst, schaut kurz über uns hinweg und schnippt mit den Fingern. Ich dreh mich um. Der Kellner mit einem vollen Tablett kommt zu uns herüber. Aber ganz sicher nicht, um uns etwas zu trinken anzubieten.
»Seid ihr eingeladen?«
Als ich mich wieder zurückdrehe, ist dieses komische Grinsen immer noch auf dem Gesicht des Mannes. Wir starren ihn nur an.
»Hat es euch die Sprache verschlagen?«
Ich warte, dass Silke WAS sagt.
»Ich mag das nicht, wenn sich mitten in der Nacht Kinder auf meinem Schiff herumtreiben. Aber …« Der Mann grinst immer weiter und fixiert dabei die Brücke. Im selben Augenblick fängt das Schiff zu zittern an.
»Na«, sagt der Mann und legt die rechte Hand auf meine Schulter, »wir werden ja jetzt ein wenig Zeit haben, uns zu unterhalten. Und wenn sich herausstellt, dass ihr blinde Passagiere seid,

hängen wir euch einen Stein um den Hals und versenken euch im Meer.« Er lacht schallend. Aber nicht laut genug, um den stockenden Motorenlärm zu übertönen. Das Lachen, der Motor und das, was der Mann eben gesagt hat, kann nur heißen: DAS SCHIFF LEGT AB. Und das muss auch Silke klar sein. Aber Silke starrt immer noch den Mann an.
Ein paar Leute sind an die Reling gegangen und schauen zum schäumenden Wasser hinunter. Und dann bewegt sich das Schiff, langsam und rückwärts und WEG vom Ufer.
»LOOOS!!!«, schreie ich wie ein Verrückter. »Das Schiff legt ab!!!!«
Und ich mache einen Schritt zurück, dreh mich um, stoße mit dem Ellenbogen den Kellner in die Seite, dass er gegen die Reling taumelt. Das Tablett kippt ihm von der Hand und geht mitsamt den Gläsern über Bord. ICH jage ums Eck, durchs Glashaus, an dämlich glotzenden Gesichtern vorbei, die Treppe hinunter. Keine Ahnung, ob Silke hinter mir ist. Eine, zwei, drei, vier Stufen mit sicherem Tritt abwärts, aber dann, von der vorletzten rutsche ich ab, meine Fersen knallen auf die letzte, rutschen weiter ab, landen auf dem nassen Boden, ich schlittere einen halben Meter weit, verliere das Gleichgewicht, segle eine Millisekunde durch die Luft und lande auf dem Hintern. AUA! Eine Sekunde später fällt WAS auf mich. JEMAND.
Silke.
Sie ist also da.
Gut.
»Komm!«
– und wir rappeln uns auf.

Durch den Perlenvorhang, dann sind wir wieder auf der kleinen Plattform, die wir vom Steg aus über die Brücke betreten haben. Die Brücke zum Ufer ist verschwunden. Zwei dicke Querstangen verriegeln jetzt den Ausgang. Die Schiffsschraube spritzt das schäumende Wasser bis zu uns herauf. Die Jacht schert langsam nach rechts aus. Von dort, wo wir stehen, ist der Abstand zum Ufer mittlerweile gute drei Meter. Viel zu weit für einen großen Schritt oder Sprung ans sichere Land. Trotzdem klettere ich über den oberen der beiden Stäbe auf die andere Seite, wo grade noch Platz zum Stehen ist, nehme mein Handy aus der Tasche, halte es am ausgestreckten Arm in die Höhe –

»Willst du …?«, fragt Silke ungläubig.

»Fällt dir was Besseres ein?« Aber ich habe es ohnehin schon längst entschieden. Ich lasse mich ins Wasser fallen.

Silke und ich stehen klatschnass und zähneklappernd am Ufer. Die Jacht hat sich gedreht und steuert jetzt mit dem Bug voraus in Richtung Hafenausfahrt zum offenen Wasser hin. Mehrere Partygäste sehen zu uns herüber und applaudieren uns lachend. Darunter der Mann in dem weißen Anzug, der mit uns gesprochen hat.

Okay. Und jetzt?

Zurück zum Tourbus. Und wie immer, wenn Silke eine Idee hat, marschiert sie sofort los.

»Warte einen Augenblick!«, rufe ich ihr nach.

»Was denn?«

Ich öffne mein SMS-Programm. Die Nachricht um 2 Uhr 24 kam von Chris. WAS WILL DENN DER? Wir hatten seit unserer letz-

ten Begegnung keinerlei Kontakt, und dann schickt er eine SMS um diese Uhrzeit …? WAS SOLL DAS?
»Was ist?«
»Nichts!« Ohne die SMS zu lesen, schiebe ich das Handy zurück in meine Tasche. Es gibt gerade andere, wichtigere Dinge.
Zum Beispiel TROCKENE SACHEN.
Zum Beispiel ANNE.

Anne hockt mit dem Rücken zu uns auf dem Boden, die Gitarrenzwillinge in der offenen Seitentür des Tourneebusses. Sie rauchen und starren düster vor sich hin. Der Schlagzeuger hämmert auf dem Autoblech mit seinen Handflächen irgendeinen gleichmäßigen Rhythmus. Die Wirkung von dem, was er genommen hat, scheint nachgelassen zu haben. »Da kommt jemand«, sagt er und nickt in unsere Richtung.
Anne dreht sich abrupt zu uns um. Sie hat erstens jemand andres erwartet, vermutlich Eric. Zweitens, wenn schon nicht Eric, dann schon gar nicht uns. Drittens scheint es sie trotzdem nicht im Geringsten zu überraschen, dass ihr Bruder plus Begleitung tropfnass und frierend auf sie zukommen.
»Schwimmen gewesen?«, ist alles was sie sagt.
»Hast du was Trockenes?«, fragt Silke genauso knapp.
Ohne wissen zu wollen, WIE und WAS, steht Anne auf. Wir sollen mit ihr kommen.
Sie drängt sich zwischen den Zwillingen durch und steigt in den Bus. Wir folgen ihr. Im Bus ist kaum Licht. Und es riecht komisch. Ein wenig wie in Chris' Zimmer. Es herrscht auch ein ähnliches Chaos. Auf einer Bank neben der Tür liegen ein paar Hand-

tücher. Wir sollen uns welche nehmen. Sie wühlt sich weiter in den Bus vor und wirft uns schließlich zwei T-Shirts mit KRILL-Aufdruck herüber. Aus einem Klamottenberg zieht sie zwei Hosen. »Sind nicht gewaschen, aber das dürfte euch nicht stören.« Sie lässt sie vor uns fallen und springt zurück ins Freie.

Wir ziehen die Gürtel aus unseren nassen Hosen, fädeln sie in die neuen ein und krempeln die Beine um. Die nassen Sachen stopfen wir in einen Plastiksack. So klettern wir zurück auf den Parkplatz. Zuerst Silke. Sie trägt die Hose mit dem Totenkopf, die Anne anhatte, als sie das letzte Mal in der U-Siedlung war. Der Schlagzeuger grinst. »Ihr seht wie Clowns aus!« Wahrscheinlich hat er Recht.

Einer der Gitarristen spielt mit seinem Handy. »Er geht nicht ran«, sagt er ungeduldig. »Und eigentlich müssten wir JETZT los. Es sind über achthundert Kilometer. Und davon ist nicht einmal die Hälfte Autobahn. Und verdammt …«

»Er schläft«, mischt sich Silke ein. »Wenn du den Sänger meinst.«

»Und WO?«, fragt die Gitarre.

»Auf dem Schiff.«

»Ich dachte, ihr seid runter von dem Schiff«, blafft der Schlagzeuger Richtung Anne.

»Weil du nicht zuhörst!«, keift Anne zurück. »ICH bin runter von dem Schiff, weil wir gestritten haben. Aber ER hat mit der ganzen Scheiße angefangen, ICH kann also nichts …«

»Geschenkt!« Die andere Gitarre dreht sich zu seinem Bruder. »Wir holen ihn dort ab. Und wenn er zugedröhnt ist, schmeißen wir ihn ins Wasser.«

»Geht nicht«, sage ich.
»Natürlich geht das, little brother!« Anne muss ihnen mittlerweile erklärt haben, wer ich bin.
»Geht nicht, weil das Schiff abgelegt hat.«
»Abgelegt?« Anne springt auf.
Silke zeigt auf einen dunklen Fleck, der draußen auf dem Wasser im fahlen Mondschein langsam quer durchs Bild zieht. »Und euer Sänger schläft dort in einer der Kabinen.« Von der Rothaarigen sagt Silke nichts. Aber irgendwie ist trotzdem klar, dass alle davon ausgehen, dort, wo der Sänger ist, ist auch die Rothaarige. Schließlich können sie auch nicht ohne sie losfahren.
»Wart ihr auch auf dem Schiff?«, fragt Anne plötzlich, als würde ihr das erst jetzt klar werden.
»Wüssten wir es sonst?«
»Ich fass es nicht«, schreit Anne, »dass dieser Idiot einfach einpennt! Wer weiß, vielleicht fahren die jetzt nach Grönland ...«
»Quatsch nicht blöd«, sagt eine Gitarre. »Wir gehen mal zum Hafen. Vielleicht kriegen wir was raus.«
»Und von wem, bitte schön?«, fragt der Schlagzeuger.
»Egal. Vielleicht kann jemand die anfunken oder was weiß ich.«
»Ich komm mit«, sagt Anne.
»Du bleibst hier!«, bestimmt die Gitarre. »Ohne dein Herumgezicke wäre das vermutlich alles nicht passiert.« Und er zieht mit seinem Bruder los.
»Was soll der Scheiß? Mein Herumgezicke?«, schreit Anne ihm nach. »ICH bin diejenige, die auf Eric aufpasst. Habt ihr das noch nicht mitgekriegt?«
Die Brüder latschen einfach weiter. Anne gräbt die Hände in die

Hosentaschen und presst die Lippen fest aufeinander. Dann faucht sie: »Scheiße!«

»Na ja«, sagt der Schlagzeuger nur.

»Scheiße«, sagt Anne nochmals. Und sie marschiert auch los, nicht den Brüdern hinterher, sondern in eine komplett andere Richtung.

Anne überquert den Parkplatz, der an einem Wall aus riesigen Steinen endet. Dahinter liegt das Meer. Sie klettert auf den Wall. Oben angekommen bleibt sie kurz stehen, dann verschwindet sie auf der anderen Seite. Silke und ich stoppen unsere Verfolgung zum ersten Mal dort, wo auch Anne angehalten hat. Sie hockt nah am Wasser, steckt sich gerade eine Zigarette an und bläst den Rauch in die Nachtluft. Ich habe Anne noch nie rauchen gesehen. Langsam steigen wir zu ihr hinunter.

Was sagt man zu seiner Schwester, die plötzlich auf der Bühne steht, die hunderte Zuhörer in ihren Bann zieht, der die Leute zujubeln, und die gerade Stress mit denen hat, mit denen sie –

»DU WARST COOL!«

Anne nickt geistesabwesend. »Sind Mama und Papa auch bei Oma im Bahnhof?« Interessiert sie eindeutig mehr.

»Nein.«

»Du bist ALLEIN bei Oma?«, fragt sie mit einem erstaunten Blick über die Schulter. »Das haben unsere Eltern erlaubt?«

Anne zieht zweimal kurz hintereinander an ihrer Zigarette und lässt den Stummel in einer Spalte zwischen den Steinen verschwinden.

Wir setzen uns zu ihr. Mit den kurzen Haaren und schwarzen

Klamotten sieht meine Schwester anders aus, fremd. Trotzdem ist sie, wie ich sie kenne. Ein wenig hektisch, ein wenig nervös, nie lange Sätze.
»Du warst so toll. So cool. Mega. Wir wollten dich …«, sage ich. Anne legt ihre Stirn in Falten. Und ich höre auf, komisches Zeug zu reden. Sie zündet sich erneut eine Zigarette an und fragt, ob ich auch will. Ich schüttle den Kopf. Silke nimmt eine. Anne gibt ihr Feuer. So wie Silke raucht, ist das sicher nicht ihre erste. Anne mustert sie mit hochgezogenen Augenbrauen. »Kenn ich die?«
Ich erkläre, wer Silke ist und dass sie vor drei Jahren, als Anne zum letzten Mal Familienurlaub gemacht hat, auch im Bahnhof war. Mit ihren Eltern, sage ich nicht, weil ich fürchte, das könnte Silke verletzen. Anne schaut aufs Wasser. Keine Ahnung, ob sie sich erinnert. Ihre Gedanken sind schon wieder ganz woanders. Bei der Jacht, bei Eric, was weiß ich.
Silke hat Anne die ganze Zeit einfach nur angesehen. Ernst und aufmerksam, als würde sie ein Geheimnis erforschen wollen. Oder als würde sie allein ihre Nähe genießen. Ihre Zigarette hat sie vergessen; nachdem sie zwei Züge genommen hat, verglimmt sie jetzt zwischen ihren Fingern.
»Pass auf!«, sagt Anne plötzlich. »Du verbrennst dich.«
Silke zuckt zusammen. Und zum ersten Mal sehe ich, dass Silke Blut ins Gesicht schießt. Dann steht sie auf und macht zwei Schritte auf Anne zu. Meine Schwester schaut überrascht zu ihr hoch. »Was?«
Silke hat ein seltsames Leuchten in den Augen.
»Was willst du?«, fragt Anne nochmals und erhebt sich.

Wellen klatschen gegen die Steine. Ein paar Möwen, die auf Holzpflöcken sitzen, schlagen mit den Flügeln. Von ganz weit weg hört man immer noch das Autoblechtrommeln des Schlagzeugers.

»Was wollt ihr eigentlich von mir?«, fragt Anne jetzt auch mich. Sie klingt genervt.

Sagt wer was –?

–

–

Anne dreht ruckartig den Kopf zur Seite. »Anne?« Sie schüttelt den Kopf. Ich soll sie in Ruhe lassen. Und dann rinnen Tränen aus ihren Augen. Große, glänzende Tränen. Sie laufen über ihre Wangen und sammeln sich am Kinn. Ob Silke sie auch sieht, weiß ich nicht. Sie steht immer noch so da. Mit hängenden Armen. Und ich denke an den Song, den meine große Schwester gesungen hat. AND SOMETHING HAPPENED AND CHANGED EVERYTHING.

Es passiert gerade jetzt.

Etwas ändert sich.

Und es passiert innen.

In Silke.

In Anne.

In mir.

Jeder von uns hat seine eigenen Gedanken.

Jeder ist für den anderen unerreichbar.

Jeder ist für sich allein.

Und mir ist klar, im Augenblick ist NICHTS daran zu ändern.

»Da ist sie wieder!«, sagt Silke plötzlich, und die Stimmung, die uns gerade wie eine Seifenblase eingehüllt hat, zerplatzt.
Tatsächlich passiert die dunkelblaue Jacht gerade die Hafeneinfahrt. Und schon springt Anne von einem Stein zum nächsten, immer weiter, Richtung Hafen, wo die Jacht anlegen wird. Und mir bleibt nichts anderes übrig, als meiner coolen SÄNGERIN-Schwester nachzusehen. Meiner Schwester, die nicht werden will wie meine Eltern, die eine neue Handynummer hat, die mit der tollen Stimme und den traurigen Songs.
Ich sehe ihr nach, wie sie im Mondschein über die Steine hüpft. Wie sie zu dem Mann hüpft, den sie am meisten liebt, wie sie auf der Bühne gesagt hat.
»Shit«, flucht Silke plötzlich. Und sie meint vermutlich DAS ALLES IRGENDWIE.

Zum zweiten Mal in dieser Nacht erwischen wir den Zug gerade noch rechtzeitig. Diesmal rollt er sogar schon an, als wir schreiend und winkend auf den Bahnsteig laufen. Aber der Zug hält tatsächlich nochmals extra für uns.
Komplett außer Atem lasse ich mich auf den erstbesten Sitz fallen. Silke setzt sich neben mich, schlüpft aus ihren Schuhen und legt ihre Füße auf den gegenüberliegenden Sitz. Sie sieht ziemlich erledigt aus. Aber auch enttäuscht und irgendwie traurig.
Kaum haben wir die Stadt hinter uns gelassen, sieht man landeinwärts über eine flache Gegend, die sehr weit hinten in sanfte Hügel übergeht. Dort kriecht gerade die Sonne hervor. Lieber wäre mir, es bliebe noch ein wenig Nacht. Dunkel. Also schließe ich die Augen und lausche auf das Rattern der Räder unter

unseren Sitzen. Nach einer Weile spüre ich Silkes Kopf auf meine Schulter sinken. Ich rieche ihre Haare, die nach Lavendel duften. Und ich rieche, dass sie geraucht hat. Vorsichtig blinzle ich. Ich will sie nämlich nicht nur riechen, ich will sie auch sehen. Silkes Mund ist leicht offen, ihre Lippen zucken ein wenig und sie atmet gleichmäßig.

Nachdem ich sie eine Weile betrachtet habe, fische ich mit der Linken mein Handy aus der rechten Hosentasche und lese die letzte eingetroffene Nachricht –

ICH WEISS, WER DER TYP AUF DEM FOTO IST.

Aber auf dem Foto war doch nichts zu erkennen! Woher will Chris das also wissen? Und wenn Chris es WIRKLICH weiß, warum denkt er, dass ich es auch wissen will? Und überhaupt, ich wollte doch nicht mehr an die ganze Scheiße denken –

»Was für ein Foto?«

Schnell schiebe ich mein Handy zurück in die Hosentasche. »Das ist so ein Spiel, das Chris und ich machen«, behaupte ich.

»Was für ein Spiel?«

»Ein bescheuertes Spiel. Wir schicken uns Sätze. Und so entsteht eine Geschichte.«

»Worum geht es in der Geschichte?«, fragt Silke müde.

»Um nichts!«

»Aha«, sagt sie gleichgültig. Aber dann setzt sie sich auf und fasst meine Rechte. »Warum hast du dann so feuchte Hände?«

Ihre ist kühl und weich und beruhigend. Trotzdem will ich meine Hand wegziehen. Aber Silke hält sie fest. »Das Foto aus deinem Traum, oder?«

»Die MEERESLUFT«, sage ich, als wir kurz vor Mittag den Wartesaal betreten. Oma schmunzelt. Sie hat ja selbst vor ein paar Tagen mein langes Schlafen damit entschuldigt. Aber Friedolin sagt, er müsse mit uns reden. Shit. Wissen Oma und Friedolin, dass DIE MEERESLUFT nicht die Wahrheit ist? Haben sie von unserem Ausflug erfahren, weil jemand vom Schiff angerufen hat, der wusste, woher wir kamen? Vielleicht hat uns Steinar, der mit Friedolin den Bootsmotor repariert hat, am Hafen gesehen? Auch Silke ist ein wenig blass geworden.
Aber ich verfolge die falsche Spur, und irgendwie ist das, was Friedolin sagt, noch schlimmer, als ich gedacht habe. »Als ihr geschlafen habt, hat Silkes Vater angerufen.« Ursprünglich wollte er Silke hier abholen und für ein paar Tage mit ihr gemeinsam die Küste entlangfahren. »Aber jetzt ist eine Dienstreise dazwischengekommen, und …«
Exakt bis HIERHER hört Silke sich den Bericht ihres Großvaters an. »Scheiße!«, brüllt sie, springt vom Tisch auf und stürmt die Treppe hinauf.

Als ich zehn Minuten später in Mamas ehemaliges Kinderzimmer komme, liegt Silke heulend auf ihrem Bett.
»He!«
Keine Reaktion.
»Es gibt ein Problem …«, fange ich an.
»ES GIBT NICHT EIN PROBLEM, ES GIBT TAUSEND PROBLEME!«, schreit Silke. »Und jetzt hau ab! Ich will allein sein!«
Aber ich lasse mich nicht einschüchtern.
»Oma und Friedolin fahren auch weg. Du kannst also nicht hier-

bleiben«, erkläre ich so ruhig wie möglich. »Das ist das Problem. Und zu deiner Mutter magst du nicht, oder?«

»SAG ICH JA!«, schluchzt Silke. »Tausend Probleme! Warum glaubt mir denn nie irgendwer?«

»Aber ich habe eine Lösung«, rede ich weiter.

UND ZWAR?

»Du könntest mit zu mir kommen.«

Es dauert eine Weile, bis sich Silke vom Bauch auf den Rücken dreht und mich mit ihren verheulten Augen ansieht. »Ja?«

»Willst du?«

Sie zuckt mit den Schultern. »Ja. Warum nicht? Erlauben das deine Eltern denn?«

Ich habe bereits mit meinen Eltern gesprochen. Sie sind einverstanden. Meine Mutter fand es eine großartige Idee. Silkes Vater auch. Das hat Friedolin geklärt –

»Okay.« Silke nickt. »Danke.«

»Ich habe meiner Mutter auch gesagt, dass du Vegetarierin bist, damit sie …«

»Okay.« Und der Anflug eines Lächelns, das umgehend mein Herz schneller klopfen lässt, taucht auf ihrem Gesicht auf. »Aber jetzt geh bitte wieder. Ich mag nicht, dass du mich so siehst.«

»Aber sieht doch süß aus«, sage ich so schnell, dass ich nicht sicher bin, ob Silke es überhaupt verstanden hat.

Ich flitze durch die Tür und die Treppe hinunter, reiße die Tür zum Wartesaal kurz auf: »Alles geklärt!« Ich laufe weiter nach draußen, aus dem Bahnhof hinaus zum Bahnsteig. Ich setze mich auf die Wartebank, warte, bis der nächste Zug kommt, und sehe den Leuten zu, wie sie ein- und aussteigen. Der Zug fährt

wieder an, nimmt die, die gewartet haben, mit, und die Leute, die ausgestiegen sind, gehen ihrer Wege. Dann bin ich allein am Bahnsteig. Aber schon trudeln neue Reisende ein. Irgendwann kommt auch der nächste Zug. Und so weiter.
Warum ich hier sitze und einen Zug nach dem anderen abwarte? Keine Ahnung. Aber muss immer alles einen bestimmten Grund haben? Kann man nicht einfach mal etwas OHNE GRUND tun? Einfach so. Einfach, weil man über nichts Bestimmtes nachdenken will? Weil man keine Fragen stellen und keine Antworten suchen will? Weil man einfach nur dasitzen will?

–

–

Aber dann habe ich doch eine Frage: Soll ich Chris auf seine SMS antworten?

–

–

–

–

–

Und noch eine zweite, die mich viel mehr beschäftigt als die erste: Hat dieses komische Gefühl in meinem Magen IRGENDWAS mit Silke zu tun?

Als Friedolin jung war, ist er ein Jahr lang durch Afrika gereist. Im Anschluss hat er seine Erlebnisse veröffentlicht. Silke hört heute zum ersten Mal von diesem Buch und will es unbedingt lesen.

Wir radeln zum Strand, liegen herum, kühlen uns im Meer ab oder schwimmen zum Sprungfelsen hinaus.

Später beobachte ich auf dem Rücken liegend die Möwen, wie sie sich mit ein paar wenigen Flügelschlägen in die Luft erheben und WIE LANGE sie da, ohne einen weiteren Schlag, segeln. Wie sie in unserer Nähe auf den Felsplatten landen und wie sie auf der Suche nach Schnecken und Muscheln ihre Schnäbel in die Spalten schieben.

Ich vergleiche die lebenden Tiere mit den Abbildungen in dem Vogelbuch, das Oma bei der Suche nach Friedolins Reisebericht in die Hände fiel. Sie hat es mir eigentlich mitgegeben, um es Björn zurückzubringen, von dem sie es sich vor Jahren ausgeliehen hat. Sie hat keine Ahnung, ob er sich überhaupt noch daran erinnert.

Das Kapitel MÖWEN umfasst fast dreißig Seiten. Die vielen verschiedenen Möwenarten unterscheiden sich allerdings oft nur durch Kleinigkeiten: Anders eingefärbte Flügelspitzen. Ein etwas mehr oder weniger gekrümmter Schnabel. Ob die Beinchen braun, rot oder schwarz sind. Und ich entdecke LACHMÖWEN, STURMMÖWEN, SILBERMÖWEN, HERINGSMÖWEN und SCHWARZKOPFMÖWEN.

»Ist es spannend?«, frage ich mit Blick auf Silke, deren Augen so schnell über die Zeilen von Friedolins Buch fliegen, dass ich nichts davon behalten könnte, würde ICH so schnell lesen. Was Silke liest, bannt sie in einer anderen Welt. »Ob es spannend ist.«
»Mhm.« Ohne ihre Lektüre zu unterbrechen, dreht sich Silke vom Rücken auf den Bauch.
Ich klappe das Vogelbuch zu.
Silke ist toll, hat Oma gesagt, als sie wütend war, weil Björn und ich Fische getötet haben.
JA. Ist sie.
Aber was unterscheidet Silke eigentlich von anderen Mädchen? Beispielsweise von den Mädchen aus meiner Klasse? Ist sie schöner? Witziger? Intelligenter? Abenteuerlustiger? Wäre eine von denen auf die Idee gekommen, mit dem letzten Zug in die Stadt zu fahren? Habe ich ein Mädchen aus meiner Klasse jemals so wütend gesehen? Ist eine von ihnen Vegetarierin?
Eigentlich kenne ich die Mädchen aus meiner Klasse kaum. Ich habe mich bisher nie wirklich für sie interessiert. Mal abgesehen von meiner Sitznachbarin, wenn ich den Test bei Norbert Jobst vergessen habe und darauf hoffe, etwas von dem entziffern zu können, was sie aufs Papier kritzelt.
Ich beobachte, WIE Silke langsam mit dem rechten Finger zwischen zwei Seiten fährt, die eine noch zu Ende liest, dann rasch

umschlägt. Obwohl DAS jeder so machen würde, kommt es mir bei Silke BESONDERS vor. Und dann nimmt sie auch noch ihre Augen von den Zeilen, wirft mir einen kurzen Blick zu und lächelt. Nein, Silke hat es nicht verdient, mit irgendjemandem aus meiner Klasse verglichen zu werden, und schon gar nicht mit der, die nie einen Test vergisst und den Stift beim Schreiben niemals absetzt.

Silke ist ANDERS. Sie ist ein wenig VERRÜCKT. MUTIG. COOL. Und wenn sie vom Sprungfelsen einen Kopfsprung macht, spritzt beim Eintauchen kaum Wasser auf.

Seit unserem nächtlichen Ausflug unterscheidet sich Silke allerdings auch von DER Silke, die mir in den ersten Tagen begegnet ist. Nicht körperlich, wie DIE Silke, die mich am Bahnsteig erwartet hat, von DER Silke, die ich in Erinnerung hatte. Vielmehr ist ihr Blick nicht mehr so oft abwesend. Es kommen auch keine launischen Kommentare mehr aus ihrem Mund. Und sie bewegt sich auf eine seltsame Weise scheu. Obwohl ich nicht genau verstehe, WAS passiert ist, aber das, was passiert ist, macht sie NOCH BESONDERER.

Hinter Björns Haus, wo sich fünf oder sechs ausrangierte Boote stapeln, heult plötzlich eine Motorsäge auf. Früher lag auch Friedolins Boot dort als Wrack, bis Björn es neu aufgebaut hat. Jeden Sommer macht er zwei oder drei alte Boote wieder seetüchtig, um sie zu verkaufen und mit den Einnahmen den Winter über auszukommen. Papa hat einmal gesagt, so eine Art zu leben könnte ihm auch gefallen. Ein einsames Haus am Meer, alte Dinge reparieren, mit wenig Geld auskommen.

Als unsere Großeltern nachmittags vorbeikommen, hat Silke bereits das halbe Buch ausgelesen. Ob Friedolin tatsächlich alles erlebt habe, was er aufgeschrieben hat, will sie wissen. Friedolin lacht. »Nicht alles GENAU SO. Manche Dinge habe ich etwas zugespitzt.«
»Zugespitzt?«
»Ich habe sie etwas dramatischer geschildert, als sie wirklich waren«, erklärt Friedolin.
»Das tut er gern«, lacht Oma.
Stimmt. Auch als er beim Fischessen von dem geplanten Autobahnbau sprach, kam mir manches übertrieben vor.
»Wie du von Soldaten gekidnappt wirst und anschließend von Ureinwohnern befreit?«, fragt Silke. »Ist das tatsächlich passiert?«
»Es war eine brenzlige Situation«, bestätigt Friedolin. Aber es handelte sich nur um eine Verwechslung, wie sich später herausstellte. Und er wurde freigelassen.
»Und die Befreiung?«
Na ja, gibt Friedolin zu. »Nicht genau wie es im Buch …«
»Dann ist vieles gelogen, was da steht?«, fragt Silke entrüstet.
»Nein«, beruhigt Friedolin sie. »Im Kern ist es wahr. Manches von dem, was in dem Buch beschrieben ist, ist erfunden. Aber nicht, was ich ERLEBT habe.«
Silke versteht nicht, was er damit meint. Und ich eigentlich auch nicht.
»Es könnte so stattgefunden haben«, erklärt er. »Entscheidend ist, dass der Leser kapiert, was ich in der Situation gefühlt habe. Angst. Erleichterung. Glück.«

»Aber es hat so nicht stattgefunden?«, hakt Silke nach.
»Wie gesagt, nicht GENAU SO.«
Silke findet, ein Reisebericht sollte Dinge so erzählen, wie sie tatsächlich passiert sind. Und wenn das, was man erlebt hat, nicht aufregend genug ist, sollte man kein Buch schreiben. Friedolin sieht das anders. Aber Silke will nicht mehr darüber sprechen.

Ehe wir in den Bahnhof zurückkehren, schwimmen wir ein letztes Mal an diesem Tag zum Sprungfelsen hinaus. Silke springt zuerst in die Fluten und gleitet eine Weile unter Wasser dahin. Unter der Wasseroberfläche verzerrt sich ihr Körper und es sieht so aus, als würde er seine Umrisse verlieren. Dann schießt sie plötzlich hoch, schnappt nach Luft und dreht sich nach mir um.
»Nicht schauen, springen!«, ruft sie mir zu, dreht sich weg und krault Richtung Ufer.

Wir radeln um die Wette zum Bahnhof. Binnen Kurzem trocknet der Fahrtwind Silkes nasse Haare. Am liebsten würde ich wieder daran riechen, wie im Zug, als die Sonne aufging und Silke ihren Kopf auf meine Schulter gelegt hat. Stattdessen habe ich den Lenker fest im Griff und trete wie ein Wilder in die Pedale. Schließlich fahren wir gleichauf. Aber kurz vorm Bahnhof geht mir die Puste aus, und Silke gewinnt um eine Radlänge. Schwer atmend stehen wir eine Weile mit unseren Rädern zwischen den Beinen da.
»Ich muss dir ZWEI Sachen sagen«, kündigt Silke plötzlich an.
»Aber versprich mir, dass du nicht böse wirst.«
OKAY. WAS?

»Erstens. Ich habe gewonnen.« Silke grinst.
Dagegen kann ich nichts einwenden. UND ZWEITENS?
Das Grinsen verschwindet aus ihrem Gesicht. »Ich mag dich, Simon. Aber ich möchte nicht, dass du dir so viele Gedanken über mich machst.«
»TU ICH DAS?«, frage ich erschrocken
»Ja«, sagt Silke ganz ruhig. »Ich möchte, dass wir Freunde sind. Einfach nur Freunde. Okay?«
Ich laufe rot an. WAS DENN SONST?
»Eben«, sagt Silke schnell.
IHRE HAARE BERÜHREN. DEN LAVENDELDUFT RIECHEN. IHR ZUSEHEN, WENN SIE IHRE KLEIDER FALLEN LÄSST. EIN GELBER BIKINI.
Silke mustert mich. Ahnt sie, dass ich schon wieder über sie nachdenke?
»Okay?«, fragt sie. Und WIE sie es fragt, bin ich mir ziemlich sicher, dass sie es nicht nur ahnt, sondern weiß.
Ich nicke.
»Versprochen?«
JA.
Dann schiebt Silke das Fahrrad in den Schuppen.
Und weil ich es versprochen habe, mache ich mir keine Gedanken mehr über Silke.
Und wieder einmal versuche ich, über ALLES MÖGLICHE nachzudenken –
Nur nicht an –
Stattdessen an den Grashalm, den ich mit meinem Schuh umgeknickt habe.

Über den Kratzer im Lack des Fahrrades.
Über den Vogel, der einen Regenwurm aus der Erde zieht.
Aber NICHT über –
Vor allem nicht über Silke. Und es klappt erstaunlich gut. Zumindest anfangs, die ersten zehn Minuten. Aber ab Minute elf ist es verdammt schwierig, über jemanden NICHT nachzudenken, der einen gebeten hat, GENAU DAS zu tun. So eine Bitte lässt nämlich die Anzahl der Gedanken geradezu explodieren.
Und dann denkt man die ganze Zeit nur noch –
STOPP!
STOPP!
STOPP!
– und kann es nicht stoppen.
Also fülle ich mein Hirn mit Fernsehen an. Funktioniert immer, wenn man nicht nachdenken will. Je trashiger, umso besser. CASTINGSHOWS. VORABENDSERIEN. DIESEN GANZEN MIST, den ich zu Hause nicht sehen darf. Aber als Oma die Kiste kurz vor Mitternacht abdreht und uns ins Bett schickt, taucht wie bei einer Diashow ein Bild von Silke nach dem anderen auf. Aber weil ich KRAMPFHAFT an NICHTS denke, lösen sich die Bilder vor meinem inneren Auge in FARBEN auf, in STRICHE, ZEICHEN, FORMEN –
NICHTS ECHTES –
NICHTS KONKRETES –
NICHTS WIRKLICHES –
SCHATTEN.
FLECKEN.
FLIMMERN.

Bis ich, erschöpft von diesem ganzen Wirrwarr in meinem Kopf, einschlafe.

AUFWACHEN –

FRÜHSTÜCKEN –

RADELN –

SCHWIMMEN –

BOOTSTOUREN –

DENKEN –

NICHT DENKEN –

UM DIE WETTE –

GEWINNEN –

VERLIEREN –

FERNSEHEN –

REDEN –

NICHT REDEN –

– drei Tage lang.

Und irgendwann fällt mir plötzlich auf, keine Ahnung, WANN genau es begonnen hat, aber IRGENDWANN denke ich nicht mehr an den Duft ihrer Haare. Ich starre Silke nicht mehr an. Wir unternehmen einfach nur Dinge zusammen. Fahren zusammen Boot und Fahrrad. Wir quatschen einfach nur. Ganz normal. Wie Freunde eben. Bis die Zeit kommt, dass Silke und ich packen müssen.

»Ich mag dich auch«, sage ich, als ich mit dem Rücken zu ihr auf ihrem übervollen Koffer sitze, damit Silke ihn schließen kann. »Aber ich denke nicht mehr so an dich, SO, wie du nicht willst, dass ich an dich denke. Verstehst du?« Ich drehe mich zu ihr um. Silke blickt kurz irritiert auf. Mein Satz klang wohl nicht ganz

logisch, aber ich bin sicher, sie hat kapiert, was ich sagen wollte.
»Okay«, sagt Silke leise und lässt die Schnallen zuschnappen. »Ich glaube dir.«
Na ja, wenn ich ganz ehrlich wäre, müsste ich zugeben, dass das, was ich eben gesagt habe, nur zu dreiundneunzig Prozent der Wahrheit entspricht. Mindestens sieben Prozent waren gelogen. Aber muss Silke das unbedingt wissen?

Nach fünfeinhalb Stunden und viermal umsteigen nehmen Mama und Papa uns am Bahnsteig unseres Provinzbahnhofs in Empfang. Verspätung? Diesmal keine.
Beide drücken mir einen Kuss auf die Stirn. Silke geben sie die Hand und betonen immer wieder, wie sehr sie sich freuen, dass sie mitgekommen ist. Auch meine Eltern staunen, wie groß Silke mittlerweile geworden ist. »Kein Kind mehr«, sagt Mama und schüttelt lachend den Kopf. »Und überhaupt …«
Silkes Miene verfinstert sich zunehmend, was Mama zum Glück nicht entgeht, und sie stoppt ihr Geschwafel. Papa sagt, Silke solle sie mit Vornamen anreden: Irene und Erich.

Auf dem Weg vom Bahnhof in die Siedlung wollen meine Eltern wissen, ob wir eine gute Reise hatten.
Ja.
Wie Oma und Friedolin so drauf waren.
Gut.
Welche Farbe hatte das Meer?
Das Meer ist doch immer blau. Oder?
Das Wetter?

Mal so, mal so.
Es soll an der Küste einen schrecklichen Sturm gegeben haben.
Den habe ich verschlafen.
Ob ich denn gut geschlafen habe.
Hätte ich den Sturm sonst überhört?
Papa lacht.

Seit das Meiergut abgebrannt ist, sind fast zwei Monate vergangen. Als ich vor einer Woche zu Oma ans Meer aufbrach, waren die Aufräumarbeiten abgeschlossen. Dort, wo Huberts Hof gestanden hatte, gab es, zwischen ein paar vereinzelten Bäumen, nur noch eine freie Fläche. In der RUNDSCHAU war zu lesen, dass jetzt dem Bau des Einkaufzentrums nichts mehr im Weg stehen würde. Und mir war klar geworden, der Schakal hatte gewonnen. Ich nahm es so hin. Was hätte ich auch tun sollen? Alle gingen davon aus, dass Keiler eines natürlichen Todes gestorben war. Niemand außer Hubert, mir, den beiden Motorradfahren und Chris wusste, dass das Meiergut in der Brandnacht überfallen worden war. Alle Beweise für Keilers Ermordung waren verschwunden, die für den Überfall unbrauchbar. Seit Chris' SMS, dass er wisse, wer der Typ auf dem Foto sei, gibt es aber vielleicht doch einen Beweis. Aber ich habe immer noch nicht geantwortet.

Als wir uns der U-Straße nähern, will Silke plötzlich wissen, WO genau ich den Mann aus dem Feuer gerettet habe. Ich deute auf die Freifläche. Mittlerweile wurden alle restlichen Bäume gefällt und die Maisfelder abgeerntet.

»Da?«, fragt Silke erstaunt.
»Nichts mehr übrig«, sage ich achselzuckend und hoffe, Silke erzählt in Gegenwart meiner Eltern nichts von meinen Albträumen. Tut sie auch nicht. Stattdessen fragt sie, mit einer Stimme, als wäre sie schon jetzt Journalistin: »Ist mittlerweile bekannt, wohin der Mann verschwunden ist, den Simon gerettet hat?«
Aber weder Mama noch Papa haben IRGENDWAS von Hubert gehört.

Vor unserer Haustür hebt OHNE NAMEN UND BESITZER den Kopf. Erstaunt stelle ich fest, dass der Brei in der Futterschale richtiges Katzenfutter zu sein scheint. Mama zuckt mit den Achseln, als ich sie danach frage. »Möglich, sie hat eine Maus gefangen und deshalb nicht alles aufgegessen.«
Das habe ich aber gar nicht gemeint. »DU hast OHNE NAMEN UND BESITZER gefüttert?«
Mama nickt.
»Danke.«
Als Mama sich zu der Katze hinunterbeugt, dreht sich OHNE NAMEN UND BESITZER auf den Rücken, um sich den Bauch kraulen zu lassen. Früher hat Mama meine Katze nie angefasst. Sie hat –
Moment –
Habe ich jetzt gerade MEINE Katze gedacht?
»Aber jetzt bist wieder du für OHNE NAMEN UND BESITZER verantwortlich.« Zum ersten Mal höre ich Mama ihren vollen Namen aussprechen.
Ich muss grinsen. Silke hat mich die ganze Zeit angestarrt, als

wäre ich nicht ganz richtig im Kopf. »OHNE NAMEN UND BESITZER? So heißt sie?«
Jep.
»Aber wie kann sie OHNE NAMEN heißen, wenn sie einen Namen hat?«, fragt sie verwundert.
Ich zucke nur mit den Achseln.
»Und wenn DU ihr Besitzer bist, dann ist sie nicht OHNE BESITZER …«
»Bin ich nicht!«, entgegne ich. »Sie gehört niemandem!« Und so soll es auch bleiben. Trotzdem werde ich mich weiterhin um sie kümmern.
»Aber logisch ist das nicht«, beharrt Silke.
NEIN, ist es nicht. Und?
»Du bist manchmal total verrückt, Simon«, sagt Silke, und es klingt, als meine sie es nett.

Bevor Papa zum Nachtdienst aufbricht, führt er uns in meinem Zimmer das Klappbett vor, das meine Eltern extra für Silkes Besuch gekauft haben. Man muss nur mit dem Fuß auf eine Art Pedal steigen und das Bett entfaltet sich von selbst. Papa sagt, ich soll auf dem Gästebett schlafen. Aber Silke will auch. Und ich auch. Also wirft Papa eine Münze. KOPF oder ZAHL? Ich wähle KOPF. Silke gewinnt.
Wir sind von der langen Reise ziemlich müde, gehen ohne Protest zu Bett und machen sofort die Augen zu. Als wenig später plötzlich die Tür aufgerissen wird, befinde ich mich schon in dem Zustand zwischen Wachen und Schlafen. Erschrocken fahre ich hoch.

Es ist Mama.
Die Zeigefinger in zwei Gürtelschlaufen, hält sie mir wortlos eine Hose hin. So, dass ich auf der rechten Gesäßtasche einen Totenkopf erkennen kann. WIE KOMMST DU ZU ANNES HOSE?
»Simon?«
JA.
»Wie kommst du zu dieser Hose?«
Mit diesem schlagenden Beweis vor Augen ist Lügen zwecklos. Also gebe ich zu: »Ich habe Anne getroffen.«
»Du hast sie getroffen?«
Ich nicke. »Um genau zu sein, WIR.« Ich schiele zu Silke. Sie ist auch wach.
Und ich erzähle in aller Kürze, wie Silke und ich nach dem Konzert nachts noch mal los sind, heimlich und ohne dass Oma und Friedolin etwas mitgekriegt haben. Wie wir den Tourneebus gefunden haben, aber nicht Anne. Wie wir auf das Schiff gelangt sind und schließlich ins Wasser springen mussten. Dass wir Anne dann doch beim Bus gefunden haben und sie uns zwei Hosen geliehen hat. DROGEN, STREIT und TRÄNEN lasse ich weg.
Mama hat meinem Bericht mit offenem Mund zugehört. »Und warum hast du das nicht erzählt?«, fragt sie schließlich.
»Ihr wusstet doch, dass wir auf dem Konzert waren.« Oma hatte Mama in meiner Gegenwart am Telefon informiert. Und soviel ich mitgekriegt habe, war Mama sauer, dass Oma Annes Wunsch nach null Kontakt ohne Weiteres respektiert hat. »Und ihr habt zwar alles Mögliche wissen wollen, aber ihr habt nicht nach Anne gefragt. Da dachte ich, dass ihr lieber nicht darüber sprechen wollt.«

Mama nickt. »Ja, die ganze Sache ist …« Sie versteht Annes Entscheidung immer noch nicht.
Aber es ist GANZ EINFACH zu verstehen, höre ich Silke plötzlich sagen. »Anne will Musik machen. Und sie macht es ziemlich toll.«
Mama nickt und fragt ein wenig ängstlich, als könnte unsere Antwort sie enttäuschen: »Denkt ihr, es geht Anne gut?«
»JA. Sie war total cool! Sie hat eine irre Stimme, sie …«, sage ich schnell.
»Ist sie verliebt? In diesen Eric?«
Ja. Ich denke schon.
Mama nickt wieder.
WAS?
»Nichts«, sagt sie. »Nur, als mir Oma von dem Konzert erzählt hat. Das war … Vielleicht hätte ich Anne doch ganz gern gesehen. Und ich beneide euch, dass ihr dabei gewesen seid. Vielleicht sollte ich ja einfach mal heimlich …«, überlegt sie leise.
»Mama?«
»Ja?«
»Erzählst du Oma, dass Silke und ich nachts heimlich unterwegs waren?«
»Wenn du es nicht möchtest, nicht.«
»Versprochen?«
Versprochen. Und im Gegenzug verspreche ich, falls sie tatsächlich zu einem der Konzerte fährt, Anne NIEMALS davon zu erzählen.
Mama lacht auf. »Ich könnte mir ja eine Perücke aufsetzen und total schräge Kleider anziehen.« Plötzlich sieht sie mich aber wieder ernst an.

»WAS?«

Aber Mama steht nur da wie angewachsen, als könnte sie nicht weggehen, als hätte sie Angst, allein zu sein. Gedankenverloren durchsucht sie die Taschen von Annes Hose und befördert ein paar Münzen, eine Schraube, ein offenes Päckchen Kaugummi ans Tageslicht. Zeug, was man eben so bei sich trägt. Aber Zeug, das Anne gehört und das sie vermutlich in letzter Zeit benutzt hat. Mama hat die Sachen auf der rechten Handfläche liegen und betrachtet sie wie die wertvollsten Dinge, die sie jemals besessen hat.

»Anne war nicht glücklich«, sagt Silke, als Mama die Tür hinter sich zugemacht hat. »Sie hatte totalen Stress mit den anderen. Und mit Eric.«

JA. ICH WEISS. WEISS ES JA!

»Sie liebt diesen Eric überhaupt nicht.«

WEISS ICH AUCH!

»Und wenn du mich fragst, war sie auch auf Drogen.«

DENKST DU?

»Ich bin mir ziemlich sicher. Alle machen das, die auf einer Bühne stehen.«

ABER.

»Komm, Simon, sei nicht naiv. Außerdem arbeitet meine Mutter in einem Theater.«

Aber hätte ich Mama das alles WIRKLICH sagen sollen? Sie hätte sich bloß Sorgen gemacht. Und was hätte sie ändern können? NICHTS. Und so weiter.

»Vergiss es!«, sagt Silke, die gemerkt haben muss, dass ich nicht aufhören kann, darüber nachzudenken. »Vielleicht hast du ja Recht. Ich bin gerade …«

WAS?

»Ich halte Lügen gerade irgendwie nicht aus«, sagt sie. »Das hat wohl mit meiner Mutter zu tun. Die … du weißt schon.«

Aber ist es nicht manchmal doch besser zu lügen?

Hätte ich beispielsweise Silke wirklich sagen sollen, dass sich bestimmt mindestens sieben Prozent meiner Gedanken immer noch AUF DIESE ART um sie drehen, obwohl sie mich gebeten hat, AUF DIESE ART nicht mehr über sie nachzudenken?

Für dreizehn Uhr hat Mama am Sportflughafen einen Rundflug gebucht. Wow. Wenn Gäste da sind, tun Eltern Dinge, die sie sonst nur versprechen. Okay, zweimal hatten meine Eltern sogar schon einen Termin vereinbart, aber beide Male kam das Übliche dazwischen, Papas Arbeit beziehungsweise schlechtes Wetter. Heute ist der Himmel wolkenlos. Absolute Windstille.

»Ich hoffe, du hast keine Flugangst!« Dann hätte Mama nämlich alles umsonst geplant und ihre Überraschung fiele ins Wasser.

»Nein«, beruhigt Silke sie. »Nein. Im Gegenteil!«

Es kann also nicht viel schiefgehen. Aber immer dann, wenn man denkt, ES KANN NICHTS SCHIEFGEHEN –

Es fängt damit an, dass Mama sich Papas Rover ausgeliehen hat. Zu dritt hätten wir doch ganz leicht in Mamas KIA Platz.

»Du wirst schon sehen«, sagt sie mit einem seltsamen Lächeln. Und ich beginne, IRGENDEINE Komplikation zu vermuten. Zwei Minuten später wird mir klar, Mama hat bisher nur die Hälfte erzählt. Mit der andere Hälfte rückt sie erst heraus, als wir vor dem Haus von E. und C. STOPPER halten. »Chris und Elke kommen mit«, erklärt sie knapp.

Ich schnappe nach Luft. Ich habe keine Lust, Chris zum ersten Mal nach unserer Auseinandersetzung am Teich in Gegenwart unserer Mütter zu treffen. »UND WENN ICH DAS NICHT WILL?« Silke sieht mich verblüfft an. Mama dreht sich nach mir um. »Warum willst du nicht, dass dein Freund mitkommt?«, fragt sie, mit einem Unterton, der nicht gut klingt.

ICH WILL ES EBEN NICHT!

Mama fixiert mich. Warum nicht?

»Das kann dir doch egal sein!«, sage ich.

Sie stellt den Motor ab. »Ist es mir aber nicht!«

Schon als ich im Krankenhaus lag, und Chris mich nicht besuchen wollte, war seiner und meiner Mutter aufgefallen, dass zwischen uns IRGENDWAS nicht stimmte. Dass Chris und ich nicht mehr so befreundet sind wie anfangs. Und als ich ein paar Tage später bei Chris zu Hause auftauchte und wissen wollte, wo er ist … Danach sei ich überhaupt nicht mehr zu Chris zu Besuch gekommen. »Sowohl Elke als auch ich fänden es schade …«, findet Mama. Also haben unsere Mütter diese gemeinsame Unternehmung geplant.

»Und Chris ist damit einverstanden?«

»Warum sollte er nicht?«, fordert mich Mama heraus.

Ich zucke nur mit den Schultern. »Ihr könnt ja ohne mich diesen doofen Rundflug machen«, schlage ich vor. Meine Rechte tastet nach dem Türöffner –

»Nein! VERDAMMT!« Und noch ehe ich ihn erwische, drückt Mama die Kindersicherung. Mit einem KLICKEN rastet sie ein. »Das ist Freiheitsberaubung!«, schreie ich. »Dafür kannst du in den Knast kommen!« Ich rüttle an der verschlossenen Tür.

»Mach dich doch nicht lächerlich!«, übertönt mich Mama. »Außerdem …«

WAS?

»Vielleicht ist das, was zwischen euch vorgefallen ist, nur ein Missverständnis.«

»Es ist nichts vorgefallen und es gibt kein Missverständnis!«, zische ich, presse meinen Kopf gegen die Nackenstütze und balle die Fäuste.

Ich bin kurz vorm Explodieren.

»Man kann alles klären, wenn man darüber spricht«, ist Mama überzeugt.

Bla, bla, bla. KEINE AHNUNG, ob das so ist. »Aber es gibt ja NICHTS zu klären.«

So geht es eine Weile hin und her. Schließlich sieht Mama ein wenig ratlos aus. »Wovor hast du eigentlich solche Angst?«

»Ich habe keine Angst. Ich will einfach nicht.«

»Okay …« Damit dreht sie sich nach vorn und löst die Kindersicherung. »Bitte!« Sie überlässt MIR die Entscheidung, abzuhauen oder zu bleiben.

Wunderbar. Und ich fasse abermals den Türöffner –

»Bleib«, höre ich Silke sagen.

WAS MISCHT DIE SICH EIN?

»Ich will nicht ALLEIN mit denen«, fügt sie leise hinzu und sieht mich flehentlich an. Keine Ahnung, ob ihr Ausdruck nur gespielt ist.«

»Du warst doch so begeistert …«, sagt sie. »Warum solltest du jetzt darauf verzichten?«

Ich sehe ihr in die Augen, rieche ihre Haare, und selbst wenn sie

nur spielen würde, weil sie mit Mama unter einer Decke steckt, wäre es mir in dem Moment egal.
»Außerdem erfährst du sonst NIE, wer auf dem Foto ist«, flüstert Silke.
WAS?
Sie grinst leise. WAS? Silke hat Chris' SMS nicht nur genauso wenig vergessen wie ich, ihr scheint sogar klar zu sein, dass mir diese SMS die ganze Zeit nicht wirklich aus dem Kopf gegangen ist –
Und ich löse meine Hand vom Türgriff und bleibe im Rover sitzen.
Nicht wegen Mama.
Auch nicht wegen Chris.
AUSSCHLIESSLICH wegen Silke.

Silke sitzt zwischen Chris und mir. »Hallo«, sagt Chris' Mutter, nachdem Mama Silke vorgestellt hat. Chris nickt ihr nur zu. Mich hat er bisher noch nicht ein Mal angesehen.
Mama programmiert das NAVI. Laut Anzeige beträgt die Distanz fünfundzwanzig Kilometer und wir werden in dreiundzwanzig Minuten unser Ziel erreichen. Mama hat im Internet eine einmotorige CESSNA mit sechs Plätzen gebucht. Der Flug wird circa eine Stunde dauern und bei Rückenwind werden wir es bis zu den Bergen schaffen. »Eine CESSNA 206 Stationair«, ist das Erste, was Chris sagt.
Spätestens als Elke noch mal den eigentlichen Grund für unseren Ausflug erklärt, vergeht mir endgültig jegliche Lust. Immerhin scheint sich Chris für die Ausführungen seiner Mutter auch nicht

besonders zu interessieren. Und so lassen wir die Ansprache von seiner Mutter und Mamas wiederholtes bekräftigendes Nicken einfach über uns ergehen.

Am Flugplatz bestellen wir auf der Terrasse des Restaurants Getränke. Mit dem Essen wollen wir noch warten, bestimmt Mama. Anschließend fordert sie Silke auf, sich doch ein wenig auf dem Gelände umzusehen, falls sie keine Lust auf die Aussprache zwischen Chris und mir hat. Aber Silke will bleiben. Neugierig gehen ihre Blicke zwischen Chris und mir hin und her. Ich betrachte demonstrativ gelangweilt die drei Sportflugzeuge, die vor einem Hangar parken. Eines ist in genau dem Augenblick auf der Rasenbahn gelandet, als wir aus dem Auto geklettert sind. Mittlerweile hat es seine Parkposition erreicht, der Pilot hat den Motor abgestellt und der Propeller kommt langsam zur Ruhe.

Als die Getränke auf dem Tisch stehen, wendet sich Mama Chris und mir zu. »Also! Was ist los?« Sie klingt wie damals im SAN REMO, nur dass jetzt nicht Anne, sondern Chris und ICH diejenigen sind, die mit ETWAS herausrücken sollen.
Mein Blick wandert vom rotierenden Propeller zum Fahnenmast, an dessen Spitze ein schlaffer rot-weiß gestreifter Windsack hängt. Bei diesen Windverhältnissen werden wir es sicher nicht bis zu den Bergen schaffen.
»Simon? Bist du bei uns?«, fragt Chris' Mutter.
»Ja«, murmle ich.
»Willst du was sagen?«

NEIN. Ich schaue zu Chris. Er starrt auf den Tisch.
»Einer von euch muss anfangen!« Mama nimmt einen Schluck von ihrer COLA LIGHT.
»Wenn hier jetzt nicht gesprochen wird«, droht Chris' Mutter, »könnt ihr den Rundflug vergessen!«
EGAL. Dann eben nicht.
»Chris?«
Chris wirft mir einen kurzen, nicht zu deutenden Blick zu und sagt dann, vollkommen ruhig, als wäre es das Normalste der Welt: »Simon hat gesagt, mein Vater ist ein Mörder.«
Sofort richten sich alle Blicke auf mich. Am weitesten reißt Mama die Augen auf. Silke kneift ihre zusammen. Chris' Mutter ist bleich geworden. Ich verschlucke mich fast.
»Mein Gott, Simon«, entfährt es Mama. »Hast du den Verstand verloren?«
»Aber es stimmt!«, presse ich hervor, ohne lange zu überlegen.
»WIE KANNST DU SO WAS SAGEN?« Mama holt Luft. »Weißt du überhaupt, WAS du da sagst?« Ihr Blick geht zu Chris' Mutter. Dann wendet sich Mama wieder mir zu, macht den Mund auf, aber bevor dort etwas herauskommt, kommt aus einer ganz anderen Richtung: »Er kann es sagen, weil es wahr ist!«
WIE BITTE? Mein Kopf fliegt herum. Kam das jetzt tatsächlich von Chris? Er starrt seine Mutter an. Die sieht jetzt aus, als müsste sie sich gleich übergeben. Mama legt ihr beruhigend die Hand auf den Unterarm. Silkes Blick wandert von einem zum anderen. Sie versucht zu verstehen, worum es hier eigentlich gerade geht –
»Elke, ich … ich … weiß gar nicht …«, stottert Mama.

»Er hat Paul umgebracht«, fährt Chris mit aller Ruhe fort.
»NEIN! ER HAT …«, schreit seine Mutter auf. Die beiden Männer am Nebentisch blicken mittlerweile neugierig zu uns herüber.
»Willst du es abstreiten?«, fragt Chris weiterhin vollkommen ruhig.
»ER …«, setzt Chris' Mutter an, verstummt dann aber.
Chris hat die Augen zu, sein Gesicht ist entspannt, nur seine Unterlippe zuckt etwas. Ich kapier einfach nicht, was das soll. Ich kapier nicht, warum Chris mich damals am Teich umgelegt hat, als ich MÖRDER gesagt habe, und jetzt genau dasselbe behauptet.
In diesem Augenblick nähert sich die Kellnerin unserem Tisch und fragt, ob wir jetzt zu essen bestellen wollen?
»Nein!«, schnauzt Mama sie an. Die Kellnerin fährt erschrocken zusammen. »Wir geben Ihnen Bescheid«, fügt Mama mit einem entschuldigenden Lächeln hinzu.
Eines der Flugzeuge startet seinen Motor. Der Propeller beginnt, sich langsam zu drehen, und wird immer schneller.
»Worüber sprecht ihr eigentlich?«, will Mama wissen, nachdem die Kellnerin wieder außer Hörweite ist. Mama scheint genauso wenig Ahnung von IRGENDWAS zu haben wie Silke. »Klärt mich jemand auf?«
»Verzeih, Irene«, sagt Chris' Mutter leise. »Ich hätte dir die Wahrheit sagen müssen. Aber er hat ihn nicht UMGEBRACHT. Er ist kein MÖRDER. Er hat …«
»Doch«, unterbricht Chris seine Mutter.
ER WAR BETRUNKEN. ER IST DABEI UMS LEBEN GEKOMMEN, ergänze ich.

»Wer?«, fragt Mama immer ratloser.
»Paul«, sagt Chris.
»Und Chris' Vater«, füge ich hinzu.
»Aber ich dachte … er ist bei einem Bergunglück …« Langsam scheint Mama etwas zu dämmern.
JA, gibt Chris' Mutter zu. HABE ICH GESAGT. ICH WOLLTE NICHT. ABER JA! CHRIS' VATER WAR SCHULD AN DEM UNFALL! ER IST FRONTAL MIT HUBERTS WAGEN …
»Der vom Meiergut?«, fragt Mama erstaunt.
JA! UND PAUL WAR HUBERTS SOHN! EIN KIND!
»Mein Gott!«
ES WAR SO SCHRECKLICH! AM ANFANG. UND AUCH SPÄTER! Chris' Mutter spuckt ein Wort nach dem anderen aus. ES WAR ALLES SO SCHWIERIG. ALL DIE JAHRE. UND HUBERT. WENN ICH IHN SAH. WIE ER IMMER MEHR VERKOMMEN IST. UND CHRIS. DER IRGENDWANN … Ihr Reden geht in ein Schluchzen über. Trotzdem redet sie weiter. Und schluchzt. Und redet. Und schluchzt.
Nach einer Weile bittet Mama Chris' Mutter, sich zu beruhigen.
JA. JA, sagt sie, fast wie ein Kind. Und sie wischt sich folgsam die Tränen vom Gesicht.
»Aber soweit ich verstehe«, beginnt Mama nach einer Weile vorsichtig, »ist das, was passiert ist, weder deine und schon gar nicht Chris' Schuld.«
Chris' Mutter nickt kaum wahrnehmbar. »Ja. Er hätte sich nicht betrinken müssen! Er hätte auch nicht betrunken Auto fahren müssen. Trotzdem.«
Die Männer neben uns haben bezahlt und gehen zu einem der

Flugzeuge hinüber. Die Kellnerin schaut mit sicherem Abstand zu uns. Diesmal kapiert sie sofort, dass wir noch nicht so weit sind.

»Woher weißt DU es?«, will Mama plötzlich von mir wissen.

»Von Hubert«, sage ich.

Mama nickt, als hätte sie nichts anderes erwartet. »Und dann ist dir nichts Besseres eingefallen, als deinem Freund an den Kopf zu knallen, sein Vater sei ein Mörder?«

»ABER CHRIS SAGT ES DOCH AUCH!«, versuche ich mich zu verteidigen.

»Ich möchte, dass du dich dafür entschuldigst«, verlangt Mama, ohne auf mein Argument einzugehen.

»Nein …«, sagt Chris' Mutter hilflos. »Das ist nicht …«

»Aber natürlich!«, schneidet ihr Mama das Wort ab. »Was immer passiert ist. Es gibt keinen Grund, SO WAS zu sagen. Also, Simon! Wir warten!«

Keine Ahnung, ob nur Mama oder auch Chris und seine Mutter darauf warten. Trotzdem entschuldige ich mich. HOCHOFFIZIELL. Ich verknote meine Finger unter dem Tisch und sage ziemlich leise, ohne jemanden anzusehen, dass es mir leidtut, dass ich besser nachdenken hätte müssen, dass man so was nicht sagt, dass ich mir selbst nicht erklären kann, wie das passieren konnte, was man eben in so einer Situation so sagt. Irgendwann gehen mir die Sätze aus –

Aber Mama nickt zufrieden und will wissen, ob die Entschuldigung angekommen ist.

Chris zuckt gleichgültig mit den Schultern, als würde ihn das alles nicht mehr wirklich interessieren.

Mama nimmt das so hin und wendet sich an Silke. »Bei dir auch alles okay?«
»Ja«, sagt Silke.
»Es tut mir leid«, sagt Chris' Mutter jetzt auch in Silkes Richtung. »Da bist du jetzt in was hineingeraten …«
»Schon okay«, sagt Silke. »Ich denke nur, es war ein Fehler, die Unwahrheit verbreitet zu haben.«
Chris' Mutter sieht Silke überrascht an. »Ja, das war es ganz sicher!« Und plötzlich wirkt sie total erschöpft, müde und traurig. Sie hat sich diese Aussprache sicherlich ganz anders vorgestellt. Mama bestimmt auch. Ich auch. Silke wahrscheinlich auch. Nur Chris verfolgte mit dieser ganzen Aktion einen Plan, da bin ich absolut sicher. Aber welchen?

Als die Kellnerin abermals auftaucht, fragt Mama, ob jemand noch etwas zu essen will. NEIN. Silke, Chris und seine Mutter haben keinen Appetit. Mama auch nicht. »Und du, Simon?«, fragt sie, weil ich nichts gesagt habe. Ich schüttle den Kopf.
Silke schaut auf die Uhr. »Zeit für den Rundflug, oder?«
Es ist sogar schon kurz NACH eins. Und nachdem Mama bezahlt hat, marschieren wir, jeder mit seinen Gedanken beschäftigt, zu dem Flugzeug hinüber, das Chris als unsere CESSNA identifiziert hat.

»He!«, höre ich hinter mir. Ich bleibe stehen und drehe mich nach Chris um, der sich absichtlich zurückfallen hat lassen. Mit den Händen in den Hosentaschen kommt er auf mich zu. »Du hast nicht auf meine SMS geantwortet«, sagt Chris, als wäre nichts passiert. Weder das vor ein paar Wochen am Teich noch das eben im Restaurant.

Ich schiele zu den anderen. Alle sind weit genug weg. »Weißt du wirklich, wer er ist?«, frage ich schnell.

»Zumindest bin ich mir ziemlich sicher«, behauptet er. »Und er hat auch ein Motorrad.«

UND WER IST ES?

»Kennst du den Sohn von Norbert Jobst?«

Ich wusste bis zu diesem Augenblick nicht einmal, dass Norbert Jobst einen Sohn hat –

»Was ist mit euch?«, ruft Mama, die mittlerweile bei unserem Piloten angekommen ist.

JA!

Langsam setzen wir uns wieder in Bewegung. Und dann checke ich erst, was Chris gemeint haben muss –

»Der Typ auf dem Foto ist der Sohn von Norbert Jobst?«

Chris nickt. »Er nennt sich SLIM. Ich bin mir ziemlich sicher. Aber wir sollten das noch überprüfen, bevor wir was unternehmen.«

Überprüfen?

Ja.

Was unternehmen?

Ja.

WAS?

Mal sehen.

DER SOHN VON NORBERT JOBST?

Zu neunundneunzig Prozent.

Nochmals: Überprüfen? Wie?

»Ganz einfach«, sagt Chris.

Und überhaupt. »Warum? Wie kommst du auf …? WIE heißt der?«
»SLIM«, sagt Chris nochmals. »Weil er so dünn ist.«
Ich bin vollkommen durcheinander. Und SLIM ist der auf dem Bild?
Nochmals: zu neunundneunzig Prozent.
MEHR will Chris jetzt nicht sagen. »Treffen wir uns nach dieser Aktion, okay?«
WO?
Am Teich.
Und Silke?
Bring sie mit!
»Sie weiß eigentlich nichts von der ganzen Sache. Zumindest das meiste nicht.«
»Dann erfährt sie es eben«, sagt Chris gleichgültig.
»Aber …«
»Außerdem ist sie süß«, unterbricht er mich.
»He!«, entfährt es mir.
WAS?
Und Chris schaut, als würde er alles wissen, was ich jemals über Silke gedacht habe. »Shit!«, sagt Chris und lacht.
Ich könnte sagen, dass Silke und ich nur Freunde sind. Aber ich lache auch und schaue zu Mama und Chris' Mutter hinüber, die immer noch mit verschränkten Armen schweigend nebeneinanderstehen und auf uns warten.
»Ich brauch dich«, flüstert Chris. »Du bist der Einzige, der Slim eindeutig identifizieren kann. Schließlich hast DU ihn im Meiergut gesehen.«

JA.

»Ich weiß, ich kann dich nicht zwingen!«

JA.

»Bist du dabei?«

»Aber wozu willst du das alles überhaupt herausfinden?«, will ich wissen.

»Bisher gab es keine Beweise für irgendwas«, sagt Chris.

Mein Gehirn kommt irgendwie nicht so schnell mit –

»Jetzt gibt es vielleicht einen. Also!«, legt Chris nach.

Ja. Vielleicht. Und dann –?

»Es geht um Gerechtigkeit! Schließlich ist Keiler tot und Hubert wurde überfallen …«

Ja. Sicher. Aber das ist doch längst vorbei –

Oder?

Vergessen –

Oder?

Verwirrt nicke ich –

War das ein JA?, fragt Chris.

»Wir werden über die Stadt hinwegfliegen«, kündigt der Pilot an, »die Autobahn überqueren, bis wir auf einen Fluss stoßen, und schließlich geht es mit der Luftströmung ein paar Kilometer stromaufwärts.« Dann rollen wir über die Wiese. Als die Maschine hochzieht, spüre ich einen starken Druck auf den Ohren.

Der Motor der CESSNA ist so laut, dass wir Kopfhörer tragen müssen und Mikrofone vor dem Mund haben, um uns untereinander verständigen zu können. Aber niemand sagt was. Mal abgesehen von Sätzen, die mit SCHAUT MAL beginnen.

SCHAUT MAL, der Teich. Die freie Fläche, wo das Meiergut stand. Die U-Straße von oben. SCHAUT MAL! Nicht nur ich erspähe unser Haus und das Haus von Chris und seiner Mutter. Die Bahngleise, die Schule, das Krankenhaus, der Friedhof. Winzige Autos und noch winzigere Menschen.

ACHTUNG, höre ich den Piloten sagen.

»Die Erde kippt!«, ruft Silke ins Mikro. Sie lacht vor Vergnügen auf.

Als ich aus dem Fenster schaue, kommt es mir für einen Augenblick vor, als verlöre ich das Gleichgewicht.

Aber der Pilot zieht lediglich über dem ehemaligen Steinbruch eine Kurve, um den Kurs in südliche Richtung fortzusetzen.

SCHAUT MAL! Krähen unter uns! Ein ganzer Schwarm.

Als wir etwa fünf Minuten später den Fluss erreichen, senkt sich die CESSNA auf siebenhundert Meter Flughöhe. Auf dieser Höhe kann man die Luftströmungsgeschwindigkeit über dem Wasser am besten nutzen, erklärt der Pilot. Wir brausen flussabwärts. Ich nehme die Kopfhörer ab. Silke sitzt eine Reihe vor mir und starrt auf die Erde hinunter. Mir fallen unsere Bootstouren mit Friedolin ein. Und ich denke, wie irre das ist, dass man auf Luft wie auf Wasser schwimmen kann. Allerdings kann man durch Milliardenbrillionen Liter Wasser nicht auf den Grund sehen. Auch wenn ich bei unserer ersten gemeinsamen Ausfahrt dachte, Silke kann genau DAS.

Mama zeigt dem Piloten neben sich IRGENDWAS durch die Frontscheibe und quatscht in ihr Mikro. Aber ohne Kopfhörer verstehe ich nicht, WAS.

Chris hat die Augen geschlossen. Ich würde nur allzu gern wissen, worüber er nachdenkt. Aber dann werde ich von Silke abgelenkt, die sich für einen kurzen Moment nach Chris' Mutter umdreht. Sie lächeln sich kurz an, dann nimmt Silke die Kopfhörer auch ab und legt aus irgendeinem Grund die Hand auf die Scheibe.

Nachdem die CESSNA den Flusslauf wieder verlassen und in der Ferne die Berge sichtbar geworden sind, nähern wir uns in einem großen Bogen dem Flugplatz. Sicher landen wir auf der Rasenrollbahn und steigen mit geröteten Gesichtern aus dem Flugzeug. Mama sagt, dass sie sich in Verkehrsflugzeugen wesentlich wohler fühle. Chris' Mutter stimmt ihr zu.
Silke redet IRGENDWAS mit Chris.
Weil ich einfach nicht zusehen will, wie Silke mit Chris lacht, dreh ich mich noch mal nach dem Flugzeug um, mit dem wir gerade einen Rundflug gemacht haben. Unser Pilot hat am Bauch der CESSNA eine Klappe geöffnet. Aber bevor ich erkennen kann, was er da tut, spüre ich von der Seite einen Blick auf mir. Er brennt auf meiner Schulter.
Ein Mann neben einer Zweisitzermaschine sieht mich an. Er ist groß und eine braune Jacke spannt sich über seinen dicken Bauch. Er hat mich entdeckt, bevor ich auf ihn aufmerksam geworden war und mich mit seinem Blick irgendwie GEZWUNGEN, meinen Kopf zu ihm zu drehen. Wir sehen uns an. Mein Herz klopft, und es läuft mir kalt über den Rücken. Das Gesicht verrät nichts. Völlig reglos steht er da –
DER SCHAKAL.

Und obwohl der Schakal weder etwas sagt noch irgendwas tut, das mir Gewissheit geben würde, ist mir in diesem Augenblick klar, dass der Schakal WEISS, dass ich absolut sicher bin, ER steckt hinter den anonymen Briefen, hinter Keilers Tod, hinter dem anonymen Anrufer, hinter dem Überfall auf Hubert –

Und jetzt grinst er –

Weil der Schakal DENKT, meine Sicherheit nütze mir nichts.

Er denkt, es sei ihm niemals nachzuweisen.

Er sieht sich auf der sicheren Seite.

Er denkt, er sei raffiniert genug, um diese Schlacht zu gewinnen.

Er denkt, ER sei der Sieger.

Aber der Schakal weiß nichts von dem Foto.

Er weiß NICHT, dass Chris zu neunundneunzig Prozent sicher ist, wer auf dem Foto abgelichtet ist.

Er weiß nichts von meiner WUT, die man von außen nicht sieht und die sich in diesem Augenblick auf ihn richtet.

Er weiß nichts davon, dass ich ein Mädchen kenne, das gerade keine Lügen aushält.

Er weiß das alles nicht.

Und nur deshalb kann er so unbekümmert in sein Flugzeug klettern.

Und er kann gar nicht aufhören mit dem Grinsen –

Er lässt den Motor an und winkt mir grinsend zu –

Ich winke zurück, erst zögerlich, dann freundlich –

Und dann grinse ich auch.

Sein Flugzeug rollt an.

Grinsend wird er über die Felder und die Stadt fliegen –

–

–

–

Aber das Grinsen wird ihm schon noch vergehen –

Ich schwöre!

Silke und ich klettern durch das Loch im Zaun und gehen schnurstracks zu der Stelle, wo Chris und ich vor ein paar Wochen bei strömendem Regen hockten und wo ich die Angel mit Steinen befestigt hatte. Dieser Steinhaufen liegt noch unverändert da. Die Holzstangen, die ich für den notdürftigen Unterstand in die Erde gerammt hatte, sind umgekippt. Die Plastikplane hat sich ein paar Meter weiter im Gestrüpp verfangen. Aber es gibt kein niedergetrampeltes Gras oder irgendeinen anderen Hinweis, dass sich hier in letzter Zeit jemand aufgehalten hätte.

Ich schau mich um. Auch sonst keine Spur von Chris.

»Er hat doch gesagt, am Teich …«

»Er wird schon noch kommen«, beruhigt mich Silke. »Oder denkst du, er kommt gar nicht?«

NEIN. DENKE ICH NICHT. »Aber vielleicht ist IRGENDWAS passiert.«

»Und WAS?«, fragt Silke.

KEINE AHNUNG.

Also laufen wir auf dem schmalen, festgetretenen Pfad weiter am Ufer entlang, fast lautlos über den weichen Boden. Nach etwa hundert Metern sagt Silke: »Du wolltest mir noch ein paar Sachen erklären.«

Ich nicke. Bisher hatte ich bloß nicht gewusst, WO ANFANGEN. Und weil ich es immer noch nicht weiß, zeige ich Silke stattdessen den Silberreiher, der reglos im seichten Wasser steht.
»Ist der echt?«
SICHER.
»Pst!« Silke will warten, bis er seinen Kopf bewegt.
Wir stehen jetzt genauso reglos.
Es vergehen mindestens zwei oder drei Minuten, bis er plötzlich seinen Hals streckt, seinen Schnabel in die Luft reckt und anschließend wieder erstarrt. TATSÄCHLICH ECHT.
Und wir gehen weiter –

»Was deine Oma über die Brandnacht erzählt hat, stimmt nicht, oder?«, beginnt Silke irgendwann.
Der Weg wird plötzlich etwas breiter und Silke holt auf.
»Nein«, sage ich. »Aber sie weiß es nicht besser.«
»Versteh ich nicht.«
»Sie hat nur erzählt, was in der Zeitung stand und was Mama ihr berichten konnte.«
»Und was in der Zeitung stand, stimmt nicht?«, wundert sich Silke.
NEIN.
Weil das auch das ist, was meine Eltern wissen, die Polizei. Alle.
»Außer dem Typ, den du fotografiert hast«, ergänzt Silke.
»Eigentlich waren es zwei«, füge ich nach ein paar weiteren Schritten zögernd hinzu.
»Wie in dem Traum, den du erzählt hast.«
Ich nicke.

»Es war gar kein Traum? Es war das, was du wirklich erlebt hast. Nicht wahr?«, fragt Silke leise.

Simon!
Ja?
Wir sind wegen des Fotos hier, oder?
Ja, gestehe ich.
Und ihr wollt was herausfinden.
Ja.
Und wenn ihr es herausgefunden habt –
Das ist nicht so einfach.
Silke denkt nach.

»Du bist da ziemlich in was verwickelt«, sagt sie nach einer Pause.
Mittlerweile haben wir fast den gesamten Teich umrundet. An der Stelle, wo ein Sumpfgebiet beginnt, endet der Weg an einem Steg. Silke schweigt. Keine Ahnung, was sie denkt.
Chris schickt eine SMS: Bin unterwegs.
Ich antworte: Wir warten auf dem Steg auf dich.
Das Holz knirscht unter unseren vorsichtigen Schritten. Am Ende des Stegs ziehen wir unsere Schuhe aus und lassen unsere nackten Füße in das dunkelgrüne Wasser baumeln. Das Wasser ist warm. Fast zu warm.
Silke fragt nicht nochmals nach dem Foto und warum in der Zeitung nicht die Wahrheit stand und was die Wahrheit ist und so weiter. Stattdessen quatschen wir über Chris und seinen Vater. Aber eigentlich über uns. Über unsere Väter. Wir fragen uns: WAS,

wenn unsere Väter tot wären? Wenn wir uns nicht an sie erinnern könnten, weil sie gestorben sind, als wir noch ganz klein waren. Wenn unser Vater schuld am Tod eines anderen Menschen wäre? Egal, wie viele Gedanken Silke und ich uns darüber machen, wir können ES uns nicht vorstellen. Vielleicht wollen wir ES uns auch einfach nicht vorstellen.

Plötzlich sieht Silke mich von der Seite an. Auf eine Weise, dass ich meinen Kopf lieber nicht zu ihr drehe. »Man kann richtig gut mit dir reden.«

Etwas verlegen schaue ich auf die Wellen, die Silke mit ihrem Fuß in die Wasseroberfläche schlägt. Und dann will sie noch was sagen, aber bevor sie dazu kommt, hören wir Chris meinen Namen rufen.

Und ich bin enttäuscht, dass ich nicht erfahre, was Silke sagen wollte. Gleichzeitig bin ich irgendwie erleichtert –

»Sorry«, entschuldigt Chris sich und erklärt, kaum hatte Mama ihn und seine Mutter abgesetzt, begannen sie fürchterlich zu streiten. Als er loswollte, fiel ihr immer noch was ein und dann wieder einmal nichts Besseres als Hausarrest. »Aber ich lasse mich von dieser Kuh nicht mehr verarschen!«

Sie hat getobt. Sie ist völlig durchgedreht. Sie hat ihm sogar hinterher gerufen, er solle sich nicht mehr blicken lassen!

»Sie hat es doch nicht so gemeint«, sage ich.

Keine Ahnung. Chris behauptet, es sei ihm auch egal.

»Scheiße«, sage ich. »Und jetzt?«

Auf jeden Fall hat sie ihn nicht verfolgt. Das ist das Entscheidende, oder?

Aus seiner Hosentasche zieht Chris ein zusammengefaltetes Blatt Papier und will damit auf uns zukommen.
»Bleib, wo du bist!« Ich fürchte, der Steg ist zu morsch, um drei Leute tragen zu können.
Vorsichtig, Schritt für Schritt, kehre ich zum Ufer zurück. Silke legt sich auf den Rücken, starrt in den Himmel und lauscht.

Der Zettel ist der Ausdruck des Fotos, das ich im Meiergut aufgenommen habe. Vergrößert auf DIN A4. Nachdem ich es von meinem Handy auf Chris' Handy geschickt hatte, hat er es auf seinen Computer geladen und mit Photoshop bearbeitet. Das Gesicht ist wesentlich besser zu erkennen als auf dem Handybildschirm. Es ist tatsächlich sehr schmal, mit einer spitzen Nase und tief liegenden Augen. Und das kleine Bärtchen unter der Unterlippe. Der Typ auf dem Foto schaut gerade zu jemandem. Vermutlich dem zweiten Motorradfahrer. Der Mund ist verzerrt. Er muss in dem Augenblick, als ich abgedrückt habe, etwas gesagt haben. Und das Gesicht ist sehr blass. Was auch an den schlechten Lichtverhältnissen liegen kann.
»Und du denkst, DAS ist Jobsts Sohn?«, frage ich.
Chris nickt.
Silke hat sich aufgerichtet, kommt zu uns herüber und schaut sich das Foto auch an. »WAS, wenn klar ist, dass der auf dem Foto dieser Typ IST, dieser Sohn von …«
»Was dann?«, unterbricht Chris, als könne er den Namen NORBERT JOBST nicht mehr hören.
»JA. WAS DANN?«, sagt Silke. »Was wollt ihr machen?«
Chris' Blick geht zwischen Silke und mir hin und her. Vermutlich

fragt er sich, was sie weiß und was nicht, geht aber nicht weiter darauf ein. »Dann sind wir einen Schritt weiter«, sagt er schließlich und schaut ein wenig ungeduldig auf die Uhr. »Wir müssen los!«

Keine Ahnung, ob aus irgendwelchen Gründen wirklich die Zeit drängt oder Chris einfach gerade nicht diskutieren will.

»Zur Tankstelle!«

ZUR TANKSTELLE?

Ja. Zur Tankstelle.

Wieso zur Tankstelle? Was wollen wir dort?

»Erkläre ich später«, sagt Chris. »Kommt! Wir müssen uns beeilen!«

Chris stürmt los.

Hintereinander klettern wir durch das Loch im Maschendrahtzaun und gehen dann eine Weile am Zaun entlang. Am Rand eines Getreideackers quälen wir uns bergauf. Völlig außer Atem und verschwitzt gelangen wir zu einer Straße. Von da marschieren wir weiter, U-Straße und Stadt im Rücken. Zwei Autos überholen uns.

»Das ist doch eine völlig falsche Richtung!«, protestiere ich.

»Abwarten«, sagt Chris.

Nach circa fünfhundert Metern erreichen wir eine Kreuzung. Weit und breit keine Häuser. Aber eine Bushaltestelle. Mitten in der Pampa. Kaum haben Silke und ich uns erschöpft auf den Boden fallen lassen, taucht hinter einem Hügel Bus Nummer 137 auf.

Chris wusste, dass um diese Zeit ein Bus kommt, der zum Bahnhof fährt. Ansonsten hätten wir über eine Stunde warten müssen oder über die U-Siedlung zu Fuß gehen, bis in die Stadt. So würden wir auf jeden Fall Zeit gewinnen. Chris hat alles genau geplant. Sogar genügend Geld hat er dabei, um drei Tickets beim Busfahrer zu kaufen. Zwischen den Reihen durch, vorbei an den vier anderen Fahrgästen, verdrücken wir uns auf die Bank ganz hinten.

Der Bus fährt durch eine Gegend, in der ich noch nie gewesen bin. Ein paar Bauernhäuser, wild verstreut, wie vom Himmel gefallen. Manchmal stehen aber auch ein paar neuere Häuser beisammen, Einfamilienhäuser wie in der U-Siedlung. Und bei jeder Ansammlung ist eine Haltestelle, aber bei den wenigsten steigt jemand aus oder ein.

Während der Fahrt kriegen wir von Chris Basisinformationen. Dass Slim neunzehn ist. Einzelkind. Seine Eltern haben sich vor fünf Jahren getrennt. Seitdem lebt er bei seinem Vater in der Stadt. Seine Mutter ist irgendwo im Ausland. Am Tag, als Norbert Jobst das Auto von Chris' Mutter rammte, war er abends in der U-Siedlung vorbeigekommen, um irgendwelche Versicherungsfragen zu klären. Damals ist Chris Slim zum ersten Mal begegnet. Norbert Jobst hatte seinen Sohn mitgebracht, der eigentlich Martin heißt. Als Automechaniker sollte er sich die Schäden am Auto von Chris' Mutter ansehen. Die Frage war, ob man es in die Werkstatt bringen soll oder ob Slim es privat reparieren kann. Danach hat sich Chris nie wieder für Slim interessiert. Erst als mithilfe von Photoshop das Gesicht auf dem Bild erkennbar wurde, kriegte er fast einen Herzinfarkt und begann, sich bei verschiedenen Leuten zu erkundigen. Anders als auf dem Foto, das ich von Slim im Meiergut gemacht habe, hat er die Haare jetzt auf drei Millimeter Länge rasiert. Damals trug er sie noch halblang. Wenn er mit seinen Kumpels zusammen ist, redet Slim meist nicht viel, aber er kann ein paar Kunststücke auf seiner Maschine. Auf dem Hinterrad fahren, im Sattel stehen und so weiter.

»Woher weißt du das?«, frage ich verwundert.

Chris war mit seiner Mutter an der Tankstelle, um ihren Clio aufzutanken. Plötzlich tauchte Slim mit seiner Kawasaki auf. Da waren noch andere in seinem Alter. Alle motorisiert. Die meisten Motorräder waren allerdings teurer als Slims Kawasaki, schneller, mehr PS. Chris ist in den nächsten Tagen noch ein paarmal hin. Jedes Mal dieselbe Versammlung. Slim und die anderen treffen sich dort wohl regelmäßig. Sie quatschen, schrauben an ihren Maschinen rum, drehen Runden auf dem Parkplatz –

Am Bahnhof wechseln wir aus dem 137er in den 138er. Der 138er bringt uns über die Hauptstraße, vorbei an der Schule, bei der jetzt, während der Sommerferien, alle Rollos heruntergefahren sind, vorbei am Krankenhaus, wo Papa demnächst Dienstschluss hat, vorbei am Friedhof, wo Chris' Vater und Paul begraben sind, quer durch die Stadt. Kurz vor sechs Uhr sind wir an unserem Ziel. Auf der anderen Straßenseite liegt die Tankstelle mit ihrem roten Flachdach und den roten Zapfsäulen. Auf dem Dach ist das Maskottchen einer Ölfirma mit Seilen festgeschnürt, ein riesiger aufblasbarer Tigerkopf. Hinter der Tankstelle erstrecken sich die Hallen einer Fabrik, die Verpackungskartons herstellt, ein Autohaus, ein Supermarkt und der Baumarkt. Es herrscht ziemlicher Betrieb an der Tankstelle. Bei jeder Zapfsäule steht ein Wagen und vor der Waschstraße gibt es eine Warteschlange. Wir gehen zum Shop hinüber.

Chris zieht einen Fünfzigeuroschein aus der Hose und fragt, ob wir was trinken wollen. Ich nehme Eistee. Silke will ein MAGNUM. Chris nimmt eine Dose Bier. Außerdem drei Pizzaschnitten. Bevor er die Bierdose einscannt, mustert der Tankwart Chris für einen Augenblick, aber obwohl Chris eindeutig nicht wie sechzehn aussieht, macht er keinerlei Anstalten, sie ihm nicht zu verkaufen.

Wir verlassen den Shop durch die Schiebetür, marschieren an den Münzstaubsaugern und den Reifendruckmessgeräten vorbei und machen es uns auf einer Bank neben der Waschstraße gemütlich. Silke schleckt ihr Magnum. Ich trinke meinen Eistee und Chris sein Bier. Anschließend machen wir uns über die Pizzaschnitten her, die mittlerweile kalt geworden sind. Silke will nichts davon. Manchmal schaut Chris verstohlen zu ihr hin. Silke tut so, als würde sie es nicht bemerken. Aber ICH bemerke es. Und ich mag nicht, WIE Chris schaut –

Es vergeht fast eine halbe Stunde, ehe die ersten drei Motorradfahrer auftauchen. Sie nehmen ihre Helme ab, zünden sich Zigaretten an, rauchen, reden irgendwas. Einer holt ein Sixpack und neue Zigaretten aus dem Shop. Zwei neue Motorradfahrer kommen, umkreisen die Anwesenden ein paarmal, lassen ihre Motoren kurz aufheulen und halten. Rauchen und quatschen. Sie sehen eigentlich ziemlich harmlos aus. Nicht wie die Typen,

denen Silke und ich nachts vor Halle begegnet sind, wo das Konzert von KRILL stattgefunden hatte.
Der Nächste kommt allein. Er steigt ab, geht von einem zum andern und klatscht eine Hand nach der anderen ab. Dann nimmt er sich ein Bier und trinkt einen kräftigen Schluck. Keiner von denen ist der auf dem Foto.
Irgendwann verschwindet Silke auf die Toilette. Sie nimmt mein leeres Eisteepäckchen, ihr Eispapier und die Pizzakartons mit und verfrachtet alles in den Mülleimer. Sie lässt den Deckel demonstrativ laut fallen und dreht sich kurz nach uns um.
Kaum ist sie außer Hörweite, sagt Chris: »Du bist verknallt in die.«
NEIN!
»Das kam zu schnell!«, sagt Chris und lacht. »Wer zu schnell antwortet, lügt.«
Ich werde rot. Chris reibt sich die Hände. »Weißt du, woran ich das bemerkt habe?«
»Du kannst es nicht bemerkt haben«, behaupte ich standhaft.
Interessiert ihn nicht. »Ich hab sie angeschaut und darauf geachtet, wie du reagierst.«
»Und wie hab ich?«, frage ich knapp.
»Du hast nichts gesagt …«
»Eben.«
»Aber du wolltest nicht, dass ich sie ansehe«, sagt Chris. »Du wärst mir beinahe an die Gurgel gegangen.«
»Das stimmt überhaupt nicht!«

Silke kommt zurück. Sie hüpft auf einem Bein, dann geht sie drei Schritte, hüpft auf dem anderen. Keine Ahnung, was das für ein Spiel sein soll. Die Motorradfahrer sehen kurz zu ihr hin. Als Silke vor uns steht, wirft sie ihre Haare zurück. »Ist was?«
Nein.
»Ist was passiert?«
Auch nicht.
Eine weitere halbe Stunde später ist Slim immer noch nicht erschienen. Und langsam wird die Zeit knapp. Ich habe Mama gesagt, wir treffen uns mit Chris am Teich. Mama hat mich gebeten, dass Silke und ich gegen sieben nach Hause kommen sollen, ehe Papa und Mama zu Freunden fahren.

Silke sagt, Chris solle uns jetzt endlich seinen Plan erklären. »Weil DANN SEHEN WIR WEITER, kann ja nicht alles sein.«
Ich stimme Silke zu.
»Erst einmal müssen wir ja überhaupt wissen«, sagt Chris genervt, »ob Slim und der Typ auf dem Foto …«
»CUT«, sagt Silke. »DAS haben wir verstanden.«
»Mehr muss euch momentan auch nicht interessieren«, entgegnet Chris.
WAS SOLL DAS? Wütend springt Silke von der Bank auf. »Entweder machen wir das zusammen, oder du kannst das allein durchziehen! Und zusammen machen heißt, jeder muss wissen …«
»Aber es ist MEIN Plan«, entgegnet Chris. »Und ihr werdet schon noch rechtzeitig alles erfahren.«
SO GEHT DAS NICHT!

»Bist DU auch dieser Meinung?« Chris fixiert mich.

JA.

»Vertraust du mir nicht?«

Ich zucke mit den Schultern. »Deine Pläne haben irgendwie NIE wirklich Hand und Fuß«, sage ich vorsichtig.

»Hast du einen besseren?« Chris ist angepisst. »Bitte! Ich höre!«

NEIN.

JA.

»Und zwar?«

»Wir wollen doch nur wissen, was du dann vorhast«, mischt sich Silke wieder ein.

»Ohne MICH hättest du nie erfahren, wer auf dem Foto ist!«, fährt mich Chris an, ohne auf Silkes Einwand zu achten.

JA.

ABER –

Plötzlich nervt mich diese Warterei –

Die Planlosigkeit –

DAS ALLES HIER –

Die Streiterei –

Außerdem müssen wir echt langsam los –

Ich springe jetzt auch von der Bank auf –

»Vielleicht wäre mir das sogar lieber!«, gebe ich zurück.

»Wollt ihr abhauen oder was?« fragt Chris. »Wollt ihr mich allein lassen?«

–

–

Ich weiß nicht, was ich will –

–

–

–

Silke legt in immer gleichem Rhythmus das rechte Bein über das linke und stellt es wieder auf den Boden –

–

–

Als sie meinen erstaunten Blick sieht, grinst sie. »Wenn du mich fragst, er hat überhaupt keinen Plan.« Und wieder macht sie die Bewegung mit dem Bein.
Chris hat wieder einmal keinen Plan. Dasselbe denke ich auch.
»Wie damals am Teich, bei der Anti-Jobst-Aktion. Du hast dir bloß eine Lungenentzündung geholt.«
Chris schnaubt nur –
Okay, dann mache ich einen Vorschlag. »Wenn er es ist«, sage ich, »gehen wir zur Polizei ...«
»NEIN«, sagt Chris. »Die interessiert das doch nicht!«
ABER JETZT HÄTTEN WIR EINEN BEWEIS. DAS HANDY VERZEICHNET DATUM UND UHRZEIT. DA MÜSSEN SIE IRGENDWAS TUN.
»Scheiße!«
WAS DANN? »Was machen wir dann?«
SCHEISSE, SIMON! ICH KRIEG DAS AUCH OHNE EUCH HIN!
Chris!
SCHEISSE!
FICKT EUCH!

SCHEISSE!
FICKT EUCH!
SCHEISSE!

Und dann springt Chris auf –
Und LÄUFT –
HECHTET –
RENNT –
»Chris! Warte doch!«
Einfach davon.
–
–
–
»Ist der öfter so?«, fragt Silke nach einer Weile.
»Der kommt wieder.« Aber wirklich überzeugt bin ich nicht.

Chris kommt nicht zurück. Nicht nach fünf Minuten, nicht nach zehn. Auch nicht nach fünfzehn. Er ist weg. Mit dem Ausdruck vom Foto aus dem Meiergut. Ich rufe ihn an, aber er hebt nicht ab. Ich probiere es noch einmal. Dasselbe. Nachdem ich aufgelegt habe, will ich Silke vorschlagen, nach Hause zu gehen. Ich hab Hunger, und was soll das überhaupt noch, und wir sind ohnehin schon zu spät, wenn wir jetzt losgehen. Aber jetzt ist Silke auch weg.
Ich drehe mich einmal im Kreis und entdecke sie schließlich bei den Motorradfahrern. Während ich versucht habe, Chris anzurufen, muss Silke zu denen hinübergegangen sein. Einer hält ihr eine Zigarettenschachtel hin. Ein anderer gibt ihr Feuer. Lachend

redet sie irgendwas mit denen, raucht mit ihnen. Was will sie dort?
Sie zeigt zu mir herüber, ohne mich anzusehen. Schließlich tritt sie ihre Zigarette aus, schwingt sich zu einem der Typen aufs Motorrad und hält sich am Vordermann fest. Der Typ zieht mit dröhnendem Auspuff eine Runde. Die anderen interessiert das nicht besonders. Ich schaue der Maschine nach. Sie fahren eine Acht. Und ich beiße die Zähne immer fester aufeinander, so lange, bis mir der Kiefer wehtut –
Aber dann schert der Typ aus der Acht aus, kommt auf mich zu und hält direkt vor mir. Silke schwingt sich vom Sattel. »Danke!«, lacht sie. Der Typ grinst. Ich starre mit offenem Mund auf den Schriftzug am Tank: KAWASAKI. Und dann dem Typ ins Gesicht. Und dieses Gesicht ist scheißschmal. Überhaupt ist dieser Scheißtyp ziemlich scheißdünn.
WAS?
Ich schüttle sprachlos den Kopf.
»Auf jeden Fall hast du verloren«, sagt er zu mir. »Gerne wieder!« Das galt Silke, und er startet durch, zieht das Vorderrad hoch, hält sich die ganze Strecke oben, bis er wieder bei seinen Kumpels landet.
Und jetzt ruft auch noch Mama an. Was will die gerade jetzt? Wo wir sind.
»Gleich da«, sage ich mit trockenem Mund und lege auf.

»Weißt du, wer das war?«, keuche ich.
»Deine Mutter?«
Idiotin!

»Ich meine den auf dem Ding!« Genauer kann ich mich nicht ausdrücken.

JA. Silke weiß es.

Es ist der, der im Meiergut den Helm abgenommen hat, ohne im Entferntesten daran zu denken, dass ihn jemand sehen könnte, den er selbst nicht sieht.

»Ich habe Slim gebeten, mich hier rüberzufahren«, sagt Silke unbekümmert. »Das war er doch, oder?«

Was meinte er mit VERLOREN?

Silke grinst über meine Eifersucht.

Sie hat ihm gesagt, sie und ich hätten gewettet. Sie würde sich niemals trauen, einen von denen anzuquatschen. Ob sie eine Runde mitfahren darf. Das hat sie dem auf der KAWASAKI erklärt. Aber EIGENTLICH wollte sie, dass ich ihn aus der Nähe sehen kann. »Das war doch der auf dem Bild, oder?«

JA.

Das war SLIM.

Und was Silke gerade abgezogen hat, war nur Show –

Wie konnte ich das übersehen?

Warum bin ich so blind?

Slim muss irgendwann während des Streits zwischen Chris, Silke und mir zu den anderen gestoßen sein.

»OKAY«, sagt Silke. »Wir sind einen Schritt weiter. Und jetzt?«

Ich rufe Chris nochmals an. Wieder springt die Mailbox an.

ER IST ES!

MELDE DICH!

WO BIST DU?

SCHEISSE, CHRIS!

Zu Hause wartet Mama schon ziemlich ungeduldig mit dem Essen auf uns. Papa hat sich bereits aus dem Krankenhaus gemeldet. Sie hat ihm versprochen, ihn vom Dienst abzuholen, um dann zu einem seiner Arbeitskollegen zu fahren, mit dem Papa sich in den letzten Wochen angefreundet hat.

»Alles klar mit dir und Chris?«

JA.

»Gut.« Mehr will Mama gar nicht wissen.

Die Mikrowelle piepst und Mama stellt uns Lasagne auf den Tisch. »Ich hoffe, ihr habt allein keine Angst«, sagt Mama und, dass sie sicher nicht vor Mitternacht heimkommen werden.

Nachdem wir das Essen hinuntergeschlungen haben, knallen wir uns im Wohnzimmer vor den Fernseher –

Zappen.

Wir sagen, wie scheiße das Fernsehprogramm ist. Ich hole Fanta aus dem Kühlschrank und krame nach Schokolade. Wir bleiben bei irgendeiner amerikanischen Serie hängen, die in einem Begräbnisinstitut spielt. Ich muss zweimal pissen gehen. Zwischendurch schaue ich immer wieder auf das Display, ob von Chris eine Nachricht gekommen ist. Aber warum sollte ich den SMS-Ton überhört haben?

Silke telefoniert mit ihrem Vater. Sie erzählt von dem Rundflug und der Lasagne. Nachdem sie aufgelegt hat, berichtet sie, er wird sie in zwei Tagen abholen, um einfach draufloszufahren.

Dann schauen wir eine weitere Folge der Castingshow, die ich auch im Krankenhaus gesehen habe. Silke und ich haben auch zusammen eine bei Oma gesehen. Wir unterhalten uns darüber, wer am coolsten ist, und einigen uns schließlich auf ein Mädchen mit knallroten Haaren, das irgendwie crazy Zeug mit einem Pudel macht, was uns zum Lachen bringt. Zwischendurch versuche ich, Chris insgesamt mindestens zwanzigmal zu erreichen. Und so weiter, bis Silke sich plötzlich die Fernbedienung schnappt und das Fernsehbild in sich zusammenfallen lässt. Der Bildschirm knistert. Black. Dann ist es für einen Augenblick absolut still.

Nur der Kühlschrank brummt.

Die Küchenuhr tickt.

Irgendwas knackt.

Über die U-Straße rollt ein Auto.

Als Nächstes bellt ein Hund –

»Schnauze«, denke ich.

Und im selben Augenblick ist mir klar, das ist einer DER Momente, von dem man die ganze Zeit weiß, dass er IRGENDWANN kommen wird. Gleichzeitig hofft man, er wird niemals eintreten, so sehr hofft man das, dass man aufhört darüber nachzudenken. Man vergisst tatsächlich, dass man diesen Moment erwartet. Aber wenn er da ist, erkennt man ihn. Sofort. Und man weiß nicht, ob man froh ist, dass der Moment endlich da ist, obwohl es sich so anfühlt. SO ein Moment ist das –

Ein Moment der Wahrheit.

»Wir müssen mit jemandem reden«, sagt Silke in die Stille.

Ja. Ich weiß.

»Wir können nicht einfach nichts tun«, sagt sie.

Ja. Ich weiß.

»Wir müssen mit deinen Eltern reden.« Es ist wieder Silkes Stimme, aber es könnte genauso meine sein.

»Du musst ihnen ALLES erzählen!«

Ja.

»Sobald sie wieder da sind«, sage ich.

Ja.

»Aber sie kommen nicht vor Mitternacht.«

Ja.

»Hast du noch Schokolade?«, fragt Silke.

IRGENDWO ist sicher noch welche.

Aber bevor ich in die Küche gehen kann, vibriert mein Handy auf dem Glastisch. Und ich stürze mich auf CHRIS.

»He! Wo bist du? Scheiße!«, schreie ich in den Hörer.

»Hallo!«, sagt eine Stimme und –

Mich trifft der Schlag. Ein K.-o.-Schlag.

»Chris?«, fragt Silke besorgt, die mir ansehen muss, dass mit mir etwas nicht stimmt.

»Bist du das, Simon?« Ich erkenne die Stimme sofort wieder. Mein Brustkorb schnürt sich zusammen. Ich kriege kein Wort heraus.

CHRIS?, fragt Silke.

Mühsam schüttle ich den Kopf.

WER DANN?, formt Silke mit den Lippen.

»Du darfst antworten«, sagt der Typ und lacht, genau wie damals, als er das erste Mal angerufen hat, und wie er im Meiergut gelacht hat, dieses schnarrende, abgehackte Lachen.

»Ja«, sage ich.

»Sehr gut«, sagt die Stimme. »Weißt du, warum ich heute anrufe?«

Sie geht mir durch Mark und Bein.

»Du hast einen Fehler gemacht, Simon.«
Wieder schweige ich.
»Weißt du welchen?«, höre ich die Stimme.
»Wer ist DAS?«, fragt Silke ungeduldig.
Ich verziehe den Mund und habe das Gefühl, mein Hirn wird zu Brei. Ich möchte verschwinden. Mich auflösen. Verdünnisieren. Ich schaue zu Silke. Und ich bin unendlich froh, dass sie und ihr fragendes Gesicht da sind, auch wenn ich im Augenblick keine Antwort geben kann, aber ihr Gesicht ist real, während mir alles andere wie ein Albtraum vorkommt –
»Okay«, sagt der Typ im Telefon. »Und ich möchte gerne mit dir darüber reden. Mit dir und deinem Freund. Und der sitzt schon mal neben mir. Okay, SITZEN stimmt nicht. Aber egal. Fakt ist, DU fehlst noch.«
GELÄCHTER –
»Du machst jetzt Folgendes«, ordnet der Typ an. »Du kommst hierher, und wir bereden die Sache. Ich gebe dir eine Chance, die Sache wiedergutzumachen. In einer halben Stunde bist du da. ALLEIN. Wenn du jemanden mitbringst –«
»Wo …?«, unterbreche ich ihn.
Beim Bahnhof das leer stehende Lagerhaus?
WEISS ICH.
Im obersten Stock. Da sind wir. Verstanden?
JA. Kenn ich.
Dann höre ich irgendjemanden irgendwas reden. Ein Gerangel. Es rauscht.
»Hilf mir!« Plötzlich ist Chris am Telefon. »Hilf mir! Und sag niemandem was …«

»Chris, was …?«

Und –

AUS.

VORBEI.

ENDE.

Und ich sitze nur da –

Erstarrt, wie der Silberreiher im Teich.

Vollkommen reglos.

»Wer war das?«

Ich höre Silkes Stimme wie von ganz weit weg.

»Ich glaube, Chris hat irgendeine Scheiße gebaut«, sage ich leise.

Und –

Ich schaue auf die Uhr.

Es ist 21 Uhr 12.

Ich wiederhole, dass Chris in einem leer stehenden Gebäude am Bahnhof ist. Und ein Typ ist bei ihm, den ich nicht wirklich kenne, nur seine Stimme, weil er SCHON EINMAL angerufen hat. Dass ich da hin soll. Dass ich eine halbe Stunde Zeit habe. Ich spreche schnell, schrill und klopfe gleichzeitig ungeduldig mit der flachen Hand auf mein Bein.

UND WAS WILL ER?

Er will mit Chris und mir reden.

REDEN?

Ja, reden.

WORÜBER?

»Was sollen wir tun?«

»Noch mal!«, sagt Silke mit Nachdruck. »Der Typ am Telefon hat dich schon einmal angerufen?«

JA.

»Was wollte er DAMALS?«

»Das wäre jetzt zu kompliziert«, wehre ich ab. »Außerdem sind es jetzt nur noch achtundzwanzig Minuten, um dort aufzutauchen, sonst …«

SONST WAS?

Vielleicht macht er IRGENDWAS mit Chris.

Hat er das gesagt?, bohrt Silke nach.

NEIN, sage ich verzweifelt. Aber das HILF MIR von Chris klang nicht gerade entspannt –

DAS HAT CHRIS GESAGT?

JA.

Dann los!

WAS?

»Du MUSST dahin«, sagt Silke.

Ich schaue sie nur an.

»Aber ich lass dich da nicht allein hingehen!«

ABER DER TYP HAT GESAGT –

Ich muss ja nicht mit in das Gebäude.

»WILLST DU DAS WIRKLICH?«

Ja.

»Und wenn IRGENDWAS passiert?«, frage ich

WAS?

Wenn sie herauskriegen, dass ich nicht allein bin. Was weiß ich.

DANN?

Ich kann nicht klar denken. Scheiße.

Aber Silke sagt in aller Ruhe. »Wenn irgendwas passiert, rufe ich deine Eltern an. Und jetzt los. Die Zeit …«

NEIN.

NEIN?

Ich habe eine bessere Idee, stürze in Papas Zimmer, durchwühle seinen Schreibtisch und finde tatsächlich die Visitenkarte von Conny Fritsch, die sie Papa damals dagelassen hat.

»Du rufst DA an.«

»Wer ist das?«, fragt Silke.

»Das ist die Privatnummer einer Polizistin«, sage ich. »Aber es ist wichtig, dass du sagst, du rufst sie PRIVAT an«, schärfe ich ihr ein. »Verstanden?«

Silke nickt. Mehrfach, obwohl sie so gut wie gar nichts verstanden haben kann.

Mittlerweile ist es 21 Uhr 20. Zum ersten Mal in meinem Leben bestelle ich ein Taxi. Sieben endlose Minuten später hält es vor unserem Haus in der U-Straße. Die Taxifahrerin fragt uns, wohin wir um diese Zeit wollen.

»Zum Bahnhof«, sagt Silke, weil ich zu lange überlege.

»Schnell!«, sage ich.

»Wollt ihr verreisen?«, will die Taxifahrerin mit einem fragenden Blick in den Rückspiegel wissen.

JA.

»Wissen eure Eltern davon?«

WARUM FÄHRT SIE NICHT EINFACH LOS?

Silke liegen tausend Fragen auf der Zunge. Aber auf der Rückbank dieses Taxis können wir genauso wenig DARÜBER sprechen, wie wir spekulieren können, was passiert ist, dass Chris in diese Situation geraten ist.

Als wir die U-Straße verlassen, bitte ich die Taxifahrerin, ein wenig schneller zu fahren. Aber sie behauptet, sie würde ohnehin die erlaubte Höchstgeschwindigkeit schon überschreiten –

Vorm Eingang des Bahnhofs zeigt der Taxameter sieben Euro vierzig an. Ich strecke einen Zwanzigeuroschein zwischen den Sitzen nach vorn. Die Taxifahrerin nimmt ihn mit Zeige- und

Mittelfinger und fixiert mich mit ihren kleinen, stark geschminkten Augen. »Seltsame Reisende. So ohne Gepäck«, sagt sie.
Diesmal weiß ich sofort, was ich sagen soll. »Der Rest ist für Sie!«
Weil ich verstanden habe. Wenn ich auf das Wechselgeld verzichte, wird niemand davon erfahren, dass sie mitten in der Nacht zwei Kinder zum Bahnhof chauffiert hat.
Die Taxifahrerin legt den Schein auf den Beifahrersitz und grinst. »Los! Haut ab!«
Tür auf und raus.
Die Dönerbude ist bereits geschlossen. Drei Autos sind auf dem Parkplatz abgestellt. Eines davon ohne Kennzeichen. Das Taxi macht einen U-Turn, rauscht ab und vermutlich macht sich die Frau hinter dem Lenkrad nie wieder einen einzigen Gedanken, was wir hier EIGENTLICH wollten.
In der Wartehalle brennt Licht, aber auch hier ist keine Menschenseele. Die Uhr über dem Zugang zu den Gleisen zeigt genau 21 Uhr 35 an. Noch circa sieben Minuten, bis eine halbe Stunde um ist.
Silke wird hier warten. Sollte sie eine Stunde lang nichts von mir hören, ruft sie die Polizistin an.

Auf dem Weg zurück zum Bahnhofsvorplatz drehe ich mich an der Schwingtür nochmals nach ihr um. Sie steht immer noch am selben Fleck und schaut mich reglos an. Und trotz aller Ungewissheiten und angesichts der Situation, dass ich jetzt gleich dem anonymen Anrufer gegenüberstehen werde, überquere ich überraschend ruhig den Parkplatz, Richtung schmale Straße, wo ein Einfahrt-verboten-Schild steht.

Vielleicht liegt es an Silke, dass ich so sicher bin. Weil sie DA ist. Vielleicht kann ich es mir einfach nicht vorstellen, dass etwas Schlimmes passiert. Vielleicht ist es besser, ich denke jetzt nicht darüber nach. Also konzentriere ich mich auf etwas anderes. Zum Beispiel frage ich mich, warum die Straße unter meinen Füßen frisch geteert ist, obwohl sie an einem verlassenen Gebäude endet.
Rechts fließt ein kleiner Bach, in dem Leute offensichtlich gern Unrat abladen. Pralle Müllsäcke, Elektrogeräte, ein zerfetztes Sofa. Auf der anderen Seite stehen Bäume und dichtes Gestrüpp. In dieser Gegend hat sich offenbar schon seit Langem niemand mehr um IRGENDWAS gekümmert.
Als ich nach etwa zweihundert Metern vor dem alten Lagerhaus stehe und keine Tür sehen kann, biege ich um die erste Ecke. Auch hier gibt es keinen Eingang. Nach der nächsten Ecke stoße ich auf eine Laderampe mit einem verrosteten Rolltor. Hier führt auch die Gleistrasse vorbei. Auf einem Nebengleis konnten Waggons für die Beladung über die Rampe halten und dann auf die Hauptstrecke gezogen werden. AUCH hier hat sicher schon sehr lange kein Waggon mehr Fracht aufgenommen, und dieses Rolltor wurde schon seit Ewigkeiten nicht mehr hochgezogen.
Im Mondschein kann man an der Fassade den verblassten Schriftzug LAGERHAUS lesen. Es ist etwa vier oder fünf Stockwerke hoch, aber nur ganz oben sind eine Reihe Fenster. Ich sehe kein Licht oder sonst irgendein Zeichen, dass sich dort jemand aufhält. Aber als ich meinen Blick wieder senke, fällt er an der nächsten Hausecke auf das Hinterrad eines Motorrads. Wenig

später stehe ich vor ZWEI Motorrädern. Slims KAWASAKI und eine HONDA –

In diesem Augenblick höre ich einen Pfiff. Ich lege den Kopf in den Nacken. An einem der Fenster steht jetzt jemand. Zu weit weg, um ihn zu erkennen. Keine Ahnung, warum mir erst jetzt auffällt, wie laut die Grillen zirpen.

Um die nächste Ecke entdecke ich endlich eine Eisentür. Einer der beiden Flügel steht offen, der andere fehlt komplett. Dahinter ist es dunkel, aber nicht völlig finster. Licht fällt durch die offene Tür, aber es gibt auch in jedem Stockwerk ein Fenster. Bis auf eine Ausnahme sind alle eingeschlagen. Nach vier Stockwerken stehe ich vor der ersten Tür. Ich drücke die Klinke. Sie ist verschlossen. Aber die Betonstufen führen ohnehin noch weiter hinauf. Je weiter ich nach oben komme, umso schwerer geht mein Atem.

Die ganze Zeit über hat sich mein Gehirn geweigert, darüber nachzudenken, was genau mich dort erwarten könnte. Als ich vor der Tür im fünften Stockwerk stehe, zögere ich. Aber habe ich überhaupt eine andere Möglichkeit, als dagegenzudrücken? Die Tür ist nur angelehnt.

Quietschend schwingt sie auf. Dahinter ist ein einziger großer Raum, von Betonsäulen gestützt. Ein paar Trennwände stehen herum und versperren immer wieder meine suchenden Blicke. Durch die Fensterreihe auf der gegenüberliegenden Seite fällt Mondlicht herein. Auch hier sind die meisten Fensterscheiben eingeschlagen, teilweise fehlen sogar die Fensterstöcke. Von der Decke hängen lose Kabel. In einer Ecke stehen auch hier volle Müllsäcke.

»Hier sind wir!«, höre ich die Stimme des anonymen Anrufers. Unverkennbar. Ich gehe ein paar Schritte in die Richtung, aus der ich glaube, die Stimme vernommen zu haben, zwischen Säulen hindurch, um einen Paravent herum –

Plötzlich stehe ich vor einem Tisch, auf dem ein Typ hockt, den ich noch nie gesehen habe. Ganz sicher auch nicht heute unter den Motorradfahrern an der Tankstelle. Er ist so um die zwanzig, mit Glatze und einem weißen T-Shirt. Er hat seine Knie zusammengepresst. Seine Hände stecken zwischen den Oberschenkeln. Rechts von ihm schält sich Slim aus dem Halbdunkel. Slim starrt mich an. Seine Augen blitzen auf. Erkennt er mich wieder? Vermutlich. Aber außer diesem kurzen Aufblitzen seiner Augen ist ihm nichts anzumerken.

»Kompliment. Gutes Timing«, sagt der Typ zur Begrüßung, lachend, als wäre das mit der halben Stunde nur ein Scherz gewesen. »Übrigens. Ich bin Fabi. Danke, dass du gekommen bist«, fährt er total freundlich fort. »Aber vor allem muss sich dein Freund bedanken, dass du da bist.«

Chris kniet vor ihm. Auf einem komplett versifften Teppichboden. Mit dem Rücken zu mir. Chris hat sich bisher nicht bewegt und reagiert auch jetzt nicht.

Fabi schnüffelt, als würde er IRGENDWAS Unangenehmes riechen. »Riechst du das auch?«, fragt er nach einer Weile. JA. Und ich muss nicht extra schnüffeln. Es stinkt nach Scheiße. Ganz in meiner Nähe. Ich hatte es schon die ganze Zeit gerochen, mich aber nicht darauf konzentriert. Mein Blick flitzt durch den Raum. Schließlich bleibt er bei Chris hängen. Fabi lacht.

Langsam nimmt Fabi seine Knie auseinander. Metall blitzt auf.

Mit beiden Händen hält er ETWAS fest, das ich bisher nicht sehen konnte. Aber eine Sekunde später erkenne ich, was er bisher zwischen den Beinen versteckt hielt –
Eine Pistole.
SHIT. Ich starre auf die Waffe. Gleichzeitig sagt mir mein Gehirn, dass auch das nur ein Scherz sein kann. Aber mein Gehirn und ICH sind nicht derselben Meinung.

Fabi steigt vom Tisch. Zwei Schritte später steht er vor Chris, hebt die Pistole und hält Chris die Mündung an die Stirn. Chris entfährt ein Ton, mehr ein Ächzen oder Grunzen. »Schnauze!«, zischt Fabi. Aber er schaut trotzdem die ganze Zeit nur mich an. »So was kommt von so was«, erklärt er. Fabi meint, die Scheiße kommt von der Pistole auf der Stirn. Chris hat sich vor Angst in die Hose gemacht.
Chris' Kopf zittert. Seine Hände krallen sich in seine Oberschenkel. Ich schiele zu Slim. Der steht immer noch mit seinem ausdruckslosen Gesicht da. »WIR reden. Also schau MICH an«, sagt Fabi. »Um genau zu sein, ich stelle dir ein paar Fragen und du antwortest. Und zwar die Wahrheit. Und wenn du nicht die Wahrheit sagst, jage ich deinem Freund eine Kugel in den Kopf, okay?«
Fabi wartet nicht auf eine Reaktion und stellt die erste Frage. »Warst du im Meiergut, als Slim und noch ein zweiter Typ auch dort waren?«
Ich nicke.
»Und es war nicht so, wie es in der Zeitung stand?«
Ich nicke abermals.

»Hast DU dieses Foto gemacht?« Fabi nickt zu der Säule links von mir. Dort ist der DIN-A4-Ausdruck, den mir Chris am Teich gezeigt hat, an einem Nagel aufgehängt –

JA.

»Mit deinem Handy?«

Ja.

»Gib es mir!« Mit jeder Frage wird sein Ton schärfer.

Ich greife in meine Tasche und ziehe mein SONY heraus. Fabi hält mir seine Linke hin.

»Du wirst dir ein neues besorgen müssen.« Er lacht wieder sein typisches Lachen und lässt mein Handy quer durch den Raum sausen, aus der Hüfte geschossen. Es prallt gegen die Betonwand und fällt in mehreren Teilen zu Boden.

Es ist völlig absurd, aber ich denke in diesem Augenblick TATSÄCHLICH, als Nächstes möchte ich ein Handy mit einer besseren Auflösung, so eines wie Chris. Und ich überlege, wie viel so eines wohl kostet –

Slim hat einen Schritt in meine Richtung gemacht. Mittlerweile bin ich komplett nass geschwitzt. Gleichzeitig friere ich.

»Warum bist du damit nicht zur Polizei?«, fragt Slim leise.

Ich zucke unwillkürlich mit den Achseln.

»Das ist keine Antwort«, sagt Fabi geduldig.

Chris schreckt zusammen. Sein Leben hängt an –

»Weil …«, fange ich an.

LAUTER!

»Weil …«

Ja?

»Das ist kompliziert«, sage ich.

Fabi grinst. »Eigentlich wäre es am einfachsten, deinen Freund abzuknallen und dann dich.«

»Hör auf mit dem Scheiß!«, kommt es von Slim.

»DU halt die Schnauze!«, fährt Fabi ihn an. »Du bist schuld an dieser ganzen Megascheiße!«

Slim weicht zurück auf seine alte Position.

»Auch egal, solange du nicht dorthin bist«, wendet sich Fabi wieder an mich. »Ich meine zur Polizei. Aber du hast das Foto deinem Freund geschickt und, er hat es auf seinen Computer geladen und so weiter.« Das muss Fabi von Chris wissen. Ein Geständnis. Mit der Pistole am Kopf, nehme ich an. Genauso die Info, dass ich das Foto gemacht habe. »Es ist schwierig, das Foto aus der Welt zu schaffen«, fährt Fabi nachdenklich fort.

Ich rege mich nicht. War ja auch keine Frage.

»Könnte sein, dass der Typ, der auf dem Foto ist, ein Problem hat«, sagt Fabi mit einem breiten Grinsen –

Er kann nur Slim meinen. »Aber selber schuld, wenn der Idiot den Helm abnimmt«, legt Fabi nach. »Oder?«

Die Frage galt mir. JA. Und langsam beginnt mir zu dämmern, was hier läuft –

»Oder hast du den zweiten Typen auch erkannt?« Wieder grinst Fabi. Er weiß, dass das nicht möglich war.

Ich schau ihm direkt in die Augen. NEIN. KANN ICH JA GAR NICHT.

»Und du hast keine Ahnung, wer das gewesen sein könnte?«

In diesem Augenblick sackt Chris' Oberkörper in sich zusammen –

»He! He! He!«, fährt ihn Fabi an.

Langsam richtet sich Chris wieder auf.

Aber Fabi tritt wieder in seine alte Position zurück und legt die Hand mit der Waffe neben sich auf den Tisch. Plötzlich reißt er den Arm hoch und richtet die Pistole auf Slim. Slim schreit kurz auf. Auch Chris' Kopf dreht sich zu Slim. Und zum ersten Mal sehe ich sein Gesicht. Chris ist bleich und hat verquollene, glasige Augen. Seine Lippen sind aufgesprungen und bluten –

»Okay«, sagt Fabi ganz ruhig und legt die Hand mit der Pistole zurück auf den Tisch. »Weiter mit dir.« Er starrt mich für einen Augenblick ausdruckslos an. »Wo waren wir stehen geblieben?«

»Ob ich weiß, wer es gewesen sein könnte«, sage ich langsam.

UND?

Ich schüttle den Kopf.

»Lüg mich nicht an!«, schreit Fabi plötzlich, reißt die Waffe abermals hoch.

»Okay, okay, okay!«, stammle ich. »Ich denke …«

WAS?

»Du könntest es gewesen sein, aber ich habe keinen Beweis. Es ist also egal, was ich denke.« Die Worte, die ich vor ein paar Wochen von Chris gehört habe, purzeln nur so aus mir heraus.

Fabi stutzt, dann breitet er die Hände aus, als wollte er die Welt umarmen. »Geht doch«, sagt er nach einer Weile und strahlt über das ganze Gesicht. Aber sein Strahlen ist nicht echt. Er knipst es genauso schnell wieder aus, wie er es angeschaltet hat –

Ich höre Chris atmen, mehr keuchen. Vermutlich hat er geglaubt, JETZT ist es so weit –

Jetzt muss er dran glauben.

Fabi streift ihn kurz mit einem verächtlichen Blick. Dann stellt er die nächste Frage: »Weiß jemand, dass du hier bist?«
Zum ersten Mal reagiere ich nicht.
Mit der Frage hätte ich eigentlich rechnen müssen.
WEISS ES JEMAND?
Ich reagiere immer noch nicht –
Keine Reaktion ist nicht gelogen –
Gleichzeitig heißt KEINE REAKTION in so einer Situation: JA.
»Was ist mit dem Mädchen?«, höre ich Slim von der Seite.
Klar hat er mich von Anfang an wiedererkannt.
»Was für ein Mädchen?«, fragt Fabi neugierig.
»Das Mädchen an der Tankstelle«, antwortet Slim.
»Ein Mädchen an der Tankstelle?«, wiederholt Fabi. »Davon ist mir nichts bekannt. Weißt du was davon, Simon?«
Pause.
»Okay, Simon. Willst du dir auch in die Hose scheißen?«
Ich schüttle den Kopf.
»Dann bin ich dafür, du gibst mir Infos!«
»Silke«, sage ich.
UND?
UND?
Fabi weiß, das kann nicht ALLES sein. Langsam richtet er die Waffe auf mich –
Ich habe noch nie in die Mündung einer Pistole geschaut. Es ist ein kleiner Kreis. Und ein dunkles Loch. Und es bringt dich zum Reden. Aber es zwingt einen nicht nur zum Reden, es lässt dich alle Lügen vergessen. Es zwingt dich zur Wahrheit.
»Wenn ich mich nicht nach einer Stunde melde«, sage ich

langsam und starre dabei nur das Loch an, »informiert sie die Polizei.«
»Dann ruf die Göre an«, schlägt Fabi prompt vor, »und sag ihr, es ist ALLES OKAY.«
Mein Blick sucht die Einzelteile meines Handys.
»Kein Problem. Ich leih dir meines«, sagt er großzügig und hält mir ein weißes iPhone hin.
OHNE NUMMER?
Für eine Zehntelsekunde blitzt zum ersten Mal eine Unsicherheit in Fabis Augen auf. Hat er erkannt, dass er mit der Vernichtung meines Handys einen Fehler gemacht hat?
Jedenfalls lässt Fabi sein iPhone zurück in die Tasche gleiten, kraust kurz seine Stirn, glättet sie wieder, kraust sie. So geht das mindestens dreimal. Schließlich lässt er die Pistole sinken, schiebt sie am Rücken in den Hosenbund und schaut auf seine Armbanduhr. Er stülpt die Unter- über die Oberlippe und mustert Chris –
Dann Slim –
Schließlich mich –
Dann wieder Chris –
Slim –
Mich –

»Ich denke«, sagt er schließlich sichtlich angespannt, »wir haben alles besprochen.« Er zuckt mit den Achseln. Er möchte lässig wirken, aber er ist es nicht mehr. Nicht mehr so wie am Anfang. Und er macht sich, etwas steif, auf den Weg zum Ausgang.
»Scheiße!«, ruft ihm Slim hinterher. »Und ich?«
»Keine Ahnung«, sagt Fabi über die linke Schulter. »Wenn

jemand so dämlich ist, seinen Helm abzunehmen, muss er dafür wohl auch büßen.«

Slim sitzt in der Falle.

Silke wird nach einer Stunde Alarm schlagen. Das Foto auf Chris' Computer kann genau identifiziert werden. Und auf dem Foto ist Slim. Das sind die Fakten, die für jeden hier einsichtig sind. Zumindest Slim, Fabi und mir. Ob Chris gerade in der Lage ist, überhaupt einen Gedanken zu fassen, weiß ich nicht. Eher nicht.

Noch was ist mir plötzlich klar. Fabi wollte von Anfang an nur sichergehen, dass es keine Beweise gegen ihn gibt. Egal, was mit Slim passiert. Also muss jetzt Slim irgendwas TUN –

»Ach ja, ETWAS habe ich vergessen. Ich war NIE hier. Kapiert?«

Ohne eine Antwort abzuwarten, nimmt Fabi seine Pistole, hält sie hoch und öffnet das Magazin. LEER. »Und ihr seid ALLE DREI drauf reingefallen! DREI VOLLIDIOTEN! Viel Spaß noch miteinander!« Wenig später schlägt er die Tür hinter sich zu. Dann springt er die Treppe hinunter. Seine Schritte verhallen.

Als ich von weit unten ein Motorrad starten höre –

Auch wenn er mit seiner Pistole keinen Schuss abgeben kann –

Silke –

Ohne mein Handy kann ich sie weder warnen noch sonst was –

Ich drehe mich um –

Aber ich habe die Orientierung verloren –

Keine Ahnung, in welcher Richtung die Straße und der Bahnhof liegen –

Ich stürze wahllos zu einem der Fenster und habe Glück –

Tatsächlich erkenne ich in der Dunkelheit das Rücklicht der HONDA –
Ich kann von hier aus auch den beleuchteten Bahnhof sehen –
Aber Fabi hält nicht –
Er braust einfach quer über den Parkplatz in die Nacht –
Okay –
Erleichtert drehe ich mich zurück zu den anderen.
Nächste Frage: Was wird Slim jetzt machen?
Er wurde auch verarscht –
Aber zumindest hat der keine Waffe –
Trotzdem weiß man nicht –
Slim fest im Blick gehe ich zu Chris hinüber. Slim hält mich nicht auf. Mit den Fingerspitzen berühre ich Chris' Schulter. Er zuckt zusammen.
»He«, sage ich. »He! Er ist weg.«
Langsam lässt sich Chris auf die Fersen sinken. Er wischt sich mit der Rechten über sein verschmiertes Gesicht. Ich fürchte, er fängt gleich zu heulen an. Aber er flüstert nur –
»Da waren überhaupt keine Kugeln …?«
NEIN.
Chris schluckt mühsam –
»Mein Gott!« Seine Stimme klingt rau.
»Alles okay«, sage ich, auch wenn es mich brennend interessieren würde, wie es dazu gekommen ist, dass Slim, Chris und ich in diesem Augenblick gemeinsam auf der obersten Etage dieses verlassenen Lagerhauses sind. »Hast DU ein Handy?«
Er schüttelt den Kopf. »Abgenommen!«
»Kannst du aufstehen?«

»Ich weiß nicht«, sagt Chris hilflos.
»NATÜRLICH KANN ER!«, höre ich plötzlich von Slim, der sich seit Fabis Abgang noch nicht gerührt hat. Und wenig später steht er vor Chris, packt ihn am Kragen seiner Jacke, zieht ihn zu sich hoch. Zehn Zentimeter Abstand zwischen den beiden –
»Lass ihn los!« Ich will bedrohlich klingen.
Slim ist das egal. »Als du mich angerufen hast, wolltest du mir einen Deal vorschlagen!«, brüllt er Chris an.
LASS IHN LOS!
»Halt die Schnauze!«
WAS FÜR EINEN DEAL? Slim schüttelt Chris wie eine Puppe.
Ich seh mich um. Nach IRGENDWAS.
Slim brüllt immer weiter –
WAS FÜR EINEN DEAL?
Auf mich achtet Slim nicht.
Und –
Fünf Meter entfernt, an einer der Säulen, lehnt eine Eisenstange. Ich gehe hinüber, schnappe sie und nähere mich Slim in einem Bogen von hinten. Die Augen auf seinen Schädel geheftet. Einen Meter entfernt. »Lass ihn los!« Und obwohl ich nicht weiß, ob ich es wirklich tun würde, schreie ich, »SONST SCHLAG ICH ZU!«
Wie einem Fisch auf den Kopf.
Slims Kopf fliegt herum. Ich habe ihn tatsächlich überrascht. Mit roten Augen starrt er mich an wie einen Irren –
Stillstand.
Ratlosigkeit.
Zeit vergeht.

Aber ETWAS geht IN Slim vor. Ich kann es an seinem ganzen Körper sehen, nicht nur in seinem Gesicht. Als würden eine Million Gedanken nach und nach in die richtige Reihenfolge gebracht werden. Mit Anfangsschwierigkeiten zwar, aber dann immer einfacher, leichter, geradezu mühelos, automatisch, wie ein Computer, der Zahlen sortiert –

Und langsam gibt er nach.

Auch seine Arme geben nach –

Aber er hält Chris immer noch an seiner Jacke fest.

Chris' Beine geben auch nach –

Trotzdem fällt er nicht –

Er sinkt LANGSAM zu Boden, weil Slim ihn immer noch hält.

Slim lässt Chris erst los, als er am Boden liegt, richtet sich wieder auf und dreht sich zu mir.

Schwer atmend –

Dann huscht Slims Blick herum, kann sich nirgends festhalten und schaut schließlich ins Leere.

ABER IRGENDWANN HAT SEIN HIRN BERECHNET –

Was noch geht.

Was für Chancen er hat.

Welche Möglichkeiten ihm bleiben.

Und plötzlich hat Slim keine Zeit mehr.

Ein Ruck geht durch seinen Körper und er setzt sich in Bewegung.

Und nachdem er denselben Weg wie Fabi gegangen ist, nachdem er die Treppe hinuntergejagt ist, nachdem seine Schritte verhallt sind, hört man das Knattern der KAWASAKI –

»Simon …«

WAS?

»Meine Beine.«

»Was ist mit deinen Beinen?«

»Ich glaube …«

WAS?

»Ich kann sie nicht bewegen, Simon …«

WAS?

»Simon!«

WAS?

»Ich hab Durst.«

Soll ich aufstehen?

Soll ich zu Silke?

Soll ich zum Bahnhof?

»Dort gäbe es auch einen Getränkeautomaten.«

»NEIN«, sagt Chris panisch. »Lass mich nicht alleine!

»Schon gut. Es kann nicht mehr lange dauern«, beruhige ich ihn und mich. »Wenn Silke tatsächlich nach genau einer Stunde die Polizistin anruft, müsste hier bald jemand auftauchen.«

»Simon …«, sagt Chris nochmals.

WAS?

»Es tut mir leid!«

WAS?

»Alles!«

»Okay«, sage ich. »ABER WAS FÜR EINEN DEAL hast du Slim vorgeschlagen?«

Chris sieht mich an, als wüsste er nicht, wovon ich rede.

»Egal«, presst Chris schließlich doch hervor.

NEIN, IST ES NICHT. »Es ist nicht egal, warum du mich schon wieder in so eine Scheißsituation gebracht hast.«
»Simon …« Chris schaut mich bittend an.
Wenn du nicht redest, hau ich ab!

»Nachdem du auf meine Mailbox gesprochen hast«, fängt Chris an, »habe ich Slim angerufen. Ich habe ihm gesagt, dass ich ein Foto besitze …« Das Sprechen fällt Chris schwer. Er muss innerlich vollkommen ausgetrocknet sein. Aber aus Angst, ich könnte tatsächlich abhauen und ihn hier allein zurücklassen, redet er weiter: »Slim hat bestritten, im Meiergut gewesen zu sein.«
Chris drohte, gleich damit zur Polizei zu gehen. Slim bat ihn, darüber nachdenken zu dürfen. Fünf Minuten später meldete er sich zurück. Slim wollte das Foto sehen. Sie verabredeten sich in dem Lagerhaus.
»Warum hier?«, will ich wissen.
»Ich hab nicht gefragt«, gibt Chris zu.
»Ist dir das nicht komisch vorgekommen?«
»Schon, aber ich habe nicht darüber nachgedacht.«
Chris war vor Slim da gewesen. Und dann kam Slim nicht allein. Und Fabi hatte eine Pistole.
»Aber was wolltest du von Slim?«, frage ich.
Chris schüttelt den Kopf.
»Es ging nicht um BEWEISE, oder?«, frage ich.
Chris nickt.
»Schon auf dem Flugplatz, hast du einen Plan verfolgt.«
Ja.
»Aber WORUM ging es?«

»Um ALLES.«
UM ALLES?
»Um Jobst, um meine Mutter, was weiß ich. UM DIE GANZE WELT. DIE GANZE SCHEISSE. Um meinen Vater. Ich wollte, dass das aufhört …«
WAS AUFHÖRT?
ALLES.
WAS ALLES?
KEINE ANTWORT.
»Aber was wolltest du dann von Slim …?«, fange ich wieder an, ohne genau zu wissen, was ich fragen soll.
»Ich dachte mir, wenn Slim …«
WAS?
»Ich weiß es doch auch nicht!« Chris sieht mich verzweifelt an.
ABER DU MUSST DOCH WISSEN –
Chris atmet durch, dann sagt er: »Du weißt nicht, was für eine Scheiße das ist, wenn dein Vater jemand umgebracht hat …«
»Was hat das damit zu tun?«
HÖR MIR DOCH ZU!
»… und wenn deine Mutter von dir verlangt, dass du niemand die Wahrheit sagst; niemand braucht das wissen; wir sagen, er ist bei einem Bergunglück gestorben. Und wenn die Leute es besser wissen, und wir lügen sie an, kapieren sie, dass wir nicht darüber reden wollen. Verstehst du?«
Ich brauche eine Weile, um JA zu sagen.
GUT. Chris fixiert mich. »Andere sagen, wenn sie es erfahren, mein Vater sei ein Mörder.«
Ich laufe rot an –

»Glaubst du, du warst der Erste, dem das einfiel?«, fährt Chris fort.
»Sorry«, sage ich.
»Nein, egal«, sagt Chris. »Es war bloß nicht besonders originell.«
Ich stehe auf und schiebe die Hände in die Hosentaschen. »Scheiße, dass wir kein Handy haben.« Ich gehe zu dem Fenster, von dem aus man den Bahnhof sehen kann, und schaue hinunter. Seit ich am Teich zu Chris gesagt habe, sein Vater sei ein Mörder, habe ich schon öfter darüber nachgedacht, WARUM ich das getan habe. Warum mich die Info so wütend gemacht, woran das gelegen hat –
»Und?«, fragt Chris. »Tut sich was?«
NICHTS. Ich gehe wieder zu Chris.
»Bis vor ein paar Wochen hatte ich keine Ahnung, dass mein Vater betrunken war. Auch nicht, dass meine Eltern zuvor gestritten hatten. Dass mein Vater wütend auf meine Mutter war. Dass er in ein Gasthaus gefahren ist, sich betrunken hat, und auf dem Heimweg ist es dann passiert. Als ich zufällig gehört habe, wie meine Mutter das Jobst erzählte, bin ich total ausgeflippt. Ich bin ausgeflippt, weil sie DAS erzählte, was sie mir nie erzählt hat, und dass sie es Jobst erzählte.«
Plötzlich kann er sich mit seinen Händen nicht mehr abstützen und legt sich flach hin. »Und ich wollte etwas Schlimmes machen.«
ETWAS SCHLIMMES?
»Etwas, das alles kaputt macht.«
KAPUTT?
»Ich weiß auch nicht. Aber dann habe ich festgestellt, dass Slim

auf dem Foto ist, das du mir gegeben hast, und dachte, damit kann ich Slim quälen, und irgendwann wird Jobst davon erfahren und meine Mutter …«

UND WAS DANN?

Chris starrt zur Decke und wartet.

WAS DANN.

Ich soll es sagen –

Ich soll sagen –

ES WAR WIEDER EIN PLAN OHNE HIRN UND VERSTAND, sage ich.

»Simon!«

Ja?

»Was denkst du?«

NICHTS.

»Das glaube ich dir nicht«, sagt Chris.

Ich schau weg.

»Du denkst, ich bin ein Idiot, oder?«

»Nein«, sage ich, »ich habe gerade daran gedacht, wie ich dich zum ersten Mal gesehen habe, im Pausenhof, als ich von den anderen umringt war …«

»Ist das wahr?«

Und dann höre ich Autos und Signalhörner.

Bremsen, und Menschen auf der Betontreppe.

Schritte. Schnelle. Und große.

Stimmen, die mir fremd sind, und Stimmen, die ich kenne –

»Simon!«

WAS?

»Es kommt jemand.«
»Ja, höre ich.«
Chris knetet mit den Händen seine Oberschenkel. »Sie sind wie taub«, sagt er verzweifelt und schlägt mit den Handkanten seine Muskeln. »Ich kann allein nicht aufstehen.«
Und ich halte Chris die Hand hin. Wie er mir damals im Pausenhof die Hand hingehalten hat.
»Nimm sie«, sag ich.
»Simon!«
»Ja?«
»Aber ich stinke fürchterlich, oder?«
»Ja«, sage ich, »aber das ist mir scheißegal!«
Und ich lache über meinen eigenen Witz.
Chris versucht auch ein Lachen.
Dann nimmt er meine Hand.
Langsam ziehe ich ihn hoch.

Nachdem Silke einen Motorradfahrer wegfahren gesehen hatte, lief sie zum Lagerhaus hinüber. Dort entdeckte sie Slims KAWASAKI. Wenig später kam er selbst die Treppe herunter und sprang auf seine Maschine. Silke konnte sich gerade noch rechtzeitig ins Gebüsch retten. Kaum war Slim weg, versuchte sie, mich anzurufen. Aber mein Handy war ausgeschaltet. Dass es zertrümmert am Boden verstreut lag, konnte sie nicht wissen. Außerdem kam es ihr seltsam vor, dass die beiden Motorradfahrer nicht zusammen abgehauen waren. Also rief sie Conny Fritsch an, obwohl erst knapp fünfzig Minuten vergangen waren, seitdem wir uns in der Wartehalle des Bahnhofs getrennt hatten.

Jetzt sitze ich in einem Raum ohne Fenster. Neonröhren an der Decke. Am Tisch vor mir Getränke und eine Schüssel mit Keksen. Ein Polizist schraubt eine Kamera auf ein Stativ. Er wird das, was ich zu erzählen habe, aufnehmen. Rechts von mir sitzt eine Mitarbeiterin des Jugendamtes, eine Frau mittleren Alters mit blonder Turmfrisur. Sie ist Psychologin und hat mir mittlerweile mindestens zum fünften Mal versichert, dass sie zu hundert Prozent auf meiner Seite stehe –
An der Wand hängt eine Uhr. Es ist kurz vor halb zwölf.

Conny Fritsch kommt mit Silke zurück. Sie hat mit ihrem Vater telefoniert. Nach den Ereignissen dieser Nacht wird er schon morgen kommen, also einen Tag früher als geplant. Die Polizistin konnte auch endlich meine Eltern erreichen. Sie wollten ein Taxi nehmen und müssten jeden Augenblick hier sein. Die Polizistin hat auch mit dem Krankenhaus gesprochen, in das Chris gebracht worden war. Er schläft jetzt, und es geht ihm gut. Morgen wird er seine Beine wieder bewegen können. Es war der Stress. Die Angst. Der Schock.

Conny Fritsch hat auch schlechte Nachrichten. Weder Slim noch der HONDA-Fahrer konnten bisher gefunden werden.

Plötzlich sind vom Gang aufgeregte Stimmen zu hören. Dann stehen Mama und Papa in Begleitung einer älteren Kollegin von Conny Fritsch in der Tür. Sie wissen bereits SO UNGEFÄHR, was passiert ist.

Mama ist völlig aufgelöst. Papa versucht, sie wieder einmal zu beruhigen. Als sie mich umarmt, bemerke ich, dass sie nach Alkohol riecht. Sie haben wohl bei Papas Arbeitskollegen einiges getrunken und sind deshalb mit dem Taxi zur Polizeistation gekommen.

Papa will wissen, ob sie Silke und mich gleich mitnehmen könnten. Aber Conny Fritsch sagt, sie wäre dankbar, wenn sie meine Aussage noch heute aufnehmen könnte.

»Es ist fast Mitternacht!«, sagt Mama empört.

»Was meinen Sie?«, wendet sich die Polizistin an die Psychologin.

»Lassen wir das doch Simon entscheiden.«

Ich schiele zu Silke. Silke lächelt mir zu.

Ich will.

Ich will JETZT reden.
Ich will nicht noch eine Nacht warten.
Ich will ALLES erzählen.
ENDLICH.

Aber zuvor erklärt Conny Fritsch, dass SIE den Fall leite. Das betrifft auch die Geschichte im Maisfeld. Die Akten liegen vor ihr auf dem Tisch. »Denn soviel ich bisher begriffen habe«, sagt sie, »hängt das, was heute Nacht passiert ist, mit dem toten Hund UND dem Brand im Meiergut zusammen.« Die Ermittlungen werden auch ihren Kollegen Stefan Feyrer mit einschließen, der sich, so viel ist ihr schon jetzt klar, NICHT KORREKT VERHALTEN HAT. Und nach einer Pause fügt sie hinzu: »Und ich auch nicht.«
Ohne einen von uns anzusehen, berichtet sie, dass Feyrer ihr nicht zugehört habe, als sie mit ihm nochmals über den toten Hund reden wollte. Und nachdem das Meiergut abgebrannt war und sie die Frage stellte, ob es zwischen dem toten Hund und dem Brand nicht einen Zusammenhang gebe, habe er ihr verboten, in dieser Sache IRGENDWAS zu unternehmen. Er habe sie sogar unter Druck gesetzt. Sie sagt nicht, wie. Aber sie fügt leise hinzu: »Und ich habe mich unter Druck setzen lassen. Ich möchte mich dafür entschuldigen.«
Papa nickt. Er ist mit ihrer Erklärung zufrieden. Mama fragt noch mal, ob wir den Rest nicht auf morgen verschieben könnten. Es klingt fast so, als würde sie das alles gar nicht hören wollen.
NEIN –

– ich bin dagegen.
Ich will –
JETZT.
»Augenblick noch!« Der Polizist hinter der Kamera drückt auf den Aufnahmeknopf. Eine kleine rote Lampe leuchtet auf. »UND AB!«, sagt er, als wären wir in einem Filmstudio.

Ich mache den Mund auf und rede. Ich beginne mit den Krähen über dem Feld, wie ich mich fragte, WAS DA LOS IST.
Ich erzähle langsam und mit Pausen, in denen ich mir nach und nach alles in Erinnerung rufe, was an jenem Tag und den folgenden Tagen passiert ist.
Aber bald rede ich und rede und rede und rede.
Ohne Punkt und Komma.
Und ich erzähle jedes Detail.
Es ist zwar meine Geschichte, die ich erzähle, aber während ich rede, kommt es mir vor, als hätte ich diese ganze Geschichte irgendwo gelesen oder gehört, oder als würde ich einen Film nacherzählen, den ich gesehen habe.
Und wenn ich nicht sofort weiterspreche –
»Und? Was dann?«
Oder der Polizist hinter der Kamera sagt: »Das ist echt krass!«
Wenn ich die Polizistin erwähne, wird sie ein wenig rot. Dann stellt sie schnell eine Frage, und ich antworte, so gut ich kann.
Mama und Papa sind immer wieder erstaunt, WAS sie mir alles geglaubt haben –
Aber niemand macht mir Vorwürfe. Sie machen sich selbst welche.

»Wie konnte ich nur so blind sein und das alles nicht mitkriegen?«, wundert Mama sich leise.
Wenn ich von meiner Angst, die mich manchmal erfasste, erzähle, sehen mich meine Eltern verzweifelt an.
Dann berichte ich, wie ich mich zwischendurch zu beruhigen versuchte, indem ich mir sagte, dass ich nur tun müsse, was der anonyme Anrufer von mir verlangt hat. Und gleichzeitig nahm meine Angst zu, mein Lügengebäude würde irgendwann zusammenfallen.
Und ich erzähle, dass ich, nachdem Chris verschwunden war, bereits ALLES erzählen wollte. Wenn nicht der Anruf von Chris' Handy dazwischengekommen wäre. Ob ich es wirklich getan hätte, kann ich natürlich nicht wissen. Ich schau zum ersten Mal während meiner ganzen Rede zu Silke. Ja, ich hätte. Ich hätte es für Silke getan. So wie ich eigentlich auch jetzt vor allem für Silke rede. Sie soll alles erfahren –

Gegen halb zwei Uhr nachts klopft es an der Tür. Es ist die ältere Polizistin. Sie will kurz mit Conny Fritsch sprechen –
Auf dem Gang.
Alleine.
Wenig später wird die Psychologin nach draußen gebeten. Papa will wissen, was los ist. Conny Fritsch bittet uns um ein wenig Geduld. Der Polizist schaltet die Kamera ab. Er sagt, ich würde das großartig machen.
Mama sagt: »Wie konnte das nur passieren?«, steht auf, stellt sich hinter mich und legt ihre rechte Hand auf meine Schulter.
Papa trommelt ungeduldig mit den Fingern.

Silke legt den Kopf auf ihren verschränkten Armen auf dem Tisch ab und schaut mich von dort unten an –
Und Mama sagt nochmals: »Wie konnte das passieren?«
Dann sagt niemand mehr was.

Als Conny Fritsch und die Psychologin zurückkommen, erklären sie mit gedämpften Stimmen, es habe einen Unfall gegeben.
»Einen Unfall?«
»Auf einer Landstraße, etwa dreißig Kilometer von hier. Ein Motorradfahrer.«
Ich weiß, bevor Conny Fritsch es sagt, ES IST SLIM.
Sie kann noch nichts über den genauen Hergang sagen. Nur so viel, dass er schwer verletzt ist.
Ich schließe die Augen. Die anderen reden durcheinander.
Als Nächstes kriege ich mit, wie Mama mich vom Stuhl hochzieht und nach draußen schiebt. Papa und Silke folgen uns. Das Taxi, das vor der Polizeistation auf uns wartet, ist dasselbe, das Silke und mich zum Bahnhof gebracht hat. Aber die Taxifahrerin erwähnt mit keinem Wort, dass sie uns kennt. Sie tut einfach so, als hätte sie uns noch nie gesehen.

In dieser total verrückten Nacht passiert noch etwas Merkwürdiges.
Ich war schon eingeschlafen. Als ich wieder aufwache, ist es draußen immer noch dunkel. Eine Zeit lang liege ich nur so da und wundere mich, warum ich hellwach bin.
Aber dann entdecke ich zwei leuchtende Augen vor dem Fenster, Katzenaugen.

OHNE NAMEN UND BESITZER habe ich noch nie auf dem Fensterbrett sitzen sehen.

Erst richte ich mich nur im Bett auf. OHNE NAMEN UND BESITZER starrt mich an. Schließlich stehe ich auf und öffne das Fenster. »Hi!«, sage ich. »Kannst du auch nicht schlafen?«

Und dann passiert es –

OHNE NAMEN UND BESITZER hebt die rechte Tatze –

Ich brauche eine Weile, bis ich kapiere –

Dann halte ich meine flache Hand hin –

Und OHNE NAMEN UND BESITZER legt ihre Tatze in meine Hand, wie ein Hund –

Mein Herz beginnt schneller zu klopfen –

OHNE NAMEN UND BESITZER verharrt eine Weile so, dann springt sie mit einem Satz zurück in den Garten und jagt über die Wiese davon.

Am nächsten Morgen taucht OHNE NAMEN UND BESITZER nicht vor unserer Haustür auf. Mama wundert sich, als ich mit der vollen Schale zurück in die Küche komme. »Lass es doch draußen stehen«, rät sie. »Vielleicht kommt sie ja später.

Ich schüttle den Kopf. »Sie kommt nicht mehr.«

»Aber warum denn nicht?«, wundert sich Mama. »Sie kommt doch jetzt schon so lange und so regelmäßig.«

Aber ich bin mir ganz sicher. Ich war mir schon heute Nacht sicher.

»Simon?«

JA?

Mama nimmt mich schweigend in den Arm.

Gegen Mittag taucht ein riesiges Wohnmobil in der U-Siedlung auf. Es hält vor unserem Haus. Silkes Vater hat es für ihre geplante Reise gemietet. Aber bevor Silke mit ihrem Vater losfahren kann, müssen wir alle zusammen nochmals zur Polizeistation. Unsere Eltern müssen IRGENDWAS unterschreiben.

Conny Fritsch berichtet, dass der HONDA-Fahrer mittlerweile gefasst wurde. Fabi heißt in Wirklichkeit Robert Herbst und ist arbeitsloser Metzger. Vermutlich hat er Keiler die Kehle durchgeschnitten –

»Aber es wird schwer, ihn für mehr als das, was gestern im Lagerhaus passiert ist, verantwortlich zu machen«, sagt Fritsch.

»Warum das?«, fragt Mama.

Conny Fritsch zuckt mit den Schultern. »Mal sehen!«

»Und der Schakal?«, will ich wissen.

»Ich habe heute zwei Stunden mit ihm gesprochen. Er streitet ab, IRGENDWAS mit den beiden Motorradfahrern zu tun zu haben. Wenn er nicht von Robert Herbst belastet wird. Und bisher sieht es nicht so aus …«

»Aber das ist nicht GERECHT«, sagen Silke und ich fast gleichzeitig.

Die Erwachsenen nicken. Papa nimmt mich in den Arm. »Noch wissen wir nicht, wie die Sache ausgeht«, sagt er.

Mama will wissen, ob man schon etwas über die näheren Umstände von Slims Unfall weiß.

»Ja«, bestätigt Conny Fritsch. »Er ist von der Fahrbahn abgekommen und gegen einen Traktor geprallt, der dort abgestellt war. Seltsam ist nur, es ist eine vollkommen gerade Strecke. Entweder wurde er von einem Auto bedrängt …«, fährt sie fort.

»Aber dagegen spricht, dass es keine Bremsspuren gibt.« Sie wirft einen vielsagenden Blick in die Runde. »Vielleicht ist er …«
ABSICHTLICH GEGEN DEN TRAKTOR.

Vor der Polizeistation verabschieden sich Silke und ihr Vater von meinen Eltern und mir. Alle umarmen sich einfach schweigend. Nur Silke sagt zu mir: »Als wir in dem Konzert waren, habe ich gedacht, deine Schwester ist die coolste Person überhaupt …«
»Aber jetzt?«, sage ich und grinse.
»Aber JETZT weiß ich …«
Statt es auszusprechen, drückt sie mir einen Kuss auf die Wange.

Vor ein paar Tagen habe ich ALLES erzählt. Und alles, was ich erzählt habe, wurde von einer Videokamera aufgenommen. Jemand hat alles, was ich gesagt habe, abgeschrieben. Jeder kann es schwarz auf weiß nachlesen. Meine Aussage wird bei den Untersuchungen gegen den Schakal ebenso eine Rolle spielen wie die Aussagen von Fabi und Slim und dem Polizisten. Der Polizist ist der Cousin des Schakals und sagt, was der Schakal sagt. Fabi und der Schakal blieben bei dem, was sie bisher gesagt haben. Also hofft die Polizistin auf die Aussage von Slim, wenn er erst einmal wieder ansprechbar ist. Vielleicht kommt dann auch heraus, welche Gründe die beiden hatten, DAS ALLES für den Schakal zu tun.

Ich frage mich manchmal, ob ich nicht doch früher etwas hätte sagen können. Beispielsweise als Papa und ich den Aufräumarbeiten beim Meiergut zusahen, und er von seinen Gesprächen mit dem Schakal und der Polizistin berichtete. Als die Polizistin in unserer Wohnung saß, privat, einfach weil sie sich um einen zwölfjährigen Jungen Sorgen machte. Oder als ich ihr, Döner essend, zufällig begegnete. Schon am Tag, als ich Keiler fand, hätte ich Mama ALLES sagen können. Hätte mir der anonyme

Anrufer denn wirklich etwas angetan? Und ernsthaft zu glauben, dass er mich die ganze Zeit beobachtet, klingt im Nachhinein einfach IDIOTISCH. Aber damals hielt ich es eben nicht für idiotisch. Das muss ich akzeptieren.
Ich frage mich auch, ob Slims Unfall tatsächlich Chris' Schuld ist, wie Norbert Jobst behauptet. Hätte Chris nicht die Aktion mit dem Foto gestartet, wäre Slim in jener Nacht nicht über die Landstraße gerast, egal ob es ein Unfall war, oder ob er sich tatsächlich umbringen wollte. Auf jeden Fall, nachdem Jobst DAS sagte, warf Chris' Mutter ihn aus dem Haus. Etwas von dem, was Chris wollte, hat er also erreicht.

Chris und ich treffen uns wie früher in seinem Zimmer oder gehen zum Teich. Wir tun auch dieselben Dinge wie früher. Computer. Rumhängen. Pizzaessen. Angeln. Und trotzdem ist es anders als früher. Ich bin nicht mehr der, der die Würmer einsammelt. Wir tun es gemeinsam. Wir haben sogar einen Fisch gefangen. Gemeinsam haben wir ihn getötet und ausgenommen, wie Björn es mir gezeigt hat. Mama hat ihn für uns gebraten.
Einmal fragte Chris, auf dem Weg vom Teich zur U-Straße: »Willst du wissen, warum ich damals an dem Tag, als du Keiler im Maisfeld gefunden hast, zu Hubert gegangen bin?« Ich schüttelte den Kopf. »Ist nicht wichtig«, sagte ich. Und Chris hat es bis heute für sich behalten.

Jeden Morgen vermisse ich OHNE NAMEN UND BESITZER. Nach Mamas Theorie ist sie abgehauen, weil sie nie einen richtigen Namen bekommen hat. Papa meint, sie hätte gespürt, dass ich nicht wirklich ihr Besitzer sein wollte. Beides ist Quatsch. Ich bin überzeugt, sie war nur deshalb hier, um IRGENDWIE auf mich aufzupassen. Sie war plötzlich aufgetaucht, kurz bevor ich Keiler gefunden hatte, und dann, als alles vorbei war, war sie genauso plötzlich wieder verschwunden. Auch nur eine Theorie, ich weiß, aber ich mag sie lieber als die Theorien meiner Eltern –

Ziemlich häufig denke ich an Silke, die momentan mit ihrem Vater IRGENDWO in Europa herumfährt. Ab und zu kommt eine SMS. Sie schreibt, wo sie gerade ist, und schickt ein Foto. Dann schicke ich von meinem neuen SAMSUNG GALAXY ein Bild von meinem Zimmer zurück und schreibe: IMMER NOCH IN DIESEM PROVINZNEST, und ein SMILEY. Aber nächsten Sommer sehen wir uns wieder bei Oma und Friedolin am Meer.

Ich surfe gerade ein wenig an Papas Computer im Internet, als plötzlich eine E-Mail von Anne kommt. FÜR MAMA, PAPA UND MICH. Mit Herzklopfen öffne ich sie. Sie schreibt, dass es ihr gut gehe, dass sie beschlossen habe, die Tour zu Ende zu machen, obwohl sie sich von Eric getrennt habe. Danach werde sie an ein Konservatorium gehen, um Musik zu studieren. Sie habe HEUTE die Aufnahmeprüfung bestanden. Ich öffne den YOUTUBE-Link, den sie mitgeschickt hat. Es ist ein Handymitschnitt von einem KRILL-KONZERT –

SORRY. BUT. EVERYTHING IS OKAY.

Das Bild ist verwackelt, und der Ton ist schlecht. Aber es ist Annes Stimme.

Kaum hat sie zu singen angefangen, kommt Mama ins Zimmer. Sie will irgendwas von mir, aber dann stutzt sie. »Was ist das?«

»Anne.«

Ich lausche jetzt mehr auf das, was von Mama kommt, als auf Anne.

Aber Mama steht ganz still.

Als ich mich zu ihr umdrehe, wippt sie mit dem Kopf im Rhythmus und Tränen laufen über ihre Wangen.

Plötzlich höre ich, wie die Haustür aufgesperrt wird und wenig später Papa aus dem Flur –

»Kennst du jemanden in Neuseeland, Simon?«

»Sei still!«, befiehlt Mama.

WAS DENN?

Papa steht hinter ihr.

DAS IST ANNE.

–

–

–

–

–

Als das Video zu Ende ist, lese ich Annes E-Mail vor. Danach fragt Papa: »Können wir das Lied noch einmal hören?«

»Jep«, sage ich. »Kein Problem.«

Ich steuere mit dem Cursor auf das PLAY-Zeichen –

In dem Video sieht man, wie die Zuschauer nach und nach von Annes Energie erfasst werden und zu tanzen beginnen –

AND SOMETHING HAPPENED AND CHANGED EVERYTHING.

Nachdem wir das Lied ein drittes Mal gehört haben, legt Papa eine Postkarte vor mich hin. Vorn ist irgendeine grüne Landschaft zu sehen. Ich drehe sie um. Und lese stumm, was dort geschrieben steht –

–

–

–

–

ICH HABE EIN STÜCK LAND GEKAUFT.
UND BIN WIEDER BAUER.
WIE FRÜHER.
Keine Unterschrift.
Aber ich weiß, von wem die Karte ist.

Andreas Jungwirth, 1967 in Linz an der Donau geboren, hat am Konservatorium der Stadt Wien Schauspiel studiert. 1990 trat er sein erstes Engagement in Deutschland an. Gemeinsam mit dem Komponisten Wolfgang Heisig gründete er *Zwirn*, ein Duo für Dada und Neue Musik, mit dem sie sechs Jahre lang im gesamten deutschsprachigen Raum auftraten. In dieser Zeit verfasste Andreas Jungwirth erste eigene Texte und schließlich 1997 sein erstes Hörspiel, *Madonnenterror*. Seit 2000 arbeitet er als Hörspiel- und Theaterautor – erst in Berlin und seit 2010 wieder in Wien. Für das Schauspielhaus Wien entwickelte und leitete er *Szene machen!*, einen Schreibworkshop für Jugendliche. *Kein einziges Wort* ist sein erster Jugendroman.